シェイクスピアと夢

武 井 ナヲエ

南雲堂

ベニスに死す

トオマス・マン

新潮堂

'But He was only sunk in a Dream of Delight' by Eleanor Vere Boyle

はじめに

過去、現在を通じ、人類は夜、眠りの中に現れる不可思議な幻に魅了され、その持つ意味、あるいは伝えんとしていると思われることを理解しようと努めてきた。ほとんどすべての原始社会において、夢は神、あるいはなんらかの超自然的存在に起源を持つものと考えられ、従って宗教的に大きな役割を果たした。眠りの、薄暗い、半透明の帳(とばり)を通して、神々や精霊が人間と交信し、日常生活に関する助言を与えたり、外界で起こる事象を理解する手助けをしたのである。夜と昼の境界はまだ定かではなく、昼は夜を疑いの目で見るどころか、神秘的かつ強力な存在として、むしろ畏敬の念をさえ抱いていたと言えよう。

こうした原始的心情が、理性と論理が優勢を占める、より「文明化」された考え方に取って代わられると、非合理的な夜の世界は合理的な昼の世界と明確に分けられることとなり、夜の世界は次第に二次的で、ほとんど意味を持たぬ地位へと下落していった。夢に対しても懐疑的態度が強まる。というのも、理性はその論理に当てはまらぬものすべてに疑いの目を向けたからである。夢を信じる気持ちや、夢に対するかつての畏れの気持ちがま

I

ったく無くなったわけではなかったが、そのいずれもがもはや完全なものではなくなった。信と不信、畏敬と軽侮がしばしば入り交じるか、交互に現れ、こうしたどちらとも決めかねる態度が、何世紀もの間、人間と夢との関係については支配的傾向であったと言える。夢が人間の生活の中で何らかの意味と重要性を取り戻したのは、二十世紀初頭フロイトが夢に関する革命的とも言える理論を発表してからのことである。とは言っても、夢の機能は今や古代や原始社会におけるそれとはまったく違うものとなった。夢はもはや人間と超自然の力との間の仲立ちをするものではなく、人間自身の内界の秘密を理解するための手段となったのである。言葉は神からではなく、内なる人間から発せられるものとなった。フロイト、そしてユングは、何世紀もの間過小評価され、等閑に付されて来た人間の夜の世界の復権を果たしたと言えよう。人間の非合理的、感情的側面、想像力の世界は、改めて正当な注意を払われることとなった。心のこの領域の知識なしでは、人間理解は決して完全なものにならないことが理解されるようになったのである。古代とは違った意味ではあるが、夜と昼は再び結ばれることになったと言っても良いだろう。

夢の復権は心理学の分野で新しい時代を開いたのみでなく、現代文学や芸術にも大きな意義と変革をもたらした。ある意味で、それは長らく支配的立場にあった理性や科学に対して、想像力の優位を打ち立てようとした浪漫派の主張の正しさを証し立てたものとも考えられる。理性によって限られた狭い境界を超えようとする努力の中で、浪漫派があれほど幻視、夢想、夢、夜などを重視したのも単なる偶然ではなかっただろう。というのも、こうしたものすべては今世紀になって始めて「文明」社会に正当な居場所を与えられた人間心理の内奥から発するものであり、それはまた同時に想像力の源でもあるからである。夢と無意識に関する新しい理論は、浪漫派の詩

人や作家たちのこうした関心の正当性を証明すると同時に、その問題により深い知識とより広い展望を与えた。さらに、二回にわたる世界大戦は人間の理性に対する過大評価や合理主義に対する自己満足を打ち砕き、人間心理のこれまでほとんど無視されてきた部分にもっと目を向け、人間を全体として捉えて理解する必要性を痛感させることとなった。こうして未だ原始の人間が潜んでいるように思われるあの薄明の領域、人間心理の内奥の探索が現代文学の主要な関心事の一つとなり、それに伴い、夢も題材、形式に関し、重要な役割を果たすこととなる。今世紀の傑作の多くは、こうした背景なしでは生まれることはなかったであろう。究極の例として、人間を「決定的に夢見る存在」と定義づけ、夢の全能の力を信じて、理性による統制を排し、現代文明により失われた生の全体性を取り戻そうとしたシュルレアリストたちをあげることができよう。

夢の主題は浪漫派以前に遡る過去の文学にも取り上げられてはいるが、現代文学におけるような枢要な役割を果たすことはほとんどなかった。夢はある実際に起きる出来事の前兆か、その逆に全く実体のない幻想と考えられ、文学における慣習的な夢の用法も、この相対する二つの考え方に基づいていた。シェイクスピアの作品を読むと、しばしばこうした慣習的な夢の使われ方に出会う。しかし、シェイクスピアは同時に、当時にあって、夢や想像力の世界が人間に対して持つ真の意義を理解し得たごく少数の人々の一人、というより最初の人であったとさえ言えるかも知れないのである。彼の主要な作品の中には、夢や想像力に関する全く新しい、独自の考え方が現れており、それは浪漫主義者たちのみならず、今世紀の心理学者、あるいはシュルレアリストの考えさえ予告すると言えるものである。

言うまでもなく、シェイクスピアはそうした考えを心理学的、哲学的理論として提示するわけでも、また現代の作家たちと同じ手法や表現を用いるわけでもない。本書の目的は、シェイクスピアのこうした考え方が、夢の

イメージ、人物の性格、作品の筋書きの上にどのように現れているか、即ち芝居という媒体を通して彼が如何にその独創的な仕事を成し遂げたかを見ることにある。従って、夢といえば現代人の頭にすぐ浮かぶフロイトやユング、あるいはさらに最近の心理学者たちの理論に照らし合わせてシェイクスピアの夢や夢の用法を分析することが本書の目指すところではない。それらをその背後にあった伝統的、慣習的な手法と対照させると同時に、シェイクスピアがどの程度そうした伝統に負うているかを知ることによって、シェイクスピア独自の考え方を明らかにすることを目的とする。そのために、先ず人間の夢に対する態度につき、それぞれの時代を通して原始社会（現存の記録、例より類推するしかないが）から十七世紀のイギリスに至るまでの歴史的展望を行い、それと並行してギリシャ、ローマの古典文学、中世ヨーロッパ文学や、十六、七世紀のイギリス、即ちシェイクスピアの同時代作家たちの作品にみられる慣習的な夢の用法や扱い方をみる。それに続くシェイクスピア自身の作品における夢のイメージや主題の分析を通して、当時にあっては極めてユニークな、この面におけるシェイクスピア独自の功績を明らかにしてみたい。

4

シェイクスピアと夢　目次

はじめに

第一章 原始と古代ギリシャの夢　11
　神のお告げ、そして御使い

第二章 中世ヨーロッパ——ローマの遺産と「愛の夢」　27
　アルテミドロス、マクロビウス、チョーサー

第三章 十六、十七世紀イギリスの思想家と劇作家たち　67
　持続する伝統
　1　思想家、散文作家たち　67
　2　劇作家たち　82

第四章 シェイクスピアの夢 101
伝統と革新

1 比喩、あるいはイメージ 102
2 語られる夢 123
3 演ぜられる夢 135
4 実存のヴィジョン 153
5 後期ロマンス劇 212
結び 「われらの同時代人シェイクスピア」 247

註 251
参考文献 263
あとがき 269

List of plates

1. Frontispiece: 'But He was only sunk in a Dream of Delight', by Eleanor Vere Boyle, from *The Story without an End* by Sarah Austin (1879). Reproduced by permission of Mr. Christopher Wood and Antique Collectors' Club Ltd.

2. *Hamlet*, Act I, Scene iv. 'The Platform. Hamlet, Horatio, Marcellus and Ghost', by Henry Fuseli, from *The Boydell Shakespeare Gallery* (1805). 早稲田大学図書館提供 　　—174

3. *Macbeth*. Alan Howard as Macbeth in the 1993 National Theatre production of *Macbeth*. (Photo: John Haynes) Royal National Theatre 提供　　—183

4. *Othello*. Laurence Olivier as Othello and Maggie Smith as Desdemona in the 1964 National Theatre production of *Othello*. (Photo: Angus McBean) The Harvard Theatre Collection, Houghton Library, Harvard University 提供　—197

5. *King Lear*, Act III, Scene iv. 'The Heath. Before a Hovel. King Lear, Kent, Fool, Edgar' (disguised as a Madman), and Gloucester, with a torch', by Benjamin West, from *The Boydell Shakespeare Gallery* (1805). 早稲田大学図書館提供
　　—206

シェイクスピアと夢

第一章 原始と古代ギリシャの夢

神のお告げ、そして御使い

原始的社会にあっては、夢は非常に大きな意味を与えられた。夢の中の体験と現実とを明らかに区別し得ている場合でも、それは変わらなかった。十七世紀、カナダのインディアン族と生活を共にした宣教師によれば、「睡眠中魂がどのように活動するかまったく理解できないインディアンたちは、その場にない遠くのものを夢に見ている時、魂は肉体を離れてそのもののある所や夢の中の遠い場所に行っており、夜が明ける頃また肉体に戻ってきて、それと同時に夢は消える」と信じていたということである。—理性で理解できないことを神秘化したり、崇拝したり、時には神格化さえするのがこうした人々の慣しであったから、同様のことが夢について行われても不思議ではなかった。実際、多くの人々は、目が覚めている時に感じたこと、理解したことより、夢の方に重きを置き、「夢はより高度の真実を証明するものだと確信して」いたのであった。例えば、実際には一六〇キロも

離れたところにいた宣教師が自分の畑のかぼちゃを盗んだという夢を見た、パラグアイのインディアンの例がある。この場合、宣教師のアリバイは何の役にも立たなかった。というのも、インディアンは夢の中で彼がかぼちゃを盗み、持ち去るのを実際に見たからで、この盗みに対する相応の弁償を要求して止まなかったのである。その反面、同様な非難を受けた場合、こうした人々は自分の罪をいさぎよく認める用意があった。もしある男が、妻が不貞を働いたという夢を見たとすると、妻の父親はそのような妻が支払わねばならない罰金を払わずにすむようにと、彼女を連れ去ってしまうのだという。実際の行動如何にかかわらず、妻の不貞は確固たる事実となってしまったのである。

ある社会では、夢は日常生活の指針と見なされるのみでなく、社会的地位を決定する上で重要な役割を演ずることもある。例えば、ある人類学者によれば、カナダのビーヴァー・インディアンの一部族は、彼が「魔術合戦」と呼ぶ慣習を持っているという。この合戦は夢で行われ、その中では現実の厳しい生活環境と同様の状況の中で、部族の中の競合する誰彼の守護霊同士が戦うのである。そうした想像上の戦いの結果が、部族のメンバーのお互いに対する態度に影響を与えることになる。さらに、狩猟の成否も守護霊によって夢の中で伝えられた情報により決まるとされる。こうして狩猟に成功すれば、捕獲した獲物と引き換えにその共同体の中での権威を手に入れることになるが、失敗した場合は、競争相手によって使われた霊の力のせいだとされるのである。不運に見舞われた者たちは再度夢を見ることによって敵を確定し、彼らに挑戦し、さらに続く「夢の戦闘」の中で勝利を収めることに望みをつなぐのである。[2] その神秘的な性質ゆえに、夢はしばしば神のお告げ、あるいは予言と考えられてきた。ロジェ・バスティドによれば、熱狂的な宗教心を持つアフリカ系ブラジル人の女性たちは、あらゆる夢を神からのお告げとみなし、宗教家の解釈を必要とすると考えるという。[3]

シェイクスピアと夢 | 12

一九二〇年代から一九九〇年代にわたる人類学並びに民族学の研究成果に基づいてなされた、北米大陸原住民十六部族の夢に対する態度や思考様式をまとめた研究をみると、西欧文明の影響を受けない社会では、これまで述べてきたことと同様のことが、今日でも支配的であることがわかる。例えば、いくつかの部族では、睡眠中魂は体外にぬけ出して行動し、夢はその時体験したこと——主に精神世界での体験——を表わすものと考えられ、また別の部族では、夢での体験は目覚めている時のそれより、より真実であるとか、より重要であると考えられている。従って前述の例と同様、夢の中の行動に対して責任を取ることを要求されるのである。共通して言えることは、夢は人間を精神世界に結びつける重要な手段と考えることで、それらの社会では夢を通して、神、守護霊、あるいは精神世界から未来に関する予告、日常生活に関する情報や指針、部族の重要な決定についての指示などが伝えられるのである。またこれも多くの部族に共通している。総じて、こうした原住民社会では、夢に見たことはすぐに実行に移さねばならない、とする考えも多くの部族におけるよりはるかに重要な、時には枢要な役割を果たし——あるものは「夢文化」とさえ呼べるという——夢の世界と現実の世界の区別はなく、夢は人々の日常生活に深く関り、人々は夢を通して未知の精神世界と交わり、そこから知恵と力を得ているという（94）。

多くの社会で、夢は神または霊からのお告げと考えられていることからもわかるように、夢と宗教のつながりは深い。世界の大宗教はすべて何らかの形で夢と関っているが、キリスト教は特に多くの夢を記している。中でも旧約聖書に記された夢の数は多く、全部で三十五とも四十三とも、四十五ともいうが、良く知られた例として、ファラオが見たという肥った牛が後から来たやせた牛に食い殺されるという夢と、良く実った七本の麦の穂が後に続く萎れた七本によって食い尽くされるという夢をあげることができよう（「創世記」、四十一章）。この二

第一章　原始と古代ギリシャの夢

つの夢の解釈を依頼されたヨセフの言葉に、ユダヤ教における夢に対する基本的態度を見ることができる——「神はこれからなさろうとすることをファラオに示されたのです。」彼はそれらの夢を豊作の七年が続くことを意味するものと解釈、それに従ってヨセフのとった対策により飢饉は避けられ、ヨセフはこの功績によりエジプトの高官に出世する。このことでヨセフが以前見た夢、則ち自分の麦束がまっすぐに立っているのに対して、兄弟たちの麦束はそのまわりを囲んでお辞儀をしている、という夢が実現することになる。というのも飢饉のために、彼の兄たちがかつて自分たちが殺そうとした弟ヨセフのもとに頭を垂れ、穀物を分けてくれるよう懇願するからである。また、「すべての夢と幻を理解した」「大いなる神がこの後に起るべきことを王に知らされたのです。その夢はまことであって、この解き明かしは確かです。」と述べる（同、第二章一章十七節）とされるダニエルはネブカドネザール王の二つの夢を解き明かし、その功績によりダニエルもまた多くの贈り物と高位を王より授けられることになる。数多い旧約聖書中の夢については、すでに一世紀のアレキサンドリアのユダヤ人学者、フィロ・ユダエウス（Philo Judaeus）が詳細に分析、研究している。これについてはまた後に触れるが、その著書のタイトル、『夢、神よりのお告げについて』——Quod a Deo mittantur Somnia (On Dreams, that they are God-sent)——を見ただけでも、著者の基本的態度がわかるだろう。

新約聖書においても旧約ほどの頻度ではないが夢が記され、天使が神からの使者として夢に現れるという形を取ることが多い。もっとも良い例はマタイ伝の始めの部分に見られ、「神から遣わされた天使」がヨセフの夢に現れ、当時処女マリヤが身籠っていた赤児が誰であるかを告げたことで、ヨセフはマリヤとの婚約を破棄することなく、彼女を妻として受け入れるのである——「ヨセフは眠りから覚めた後に、主の使が命じたとおりに、マ

シェイクスピアと夢　|　14

リヤを妻に迎えた。」(「マタイ伝」第一章二十〜二十四節) マリアが予言どおりイエスを出産すると、「ユダヤ人の王となる方」を探すためと、東方の博士たちがエルサレムにやってくる。自分を脅かす存在となることを恐れたヘロデ王は、自分も行って拝むからという口実のもとに、その幼子について詳しく調べ、知らせるようにと彼らに命ずる。ベツレヘムに赴いた博士たちは、幼子を拝み、贈り物の「黄金、乳香、没薬」を捧げた後帰途につこうとするが、夢で「ヘロデの元には戻るな」との警告を受け、エルサレムには戻らず、自分たちの国に帰ってしまう。(第二章十二節) さらに、博士たちが帰った後「主の使い」がヨセフの夢に現れ、ヘロデがこの幼子を殺そうとしているので、母と子を連れてエジプトに逃げ、自分がまた知らせるまでそこにいるようにと告げる。ベツレヘム近辺の二歳以下の男の子をすべて殺させたヘロデ王が死ぬと、「主の使い」が再びヨセフの夢に現れ、ヘロデの死を告げ、イスラエルに行くようにと言う。イスラエルに行ったヨセフは、ヘロデの息子が治めているその地についても夢でさらなる警告を受け、ガリラヤ地方に行き、ナザレという町に落ち着く。こうして「この方〔イエス〕はナザレ人と呼ばれる。」という予言が成就したということである。(第二章十三—二十三節)

イスラム教においては、神が夢の中でマホメットにコーランの内容を伝えたと考えられている。6

仏教にも多くの夢による予言が見られる。そうした夢の一つの中で、釈迦の母麻耶夫人は、「雪や銀より白く、月や太陽より輝かしく、立派な脚を持ち、均整がとれ、関節もしっかりした、六本の堅い牙を持つ、象の中でももっとも優れた象」が胎内に入る夢を見た。この夢は婆羅門たちによって、「あふれる歓び」の予告と見なされ、麻耶夫人には息子が生まれ、その子は全世界の王となるが、俗界に対するあらゆる欲望を捨て、三界に対する慈悲の心を持ってすべてを超越する存在となる、と解釈されたのであった。(42)

古代ギリシャにおいては、夢が神から遣わされた、未来を予告するものであるというこうした考えは、文学作品にも現れている。『イーリアス』の第一巻冒頭部分で、ギリシャ軍が日の神アポローンから下された疫病によって九日間苦しめられた時、アキレウスは「誰か占い者か、神主か、あるいは夢占いをするものなりに」訊ねようと提案する。特に「夢というのは、ゼウス大神のもとから遣されたものなのだから」で、「そしたら彼がどうしてこんなにポイボス・アポローンが激怒されたかいってくれよ」と考えられている。ゼウスがアキレウスにそのような手段であって、『イーリアス』にはまたその方法が示されている。ゼウスがアキレウスに対するアガメムノーンの不遜な態度を懲らしめようとした時、神は彼に「凶夢（まがゆめ）」を送ろうと決心する。神は凶夢を呼び、それに向かって言う。

さあ行ってこい、凶夢よ、アカイア軍の速い船々のあるところへ往き、アトレウスの子アガメムノーンの陣屋に入って、私の命令する通りを一切まちがいなく話して聞かせるのだぞ…

（『イーリアス』一八五頁）

夢はすぐに出かけてゆき、アガメムノーンの夢枕に立つが、その姿はこのギリシャの将軍が長老たちの中でももっとも尊敬しているネストールの形を借りている。彼は次のような言葉でアガメムノーンの注意を呼びおこそうとする——「さあ早速にも私のいうことを聞きなさい。私はゼウスのもとから遣された使いなのだ」。神から送られる夢は、しばしばこのように夢を見ている人が良く知っている人の姿を借りている。『オデュッセイア』の中でも、オデュッセウスを助けようとする女神アテーネーは仲の良い友達の姿をとってナウシカアー姫の夢に現れ、川に行って洗濯をするように告げる。そこで姫は見知らぬ男、オデュッセウスと出会い、彼を助けること

シェイクスピアと夢　16

になる。[8]

しかし、『イーリアス』には、夢の価値に関してすでにある種の疑惑、あるいは相反する態度が現れ始めていることに注目せねばならない。たしかに、ホメーロスの叙事詩では一般的に夢は神のお告げ、または神託と見なされているが、アガメムノーンが全軍を集め、如何に「神から遣わされた夢」がアカイア勢を大急ぎで武装させよというゼウスの意志を自分に伝えたかを述べると、ネストールは立ち上がって言う。

おお、親しいアルゴス勢の指揮をとり采配をふるうかたがた、もしこの夢の話し手が、アカイア軍中の誰か他の人だったら私らはそれをうそだといって、むしろ関係せずに控えていよう。ところが、今、それを見たのは、アカイア軍中でいちばん高い地位を誇る人物なのだから。さあ、どうにかして、アカイア人の息子達を武装させようではないか。

（一八六—一八七頁）

明らかにネストールは地位の高い、社会的に重要な人物の夢を意味あるものとして、偽りのものとされる普通人の夢と区別している。夢によって社会的地位が決まったビーヴァー・インディアンとは逆に、社会的地位が夢の価値を決めるのである。恐らくこれは古代ギリシャ人の階層意識を反映しているのであろうが、同時に、あらゆる夢を意味あるものと考える原初的心情から、理性と昼の論理がより優勢となり、夜の心理活動を抑制する時代への推移を示すものと考えられる。

ネストールのこの区別はしかしやや単純、機械的で、特定の社会に限定されているように思われるが、これに

第一章　原始と古代ギリシャの夢

比較して『オデュッセイア』の中に出てくるペネロペイアの夢についての説明は、夢の曖昧な性質や夢に対する人間の関心、疑惑といったものを、より普遍的な形で表現しているように思われる。まだ自分の夫だと気づかないペネロペイアが、旅人即ちオデュッセウスに向かって、自分の見た一羽の鷲が二十羽の鵞鳥を殺したという夢の話をした後で、夢について次のように述べる。

　よそのお人、まことに夢はむつかしい、わけのわからぬもの、夢見がみんな人間にその通りになるとは限りませぬ。はかない夢の門は二つになっていて、一つは角（つの）、一つは象牙でできている。切った象牙の門を通って出て来るものは、まことならぬ言葉をもたらし人をだましますが、磨いた角の門を通って来るものは、人の子がそれを見た時には、かならず正夢となるのです。ですが、わたくしのこの妖しの夢は、いかにもわたくしと子供にとって望ましいものではありますが、ここから来たものではありますまい。

（『オデュッセイア』一三九—一四〇頁）

ペネロペイアはその夢の信憑性を疑っているが、その後事態は、「これは夢ではなく、そなたのために必ずや成就すること」で、「鵞鳥は求婚者共」、自分は「今帰ってきたそなたの夫」を」下そうとしているのだ、と鷲が告げたとおりに展開し、その夢が正夢であったことが明らかになる。ペネロペイアの表現を使えば、その夢は象牙の門ではなく、角の門を通って来た夢ということになる。

この、正夢と虚疑の夢という対立概念の象徴的表現である角の門と象牙の門は、夢に対する古来からの人間の相反する態度を表わすものであって、それは他のギリシャの作家たちや中世における夢研究の権威、マクロビウ

スにも見られ、シェイクスピアやその同時代人にも受け継がれてゆく。

夢は「むつかしい、わけのわからぬもの」であるが故に、ある特定の夢がどちらの範疇に属するのか、即ち正夢か虚疑の夢かの判断は、普通夢見手やその夢の話を聞いた人の主観的解釈に基づいてなされることになる。そして後者の場合、その解釈はしばしば夢見手自身のものと反対であることが多い。ギリシャの古典作品の中でも、我々は人物たちが前述の二つの門の間を揺れ動くのをしばしば見ることができる。

ヘロドトスはその『歴史』の中で、ペルシャ王、クセルクセスの夢を記録しているが、そうした状況の典型的な例となっている。ギリシャ侵略を企てていたクセルクセスは、年老いた叔父アルタバノスの助言に従ってその計画を思いとどまる。夢のことなど気にもとめず、遠征中止を公に布告すると、夢枕にまた同じ男が現れ、遠征を続けるように促す。夢から送られたものかどうかを確かめるため王の衣服をつけて玉座に坐り、それから王の寝所で寝てくれるよう提言するが、この時のアルタバノスの答えに、懐疑派の一般的態度が表れている。

さて殿には思い直されて正しい道につかれました今、お話によればギリシャ遠征を中止なさろうという殿に、どのような神か知らねど神明のお遣わしの夢がたびたび現われ、殿が遠征を御中止なさるのを聴き入れぬとのことでございます。若殿よ、そのような夢は神のお遣わしのものではありませぬぞ。ふらふらとわれわれ人間に現われてくる夢と申すものが神のようなものか、殿よりも大分年の功のつんでおります私がお教えいたしましょう。総じてわれらの夢見と申すものは、昼間に考えていたことがふらふらと夢中に現われてくるに他なりま

第一章　原始と古代ギリシャの夢

せぬ。実際われわれは数日来この遠征問題ばかりにかかり切っておったのでございます。

しかしながらもしこれが私の解しておりますようなことに尽きておりません、何か神意の籠ったものでどういたすべきかは殿が仰せられたことに尽きております。すなわち殿の御覧になりました夢が私にも現われ指図をするかどうか試みてみましょう。⁹

アルタバノスはクセルクセスの夢が神から遣わされたものであることを否定し、それが意味のないものであることを主張する。夢は昼間考えていたこと、あるいは過去の経験の再現であるとする彼の議論は、時代を通じて流布していた一つの考え方で、中世から現代に至るまでその例を見ることができ、ある程度の修正を加えた上ではあるが、現代の心理学者にさえ、受け入れられている。¹⁰ 現代と過去の理論の大きな違いは、過去においてはアルタバノスの例にみられるようにそれが夢の意味を否定するために用いられたのに対して、今日では心理学的、心理療法的見地からはるかに大きな意味が与えられているところにある。¹¹

しかしこの賢明でアルタバノスでさえも、王の夢が神から遣わされたものであるという可能性を全く否定はしない――「年の功をつんだ」「何か神意の籠ったもの」というやや消極的な表現を使ってはいるが。実際、その後王の寝床で眠り、同じ夢の男から同じ予言を聞かされ、その上赤熱した鉄で両眼をえぐり取られようとしたアルタバノスは、恐怖と共にそれが神から送られた夢であることを確信し、今度は逆に遠征の計画を押し進めるように王に進言するのである。遠征の決意を固めたクセルクセスは三度目の夢を見る。その夢の中で彼は「オリーヴの枝を編んだ冠をかぶって」いるが、「そのオリーヴからいくつもの若枝が生じて全世界を蔽うと見る間に、頭に巻いたその冠が消え去って」しまうのである（第十九章）。メディア族の魔術師であり夢占い師であるマゴ

シェイクスピアと夢 | 20

スたちは、この夢をクセルクセスが全世界の征服者になることを意味するものと解釈したが、王の勝利が短いこととの予兆である、冠が瞬時にして消えたことの意味を見逃していた。この誤った解釈のために、ペルシャ軍は必要な準備を怠り、最終的に破滅に至るのである。

アイスキュロスはその『ペルシャの人々』の中で、同じ主題すなわちクセルクセスのギリシャ征服の試みとその失敗を扱っている。彼もまたクセルクセスの未来の運命を予告するために夢を用いているが、今度は夢を見るのは王自身ではなく、彼の母アトッサである。彼女は王がギリシャ遠征に出た日より夜毎にいろいろな夢を見てきたが、ある夜とりわけ明らかな夢を見る。翌日彼女はその夢をペルシャの長老たちに語り、彼らの助言を求める。夢の中でアトッサは、並はずれて背が高く、完璧な美しさを備えた、ひとりはペルシャ風、ひとりはドーリス風の美しい衣装をつけた二人の女を見た。二人の間に争いが起きたらしいのを見た王が二人の頸に頸木をかけ、騎車につないだところ、ひとりはおとなしく手綱に従ったが、ひとりは暴れて挽具を両手で打ち砕き、頸木を真二つに折ってしまった。王は落馬し、かたわらに亡き父王ダレイオスが憐れむように立っていた。それを見たクセルクセスは悲しみで衣服を引き裂いた、という夢であった。朝目覚めたアトッサはもう一つの不吉な前兆を見る。逃げてゆく鷲の後を追う鷹が鷲に襲いかかり、嘴でその頭をむしったのである。これらの話を聞いた長老は、災悪を免れるよう神々に祈りを捧げ、そそぎの水を大地と死者たちに注いで先王ダレイオスの霊に災いをとどめ、恵みのみを彼女とクセルクセスに送ってくれるよう祈ることを勧める。「夢と き」ではないと断る長老は夢の意味の解釈はせず、こうした助言に従うことによって「すべて終りよく収まる」ことと思うと述べる。アトッサはそれでも彼を「立派な夢判じ」と呼び、その助言の通り神々や地下の霊に対する儀式をとり行うが、息子とその軍勢の敗勢をとどめることはできない。結局、クセルクセスの没落を予告した

彼女の夢は正夢だったのである——「おおなんとあきらかな、昨夜の夢の幻よ！やはり不幸の前ぶれでした。」[12]

これは、観客に登場人物を待ち受ける不幸を予感させ、来るべき悲劇が避け得ぬ、運命的なものとの印象を与えるべく戯曲の中で夢を用いたもっとも初期の例の一つであるが、後に見るように、エリザベス時代の戯曲、特にシェイクスピアの作品では同様の例が数多く見られるのである。

しかし、こうした文学作品を離れて当時の学問的権威、プラトンとアリストテレスについて見ると、ホーマーの作品に現れていた考え方とは非常に違った態度が見出される。プラトンは夢についてはあまり重きを置いていなかったらしい。というのも、アリストテレスとちがい、彼にはこの問題を特別にあつかった著作はないからである。ただ、『国家論』の中に夢について述べた箇所がある。プラトンによれば、「各人の内にはある種の恐ろしい、猛々しい、不法な欲望がひそんでいて、このことは、われわれのうちできわめて立派な品性の持主と思われている人々とても例外」ではなく、「夢の中では、この恐ろしい欲望が明らかに現れる」——すなわちわれわれが目覚めている間は理性によって抑制されているが、この「理知的で穏やかで支配する部分が眠っている」時、その「獣的で猛々しい部分」は食物や酒の力で目を覚まし、「飛び跳ねては眠りを押しのけて外へ出ようと求め、自分の本能を満足させることを求める」のだという。そして「このようなときには」、すなわち夢の中では、「それはあらゆる羞恥と思慮から解放され釈放されたかのように、どんなことでも行ってはばかることがない」のである。[13]

しかし同時にプラトンは、人が「最もよく真理に触れ」、「夢に見るさまざまな像も…不法な姿をとって現われることが最も少な」くなるようにするための、就寝前の心身の準備についても説いている。ほぼ二千年も前に、フロイトの夢理論——夢は抑圧された欲望の現れで、願望充足の機能を果たす——を予見させる説を唱えたプラ

トンではあったが、前にも述べたとおり、夢を神から送られた予兆とする見方からはるかにかけ離れた立場であることは言うまでもない。

いずれにせよ、夢を神から送られた予兆とする見方からはるかにかけ離れた立場であることは言うまでもない。プラトンと比べるとアリストテレスによれば、二つの論文でかなり詳細に夢について論じている。彼においてもプフトンに見られた生理学的、心理学的見方は支配的で、アリストテレスによれば、「ひとが眠っている時、感覚の結果として残ったところのものの運動から生ずる表象像が、厳密な意味における睡眠中に起こると、それが夢である。」[14] しかし夢は睡眠時に起こる表象像、あるいは心的映像の一つに過ぎないのであって、睡眠中に起こるあらゆる表象像が夢ではないのである。もし薄目を開けて眠りながら燈火のあかりを夢に見たなら、それが実際の燈火が夢の本質のものと認めた場合、それは夢とは言えない。また夢の中で聞いたと思った雄鶏や犬の鳴き声が現実のもので、身体内の刺激によって惹起される純粋に心的な映像なのである。夢は眠っている人をとりまく周囲の状況とは全く無関係のもので、身体内の刺激によって惹起される純粋に心的な映像なのである。アリストテレスは夢の本質についてより詳細に説明している。アリストテレスによれば、夢の表象像あるいは映像は水面に反映する像のようなものである。

あたかも何かが水か空気かを動かすように、その〔動かされた〕部分は〔水や空気の〕他の部分を動かし、そしてかの〔最初の〕運動が休止してもこのような運動は、存在しなくとも、或る点まで伝わる。そのような仕方で何か運動や感覚が対象から（この対象からデモクリトスは映像と流出とが生ずるとするのだが）眠っている人の霊魂に到着することもあるわけである……そしてひとは醒めている時よりも、眠っている時の方が身体内の細かい運動をもよりよく感覚するので、睡眠によって身

体の内に感覚を生ずるということもあり得るのだ。そしてこれらの運動が表象像を生ぜしめ[15]る、というのである。もし水の動きが大きい時は、反映した映像は実物とは似ないものとなる。従って、「このような映像の離れ離れになり歪んだものを速やかに明晰に識別し、かつ……それが人間……であるとか、あるいは馬……であるとか……何か……であるとかいうことを綜観することのできる人」が「こうした映像を巧みに判別するだろうが、それと同じことが夢についても言えるのである。心の中の運動が「夢の鮮明さを消し去る」ので、夢を理解するためには、水の反映の判別者と同様に、「類似のものを考察することができる」巧みな夢の判別者を必要とするのだという。

夢の予言については、アリストテレスは完全に否定はしないが、全体的に見てやや曖昧な、時には矛盾する態度を示している。睡眠中の予言についての論文の中で、彼は冒頭、「睡眠中に起こりかつ夢を基礎として起こるといわれる占い〔予言〕について、われわれは容易にこれを軽蔑し去ることもできないし、また全く信頼することもできない」（二六八頁）と断っている。「多くの人が夢には意味があると考えているという事実からすれば、それは経験に基づいているものとして信用したくなるが、反面、それから予言が生じ得るという如何なる合理的原因も見つからないことから、そうした予言に不信を抱かざるを得ない」。アリストテレスは夢が神から送られたものであるということをはっきり否定するので、当然、人は夢の中で未来を予見するというような考えを持つことは難しくなる。「もっとも善き人」や「もっとも賢き人」でなく、ごく平凡な人によってしばしば予見がなされることを見れば、夢による予言が神から送られたものと考えるのは不合理である、とアリストテレスは考える。もしそれが神から送られたものならば、それは昼間にも現れるだろうし、また賢人にも現れるだろうから、

というのである（二七三頁）。

しかし、昼間行動したことや考えたことが夜になって夢に現れると同じように、夜見た夢が昼間の活動の刺激源あるいは原因になるということはあり、その意味ではある種の出来事は未来における出来事の前兆、あるいは原因となり得るとアリストテレスは言う。ここには、夢は過去の出来事を再現するものという、クセルクセス王の夢に対するアルタバノスの最初の反応に見られるように、当初すでによくあった考え方と同時に、夢による動機づけという新しい考え方が提唱されている。特に、海賊や遥かな所で起こっている出来事についての夢のように、法外な夢や夢見手の生活と直接関係のない夢の場合はそうである。偶然の一致は稀にしか起こらないものであるが故に、夢の多くは成就しないのである（二七〇-二七一頁）。

夢における予言が以上のような理論で説明できない場合については、アリストテレスは前述の心的映像の考え方を適用する。アリストテレスによれば、人が未来の出来事を予見するのは、睡眠中に内的刺激によって惹起されるこうした映像による。このことはまた、何故平凡な人たちの方が賢人よりも予見しやすいかを説明してくれる、とアリストテレスは考える──「このような者の思考力は思慮的でなく、むしろ無にして全く虚であるかのようであって、一旦動かされると、その運動〔刺激〕に導かれるからである。」（二七三頁）

ここには、高位の者のみが夢により未来を予見できるというホーマー的考え方と正反対の立場が見られる。アリストテレスは消極的ながら睡眠中の予言の価値を認めているようではあるが、予言する夢の社会的地位が低下したことは否めない。これは、アリストテレスの夢に対する極めて合理的かつ生理学的態度の当然の帰結と言ってよいだろう。

第一章　原始と古代ギリシャの夢

この生理学的立場をさらに進めたものが、夢による病気の診断、治療である。アリストテレスも、哲学者が夢を重要視すべき理由として、優れた医者が身体内に起こる出来事の徴(しるし)、または原因かも知れない夢に熱心に注意を払うことを要求することを挙げているが（二六九頁）、実際、ギリシャ時代には、今日精神分析医が夢の分析を通して治療するように、「夢の洞窟または神殿の治療の眠り」を通して、病気一般の治療が行われたようである。[16] ヒュポクラテスも夢の中で病気が告知されることがあり得ることを発見し、患者たちの夢を診断に利用したという。それは、「日中にはほとんど気がつかなかった障害が睡眠中に次第に強く際だってきて、それが夢像に置きかえられるから」[17] であった。

ギリシャ・ローマ時代には多くの夢に関する書物が書かれたらしいが、その殆どは今日残っていない。後に見るように古代と中世の橋渡しをしたアルテミドロスの『夢判断』——Judgement of Dreams (Oneirocritica) の仏訳者は、著者アルテミドロスは夢という主題について「アポロニウス、アレグザンダー、ミンダス・アリスタンダー、パニアセス、アンティフォン、エペソスのニコストラーテス、アイルランド人アンテモン、アンティオクのフェーベスほか多くの人々の後に」書いたのだが、彼がその誰よりもはるかに優れていたため、「彼のみが今日まで残っているのである」[18] と述べている。実際、ギリシャ・ローマ時代の夢に関する一般的な考え方が後世に伝えられたのは、アルテミドロスとか、後述するマクロビウスのような著者たちによってなのである。

シェイクスピアと夢　26

第二章 中世ヨーロッパ──ローマの遺産と「愛の夢」

アルテミドロス、マクロビウス、チョーサー

夢の研究や理論に関する限り、アルテミドロスとマクロビウスは古代と中世を結ぶもっとも重要な仲介者であった。アルテミドロスは夢に関するあらゆる古代の文献を知っていたといわれ、マクロビウスもまたその『スキピオの夢注解』(*Commentary on the Dream of Scipio*) の中で、夢や心の活動について、しばしば古典作品に言及している。中世においては二人共、夢研究の分野における最高の権威と考えられていた。例えば前述の仏訳者がアルテミドロスの本を選んだ理由は、それが「この夢という主題を扱ったものの中で、もっとも古く、またもっとも有名だから」であった。(Artemidorus, A5r)。

アルテミドロスは『夢判断』のタイトルの中では「ダルデアのアルテミドロス」と呼ばれているが、実際には

紀元二世紀エペソスに生まれた。献辞の中で仏訳者は著者の生涯について簡略に説明している。即ち、アルテミドロスは「その時代の練達の人物であったが、夢を特に熱心に研究し、そのためにいろいろな国を訪れ、ギリシャ、アジア、イタリア他の名高い町、大学、集会所等に滞在したが、それも夢の解釈やその影響について知識を得、たずね、議論をするためであった。こうしたことに彼は非常に優れていたので、彼はどこでも歓迎された。」(Artemidorus, A5r) このように彼は広く旅行をし、毎年国外で生活をし、夢を集めたり、夢判断の技術を磨いたのである。

献辞の筆者は、世間的野心や物欲を投げうって夢に関する知識の探究に身を捧げた人物としてアルテミドロスを賞賛し、「後世にかくも大いなる利益をもたらした」この人は、死後九百年以上たった今でも生き続けており、世界中で有名であるという。

『夢判断』がもとのギリシャ語からラテン語に、その後十一世紀頃この仏訳者によってフランス語に、そして一六〇六年英語に翻訳されたという事実は、この書が中世からエリザベス朝、ジェイムズ朝を通じて人気があったことを証明している。英語版はその後さらにいくつか版が重ねられたらしい。というのも一六四四年、「仏語版とラテン語版によって新たに改訂された第四版」という『夢判断』が出版されているからである。しかし、これは献辞等の細部を除き内容的には一六〇六年版と始ど変わらない、復刻版と言ってよい。

一六四四年版のタイトルでも述べられているように、アルテミドロスは夢を「未来の善きことあるいは悪しきことを意味する様々な形態をとった魂の動き」(Artemidorus, 1-2) と定義する。言いかえれば、夢にはすべて予言する力があり、意味があるということである。彼はさらに夢を「直示的」[2]と「比喩的」の二つに分類する。直示的夢は未来の出

シェイクスピアと夢 | 28

来事をそのままに表して見せるもので、例えば自分が乗っている船が難破したという夢を見た男が、目覚めてみると実際にその通りのことが起こっており、夢が与えた警告によって救われるというような場合である。比喩的な夢はより曖昧で、その言葉から分かるように夢に現れたこととは別のことを意味するもので、夢見手が直感的にそこには隠れた意味があると理解する類の夢で、解釈を必要とするのはこの後者の場合である。アルテミドロスの解釈の例をあげると、頭は父親を、右手は母親、息子、兄弟等を表わし、左手は妻、友人、娘、姉妹を表わすという（Artemidorus, 2）。[3]

同じ夢でも、社会的地位や職業が違う人にとっては、違う意味を持ち得る。最初の例としてあげられているのは誕生の夢で、アルテミドロスによれば、「もし女の腹から誕生する形でこの世に出てくる夢を見たならば、次のように解釈すべきである。」「もし貧しい人ならば、それは良い夢である。というのも、「彼は自分を支えてくれる手段、あるいは友人を持つだろうから。」しかし富める人がこうした夢を見た場合は、「彼が家庭内を取りしきる力をもたず、彼の意に反してほかの人々がより力をもってしまうことを意味する。というのも子供は他の人々によって支配されるからである。」競技の選手や闘士にとっても、それは悪しき前兆である。というのも、「子供たち［乳幼児］は歩くことも走ることもできず、如何なる大人の男をも攻撃することはできないからである。」(3) アルテミドロスの解釈を受け入れるならば、『夏の夜の夢』の中で、ろばとなって妖精の女王と恋をした夢を思いだして有頂天になっているボトムは気をつけた方が良いようである。というのも、「犬、馬、ろばといった四つ足の動物の頭を持つという夢は、隷属、苦痛、悲惨を意味する」(12) ということであるから。

この他にも多くの実例があげられていて、なかなか興味深い読み物となっているが、アルテミドロスに余り長く留まっているわけにはゆかない。というのも、夢研究の歴史という見地からはアルテミドロスは重要であるが、

第二章　中世ヨーロッパ——ローマの遺産と「愛の夢」

文学への影響という点では、マクロビウスの方がはるかに重要だからである。それは、アルテミドロスが夢判断を夢に関して、哲学的、文学的見地から興味のある、はるかに多様な問題を取り扱ったためである。

マクロビウスは四世紀頃の人と考えられているが、彼の生涯の詳細についてはほとんどわかっていない。彼は、キケロの『スキピオの夢』につけた『注解』によって、もっとも良く知られている。キケロのこの作品は、もともと『国家論』(De Republica)の最後の、第六の書であったが、この本は現在、マクロビウスによって扱われた箇所を除き、断片としてしか残っていない。『注解』は中世におけるプラトニズムや夢の分類などを取り扱ったもっとも重要な著作の一つであるが、この書が特に人気を博するもととなったのは、その中の夢判断に関する当時の主要な書物の一つと考えられていた。[4] チョーサーもマクロビウスは「夢判断者」("dream-interpreter")と呼ばれ、彼の『注解』は夢に関する当時の主要な書物の一つと考えられていた。[4] チョーサーもマクロビウス(Macrobeus)、マクロバイ(Macrobye)等、さまざまな呼称を用いて、マクロビウスに言及している。『公爵夫人の書』(The Book of the Duchess)では、チョーサーは、エジプトのヨセフやマクロビウスでさえ、自分が見た素晴らしい夢を解釈することはできないだろう、と誇らしげに述べている。[5] チョーサーが『注解』を直接読んだかどうかははっきりしないが、マクロビウスが彼の詩に及ぼした影響は決して無視できず、この点についてはまた後に触れる。

キケロの物語は、小スキピオ・アフリカーヌスのアフリカ到着と、かつて彼の祖父、大スキピオ・アフリカーヌスの盟友であったマシニッサ王による暖かな歓迎の場面で始まる。二人は一日中、亡きアフリカーヌスの話をして過ごした後、夜も更け、小スキピオが就寝すると、彼はいつにない深い眠りに落ちる。睡眠中、夢の中で、

シェイクスピアと夢　30

彼は祖父が自分の前に立っているのを見る。この夢についての彼の説明には、前章で触れたヘロドトスやアリストテレスの説を思い出させるものがある。

この夢を惹き起こしたのは、わたしたちの会話だと思う。というのも、起きている間非常にしばしばホーマーのことを考えたり話したりしたエニウスの、話に聞くホーマーに関する経験のように、わたしたちの考えや会話が夢の中でわたしたちに作用を及ぼすことはよくあることだからである。6

「輝く星々」の中を「目も眩むような壮麗な」高みへとスキピオを導きながら、大スキピオ・アフリカーヌスはカルタゴを指さし、スキピオがその都市を征服すること、彼が執政官になること、さらに彼を待ち受けている政治上の問題などを予言する。近親者によって殺害される危険はあるが、独裁者として国家の秩序を打ち建てるのが彼の使命であると祖父は告げ、次のように述べてスキピオを励ます——「共和国を救い、助け、或は拡大した者たちはすべて天国で特定の場所を与えられ、そこで幸福な生活を永遠に享受することができるのだ。」肉体という牢獄の束縛から解き放たれたこの永遠の生命と比べたら、「お前たちの、いわゆる生命というものは、実際には死でしかない。」（二）とアフリカーヌスは述べる。

スキピオが、彼の父やほかにも死んだと思われている人たちが生き続けているのかと尋ねるところへ、父アエミリウス・パウリスその人が現れる。真の生命が天国にあるなら、何故この地上で生命を永らえねばならぬのかと聞くスキピオに、父は、人間というものは地球という天体を管理する目的で創られたので、人間に生命を与えて下さった神の命令があるまで魂を肉体の檻に閉じこめておき、地上の生命を捨てることは許されないのだ、と

さとす。(72) パウリスはさらに、この祝福された者たちの休らうところ、即ち銀河への通行証は、父や祖父がしてきたように、正義を守り、義務、特に共和国に関する事柄において義務を果すことである、と付け加える。スキピオが周囲の星々の壮大さに圧倒され、地球を見つめながら地球やローマ帝国の小ささを恥じていると、アフリカーヌスは宇宙の構成、即ちそれが九つ目の天体、地球を中心とする九つの天体から成っていることを説明する。その情景に心を奪われたスキピオが我にかえり、聞こえてくる快い音について尋ねると、祖父は、それが「天体自体の急速な動きによって惹き起こされる」もので、そのように急速に回転する天体から生ずる音は大きすぎて、通常人間の耳は捉えることができないのだが、例外は神の真理の探求にその並はずれた才能を捧げた人々同様、弦楽器や歌で天体の音楽を真似ることでこの領域に帰ってきた人々だ、と答える。7 (ここには、神学の次に音楽を位置づけた後世のルターと共通する態度が見られる。)

スキピオの注意が地球に引き戻されがちなのを見て、アフリカーヌスは人の命の短さとこの世の名声や栄光の及ぶ範囲の狭さを指摘して、世間の噂などには構わず、天国で報われることを目指すように、と説く。人間の魂は永遠のものであることを保証し、再び、国のために献身するようスキピオを励ました後、アフリカーヌスは立ち去り、スキピオは目を覚ます。

マクロビウスはこの短い物語についての解説を三十九章からなる二巻の書にまとめ、さまざまな問題について論じている。先ず、キケロが何故夢という形式を用いたかについて、次のように述べる。即ち、キケロは、手本としたプラトンの『国家論』の中で、プラトンが魂の不滅性を説くために死から甦ったエル (Er) という男を想定して死後の国について語らせたために、多くの批判や嘲りを受けたことを思い、同様に魂の不滅性について述べるに当たって、プラトンが受けたような扱いを避けるために、夢という形を取ったのだと。(82-83) 続いて、

『スキピオの夢』本文を取り上げる前に、それがどのような夢かを特定するため、古人が集め、分類し、定義したさまざまな夢について知る必要があるとして、夢全般について考察、分類する。夢一般を論じたこの第一巻、第三章が『注解』の中でももっとも人気のあった部分で、これにより、マクロビウスは中世における夢の権威と見なされるようになったのである。(8.7n)

マクロビウスは、すべての夢を五つの種類に大別する。即ち、

1　Enigmatic dream（謎めいた夢、〔希〕oneiros、〔羅〕somnium.）
2　Prophetic vision（予言の夢、〔希〕horama、〔羅〕visio.）
3　Oracular dream（託宣の夢、〔希〕chrematismos、〔羅〕oraculum.）
4　Nightmare（悪夢、〔希〕enypnion、〔羅〕insomnium.）
5　Apparition（幻影、〔希〕phantasma、〔羅〕visum.）

夢解釈をする価値があるのは、はじめの三種類の夢で、最後の二種類は予言的な意義はまったくないので、解釈する値打ちはない、とマクロビウスは言う。(87-88)

悪夢（insomnium）に関する彼の定義は、すでに幾度か見た、(過去の経験の)再現説に近い。彼はこうした夢の原因を、日中夢見手の心を占めていた欲望、恐怖、心配事などだとする。例えば、恋をしている人は、恋人を手に入れるとか、失うとかいう夢を見る。敵を怖れる男は、夢の中でその敵と対決したり、彼から逃げたりする。(後に見る、『ロミオとジュリエット』の中でマキューシオが夢の説明として述べる、恋人たちには恋の、弁護士

第二章　中世ヨーロッパ──ローマの遺産と「愛の夢」

には報酬の、兵士には戦闘等々の夢を見させるという「マブ女王」についての長台詞（一幕四場 53-95）も、まさにこの伝統を受け継いでいるのである。）また、食べ過ぎ、飲み過ぎ、病気といった純粋に肉体的な原因による場合もある。こうした夢は、夢を見ている間だけ注意を引くが、見終わった後では、何らの重要性も意味も持たないのである。（89）

幻影（visum）は、眠りに落ちる前の夢うつつの状態で、人が「自分は完全に眼が覚めていると思いながら、普通の生き物とは違う大きさや形の幻が自分の方に突進してきたり、ぼんやり動きまわったりするのを見たり、さまざまな楽しい、あるいは不快なものを見る」ことを言う。

これら二種類の夢は、すでに述べたように、「未来を予見するに当たって、何の助けにもならないが、他の三種類の夢のおかげで、わたしたちは予言の力を賦与される」のだという。（89-90）

これは、夢を角の門を出てくる真正の夢と象牙の門から来る虚偽の夢に二分したホメーロスの『オデュッセイア』における分類と本質的に同じで、実際、この章の終りでマクロビウスは、例の「夢の二つの門」に関してホメーロスの該当箇所に関するポルフィーリの解説や、読者から寄せられるかも知れない質問に対する答えとして、ホメーロスの影響を受けてその『アエネーイス』の中で、夢について、角でできた夢と象牙でできた夢の二種類に分類しているヴィルギリウスの説明を援用している。即ち、夢のぼんやりした像を見透かしてそこに示された真実を感知することができれば、それは角でできた夢である。というのも角はその性質上、薄く削られば透明になるからで、反面もう一種類の夢は、どんなに薄くなっても不透明のままでいる象牙からできている、というのである。（92）

意味のある三種類の夢のうち、託宣の夢と呼べるのは、夢の中で「親か、信心深いあるいは尊敬されている人、

または神さえもが〔現れて〕、どのような事が起きるか起きないか、また如何なる行動を取るべきか、あるいは避けるべきかを明確に示してくれる」場合である。予言の夢とは、それが「実際に実現する」ものを言う。謎めいた夢は、「伝えんとする知らせの真の意味を不可思議な形に隠したり、曖昧さでおおったりして、それを理解するためには解釈が必要となる。」(90) この種の夢はさらに次の五種類――個人的 (personal)、他者関係 (alien)、社会的 (social)、公的 (public)、宇宙的 (universal) な夢――に細分される。以上の意味のある三種類の夢のうち、託宣の夢と予言の夢はアルテミドロスの「直示的夢」、謎めいた夢はその「比喩的な夢」に相当すると考えることができよう。

マクロビウスは、スキピオの夢は信頼できるこれら三種類の夢をすべて含んでいると考える。共に信心深く、尊敬された祖父と父が現れ、彼の未来を示してみせた、という点でそれは託宣の夢である。彼の未来の状況について予言がなされたということでは、それは予言の夢である。それはまた、真実が深い意味を隠した言葉によって伝えられ、巧みな解釈を必要とするという点では、謎めいた夢の五つの細区分をもすべて含んでいる。というのも、この夢は、スキピオ自身の運命（個人的）、他の人々の魂（他者関係）や天国に特別な場所が与えられる、彼と同様の功績をあげた人々の運命（社会的）、そしてローマ帝国とカルタゴの運命（公的）に関わるものだからで、また、彼を天国や宇宙の驚異へと導いたという点で、宇宙的ということができるのである。

マクロビウスは、中世フランスの詩人たちに大きな影響を与えたと考えられているが、おそらくはこれらフランスの詩人たちを通じて、チョーサーにも影響を与えている。

その作品の中で、チョーサーはしばしばマクロビウスや『スキピオの夢』に言及しているが、いずれについて

も時折誤った言葉や表現を使っていることから、マクロビウスやその著作に関するチョーサーの知識は、多くの場合、また聞きか他の作家の引用に基づくものと思われる。例えば、すでに触れた『公爵夫人の書』の中で、彼はマクロベウス（Macrobeus）について次のように説明している。

　スキピオ王が
　高潔な人アフリカーヌスの夢を見た
　その夢を書物にした人
　He that wrot al th' avysyon
　That he mette, kynge Scipioun
　The noble man, the Affrikan.
　　　　　　　　　　(ll.285-287)

ここでは、チョーサーは明らかに『スキピオの夢』の著者キケロと『注解』の著者マクロビウスを混同している。もし彼がその両方を読んでいたら、このような誤りをおかすはずはなかったろう。他にも同様な例がいくつかあり、チョーサーが、『スキピオの夢』の著者はトゥリウス（キケロ）、マクロビウス（"Macrobye"）はそれについて解説を書いた人、と初めて正しく認識するのは『鳥の議会』(*The Parliament of Fowles*) においてであり、その中でスキピオの夢の要約もしていることから、この作品を書いた時までにはチョーサーはこの両方の作品を読んだのではないかとも考えられる。

いくつか誤解はあるものの、チョーサーがマクロビウスとその「夢の本」("dream book") に非常な興味を持ち、

シェイクスピアと夢　｜　36

彼を夢の権威としてしばしば引用したことは明らかである。『カンタベリー物語』(*The Canterbury Tales*) 中の「尼僧付の僧の物語」("*The Nun's Priest's Tale*") の中で雄鶏チャンティクレール〈Chauntecleer〉が自分の見た夢が意味のあるものであることを雌鶏ペルテローテ夫人〈Dame Pertelote〉に納得させようとして喚び起こすのはマクロビウスである。彼は言う、

アフリカでかの優れた
スキピオが見た夢のことを書いた
マクロベウスは、夢を肯定して、夢は
人が後になって見る事柄の警告なのだ、と言っています。

Macrobeus, that writ the avisioun
In Affrike of the worthy Cipioun,
Affermeth dremes, and seith that they been
Warnynge of thynges that men after seen. (ll.3123-3126)

チャンティクレールは、夢などは気にかけるなと言った権威としてペルテローテが引用するカトー（Cato）に対して、マクロビウスを持ち出したのである。人間の生理に詳しいペルテローテは、夢というものは食べ過ぎやガス、また黒胆汁や赤胆汁の過剰といった体内の諸要素の組み合わせによって惹き起こされるので、チャンティクレールの場合は、この最後の赤胆汁によるものだと言う。ペルテローテによれば、夢はすべて生理的な原因に

よって生ずる無意味なもので、従って夢を怖れることはまったくないのである——「神様もご存じですけど、夢なんてばかばかしいだけですよ」（"Nothing God woot, but vanitee in sweven is:"l.2922）最後に彼女は夫に下剤を飲むように勧める。というのも、チャンティクレールは「胆汁と黒胆汁の両方を」体から出し、体内を浄化しなければいけないからである。妻の純粋に医学的かつ生理学的な説に対し、雄鶏は前夜見た夢に対する怖れの気持ちを正当化するため、夢の警告を無視したために悲惨な結末を迎えた多くの例をあげる。カトーはたしかに賢明であったかもしれないが、夢に対する怖れが経験に基づいた根拠のあるものと考える、このローマ人より権威のある著述家たちが、経験によって

夢は喜びばかりでなく、この現世で
人が耐えている苦しみをも意味する
ことがあることを、しかと見定めている

That dremes been significacioun
As well of joye as of tribulacioun
That folk enduren in this lif present. (ll.2979-2981)

と言う。

最後に、自分の考えの正しさの裏付けとしてマクロビウスを、続いて旧約聖書中の有名な例や、世界の歴史の中で良く知られた例などを引用する。結論としてチャンティクレールは、その夢は何か災いをもたらすに違いな

シェイクスピアと夢　38

いこと、また下剤などは信用しないことを断言する──それに下剤は大嫌いであるとも。

しかし、こうした不吉な予感にもかかわらず、この女性を重んずる雄鶏は妻の気持ちを害ねないようにと恐ろしい夢のことは忘れるように努め、そして実際忘れてしまうのである。しかし、夢は現実となり、災いは狐の形を取って現れ、雄鶏をくわえ去るが、最終的にはチャンティクレールは機転を働かせてわが身を救う。この物語の結末は、雄鶏の説の正しさを証明するが、彼の意見を直ちにチョーサーのものと考えるのは早計であろう。実際のところ、チョーサーは心理的、あるいは生理的現象としての夢の性質や、原因にはあまり関心がなかったようである。『名声の館』(*The House of Fame*) の第一書につけた序歌 ("Proem") には、詩人自身の声が認められるように思われるが、その中で彼は気軽な調子で次のように述べている。

たしかに私は
それらの夢を理解できないし、
いろいろな種類の夢の意味や、
夢と夢の間隔、
あるいは夢の原因を知るために、
またなにゆえにあの原因よりむしろこの原因があてはまるのか──
私の知恵をあくせく働かせても考え及ぶものではない。

I certainly
Ne kan hem noght, ne never thinke

To besily my wyt to swinke,
To knowe of hir signifiaunce
The gendres, neyther the distaunce
of tymes of hem, neyther the causes,
Or why this more then that cause is; (ll. 14-20)

夢について何も知らないばかりでなく、その原因や意味について知ろうと心を患わせるつもりはない、と告白しているのである。とは言っても、当時流布していた夢に関する理論や説について無知ではなかったことも、作品は示している。

この序歌の中では、チョーサーはマクロビウス同様夢を二つの種類、実際にその通りになるもの（"the effect foloweth"）と実際には起こらないもの（"hit shal never come"）に大別し、さらにそれらを六つの区分に細分する。即ち、彼が"avisioun"、"revelacioun"、"drem"、"sweven"、"fantome"、"oracles"と呼ぶ六種類である。(ll. 5-11)"Avisioun"、"revelacioun"、"oracles"が意味のある夢の種類に属し、"fantome"、"drem"が意味のない夢であることは明らかであるが、"drem"と"sweven"を分類するのは必ずしも容易ではない。C・S・ルイスは、チョーサーの分類をマクロビウスの分類と対比、対応させる。それによれば、"drem"は"somnium"謎めいた夢、"avisioun"は"visio"予言の夢、"oracles"は"oraculum"託宣の夢、"sweven"は"insomnium"悪夢、"fantome"は"visum"幻影、となる。[8] "Revelacioun"は、間接的にではあるがカルキディウス（Chalcidius）のプラトンについての『注解』に基づいていると言われる（54）。こうした対応のさせ方は、ある程度まで有効かも知れないが、両者の分類は必ずしも常に

完全に合致するわけではない。たしかに、ペルテローテ夫人が夢などばかばかしいもの——"Nothing...but vanitee in sweven is"——という時、"sweven"という言葉を持たない悪夢、"insomnium"を意味している。しかしチョーサーは、別の作品では同じ言葉を明らかに違った意味で用いている。『名声の館』の中では、眠りの神に祈りを捧げて、

If every *drem* stonde in his myght
My *sweven* for to telle aryght,
Prey I that he wol me spede
And to this god, that I of rede,

と言う時、彼は明らかに "sweven" を意味のある夢 "drem" と同じ意味で用いている。さらに彼は、夢を侮ること なく注意深くそれに耳を傾ける人々にはあらゆる種類の幸運を、それに反して、

…厚顔無恥、あるいは憎悪から、

あらゆる夢が眠りの神の支配下にあるならば、
私が話しているこの眠りの神に、
今語ろうとしている私の夢の話をば、
成功させてくださるように祈ります。

("The Invocation," ll. 77-80, 斜体筆者)

第二章 中世ヨーロッパ——ローマの遺産と「愛の夢」

あるいは軽蔑、あるいは嫉妬から、

あるいは侮辱、あるいは悪ふざけ、あるいは悪心から、

夢の解釈を誤る人

… thorgh presumption,
Or hate, or skorn, or thorgh envye,
Dispit, or jape, or vilanye,
Mysdeme hyt.

(ll.94-97)

即ち、悪しき感情から夢を正しく判断しない人々に対しては、この世が始まって以来人類が経験したあらゆる災厄がふりかかるように、そしてそうした人々は、高い絞首台で死んだリュディアの王、クロイソス（Croesus）同様の悲惨な最後を遂げるように、と祈る。詩人あるいは語り手が、このように"sweven"の意義を読者に納得させようとする時、彼がこの言葉によって意味のない悪夢、"insomnium"を考えているのではないことは明らかであろう。

このクロイソス王については、チョーサーは『カンタベリー物語』の中の「修道僧の物語」("The Monk's Tale")で、栄光の高みから一転悲劇的最後を迎える、神話中あるいは歴史上の人物としてより詳しく扱っている。ある夜、木の上に座ってゼウス（Jupiter）とアポローン（Phebus）に体を洗い、拭いてもらっている夢を見たクロイソスが、娘の王女に夢解きをさせると、彼女は、王が絞首刑になり、その遺体が雨に洗われ、日に干されることを予言しているのだと告げる。そしてその通りこの権勢を誇った王は絞首刑となったのだ、と話し手の

修道僧は言い、このように運命はおごり高ぶった王たちを思わぬ時に襲うものだと話を結ぶ。このエピソードの中でもチョーサーは"sweven" (l.1740) と"dreem" (l.1750) をまったく同じ意味で用いており、王の運命は実際に夢のとおりとなるので、ここでも"sweven"を無意識とされる"insomnium"と同一視することはできない。『公爵夫人の書』の中でも、"sweven"と"dremes"は同じ意味で用いられている (ll.279,289)。

前述の夢の分類をした後、チョーサーは、『名声の館』の序歌の中でさらに、ペルテローテの説明やマクロビウスの注解ですでに見たような、当時一般的に信じられていた夢の原因を列挙する。

あたかも四性質が反映して
人々に夢を見させるかのように、
それとも、こう、人の言うように、
人々の頭脳がひどく弱っているためなのか、
禁欲によるのか、あるいは病気によるのか、
牢獄に監禁されたりしたためか、あるいは大きな苦悩によるのか、
それとも、研究に熱中しすぎたり、
あるいは憂鬱になりすぎたり、
あるいは誰もが助けを申し出られないほど、
心の中に恐怖が満ちているというように、
自然な生活習慣の

第二章　中世ヨーロッパ──ローマの遺産と「愛の夢」

乱れによるのか。
さもなくば、人の信仰と
瞑想がしばしば
そのような夢の原因となるのか。
あるいはあの恋人たちが
過度に望んだり恐れたりしながら
送るあのみじめなつらい生活から、
彼らの描く空想が、単に、
幻想を引き起こすに過ぎないのか。
あるいは霊が人々に、
夜、夢を見させる力をもつということなのか。
それとも魂が持ち前の性質から、
人々の知るごとく、完全であるゆえに、
来るべきものを予見して、
それぞれの偶然の出来事を
すべて幻によって、あるいは象徴によって
予告するのか。
だがわれらの肉体はそれを

完全に理解する力をもたない、何故なら予告というものはあまりにも漠然としているから、

As yf folkys complexions
Make hem dreme of reflexions;
Or ellys thus, as other sayn,
For to gret feblenesse of her brayne,
By abstinence, or by seknesse,
Prison-stewe or gret distresse,
Or ellys by dysordynaunce
Of naturel acustumaunce,
That some man is to curious
In studye, or melancolyous,
Or thus, so inly ful of drede,
That no man may hym bote bede;
Or elles that devotion
Of some, and contemplation
Causeth such dremes ofte;
Or that the cruel lyf unsofte

Which these like lovers leden
That hopen over-muche or dreden,
That purely her impressions
Causen hem to have visions;
Or yf that spirites have the myght
To make folk to dreme a-nyght,
Or yf the soule, of proper kynde,
Be so parfit, as men fynde,
That yt forwot that ys to come,
And that hyt warneth alle and some
Of everych of her aventures
Be avisions, or be figures,
But that oure flessh ne hath no myght
To understonde hyt aryght,
For hyt is warned to derkly; ("Proem", ll. 21-51)

　ここには、人々の気質（体質）、病気、禁欲、自然な生活習慣の乱れといった生理的な原因と同時に、非常な苦しみ、恋人たちの希望や怖れ、研究や信仰に過度に熱中するといった心理的な要因が挙げられている。前述の

シェイクスピアと夢 | 46

分類に従って分けられているわけではないが、マクロビウスの解説や「尼僧付の僧の物語」の中の説明を考え合わせると、これらは無意味な夢の原因と考えて良いだろう。予言する夢についても説明されているが、ここでは今までしばしば見たように神に起源を持つとは考えられていない。そのような夢は、未来の出来事や運命を感知できる、人間の魂や精神に内在する特殊な能力によって惹き起こされるとされている。

しかし、ここで注意しなければならないのは、チョーサーは自分の説を述べるというより、当時一般に流布していた諸説を読者に紹介するという形で書いているということである。というのも、このように原因を列挙した後で、チョーサーは注意深く付け加える、

But why the cause is, noght wot I. (152)

だが夢の原因が何であるか、わたしは何も知らない。

と。

このような難しい問題と取り組む大学者たちを尊敬はするが、彼自身に限って言えば、

というのも、私は、今、意見を述べるのではなくて、願わくは聖なる十字架がわれらのために、すべての夢をよき夢に変えてくださるようにと望むだけだから！

第二章　中世ヨーロッパ——ローマの遺産と「愛の夢」

即ち、述べるべき意見はなく、あらゆる夢を良い夢に変えてくださるよう、聖なる十字架に祈るだけだ、と言うのである。

> For I of noon opinion
> Nyl as now make mensyon,
> But oonly that the holy roode
> Turne us every drem to goode！ (ll.55-57)

最終的には、詩人のこの謙虚な言葉を受け入れて、夢に関する体系的な、あるいは綿密な理論などを彼に期待すべきではないだろう。

それに、チョーサーの夢に対する関心は、もっぱらその文学的効用にあった。キケロは、プラトンがエルの幻想を使ったと同じ方法で、スキピオの夢を人間の魂の不滅性、国家に対する義務、宇宙の構造などを論ずるための枠組みとして使った。チョーサーは初期の物語詩の多くを、夢を文学上の手段として用いるこの伝統に従って書いている。『公爵夫人の書』(ll.1369-70)、『名声の館』(ll.1372-80)、『鳥の議会』(ll.1380-86)、『善女列伝』(The Legend of Good Women, ll.1380-86) の「プロローグ」("Prologue") 等が、チョーサーがこの特殊な手法を用いて書いた作品である。彼が四篇ものかなり長い作品でこの手法を使っているということは、彼自身の個人的な好みあるいは志向を表わす、と見ることもできるが、同時にそれが当時の文学界の流行で、一つの慣用的な手法として確立していたことにも注目せねばならない。

この頃のフランスやイギリスでは、同様の趣向の詩が多く書かれ、それらは「愛の夢」("love-visions") とか

「夢物語詩」("dream-poems")と呼ばれる。"Love-visions"とは、題材から見た呼び名で、そうした詩は普通、特定の主題、即ち十二世紀のフランスに起源を持ついわゆる宮廷風恋愛(courtly love)を扱っていたからである。"Dream-poems"は形式面から見たもので、上記の主題を特殊な形式をもって表わし、その中で詩人が愛の喜びや苦しみを歌ったものである。『鳥の議会』につけた序文の中で、ブルーワー(D. S. Brewer)はそうした型を次のように説明している。

このような「愛の夢」の形式は単純である。恋に悩む詩人が、はじめ眠れないでいたがついに眠りに落ち、夢を見たと語る。普通、それは五月のことで、詩人は美しい庭園あるいは公園にいるか、入って行くところである。鳥の囀りが聞こえてくるが、そのうち鳥たちが愛について議論するのを聞く。口火を切るのは常に鷹である。というのも、「王侯のスポーツ」である鷹狩に使われるために、もっとも気高い鳥と見なされるからである。通常、それに続き案内役が詩人を愛の神またはヴィーナスの許へと案内する。[9]

前述のチョーサーの物語詩にも、多少の変更はあっても、右に述べられたと同様の型が認められる。『公爵夫人の書』の冒頭、詩人は読者に、如何に不眠に悩んできたか、そしてそのような眠れないある夜、セイス(Seys)王と王妃アルキュオネー(Alcyone)の物語を読み、その中で眠りの神、モルペウス(Morpheus)の存在を知る。詩人は、羽根布団ほかの高価な捧げものを約束して、少しでも眠らせてくれるようにこの神に祈る。すると祈りの言葉が終わるや否や、強い眠気が詩人をおそう。

今まさにあなたがたにお話しました
その言葉を言い終わるや否や、
突然、どうしてかわかりませんが、
すぐに眠くなり、
本の上に眠り込んで
しまいました。そうすると
この上もなく甘美な夢をはっきりと見ました。

I hadd unneth that word ysayd
Ryght thus as I have told hyt yow,
That sodeynly, I nyste how
Such a lust anoon me took
To slepe, that ryght upon my book
Y fil aslepe, and therwith even
Me mette so ynly swete a sweven. (ll.270-276)

本の上に眠り込んでしまった詩人は、誰にも解釈できそうもない素晴らしい夢を見る。ファラオの夢を解いたヨセフでも、また「スキピオ王（"Kynge Scipioun"）が見た夢（"th' avysyoon"）の話を書いたマクロベウス」でさえも解釈できないような夢（"dremes"）である。時は五月のようであった。夢の中で小鳥たちの美しい囀りに

シェイクスピアと夢 | 50

目を覚まされた詩人は、狩りの物音に身を起こす。音を辿って森に入って行くと、そこで狩人たちや猟犬の一行に出会う。この物語における案内役である仔犬の後についてさらに森の奥深く進んで行くと、貴婦人の死を嘆く黒衣の騎士と出会う。この夢の主要な部分は、この騎士による貴婦人の完璧な美しさと美徳、彼女の愛を得る前の苦しみとその愛をかち得た後の喜びについての語りから成っている。その愛を失ったことを思い、騎士は再び嘆きに沈むが、ちょうどその時、男たちが狩りから帰ってくる。夢の中の城から聞こえてくる鐘の音に目を覚ました詩人は、アルキュオネーとセイス王の物語の本を手にしたまま寝床にいる自分に気づく。『公爵夫人の書』は簡潔な一行の文章で締め括られる。

　これが私の夢で、これでおしまいです。
　This was my sweven; now hit yis doon. (1.1334)

この作品の中でかなりの頻度をもって用いられ、この最後の一行にも出てくる "sweven" という言葉は、時に "dremes" と同義語として使われ、ここでも悪夢、(nightmare-insomnium) とはまったく関係なく（「この上もなく甘美な夢」 "so ynly swete a sweven", l.276 という表現さえある）、前後の文脈から判断すると現在私たちが使っている "dream" とほとんど同じ意味で使われているようである。

夢理論に関してすでに見た『名声の館』は、未完の作品である。従って完全な夢の枠組みを持っているわけではないが、それでも「夢物語詩」の多くの特徴を備えている。前にも見た通り、物語は夢の分類、原因、意味といった夢についての議論で始まり、次いで詩人は自分の見た夢を語る。夢の中で詩人は初め自分がヴィーナスの

宮殿にいると思ったが、そこから黄金の鷲に導かれて、「名声の女神」の君臨する館に行き着く。この女神は、人々が望む名声や評判を与えたり、拒んだりするにあたって、運命の女神と同じように気まぐれなのである。ギリシャ・ローマの神話や古典作品における有名な恋人たち、愛の裏切り、悲恋など"dream-poem"に特有の愛の主題も扱ってはいるが、中心となるのはこの名声に関する論議で、この点で他の夢物語詩とは一線を画しているので寓意の衣装のかげで、詩人は世間的名声が如何に不条理で、当てにならないものであるかを、諷刺しているのである。その意味では一種の教訓詩と言えるかも知れず、実際詩人は第二書の冒頭で、英語のわかる人は皆、わたしの夢の話を聞いて、何かを学んで下さい、と読者に呼びかけている。

Now herkeneth, every maner man
That Englissh understonde kan,
And listeneth of my drem to lere. (ll.509-511)

さて、お聞きください、
英語がおわかりになるあらゆる階層の方々よ、
私の夢物語を聞いて何か学びとってください。

それにこの夢は今までに誰も見たこともないような、善き幻視（"avisyon"）、則ち夢なのだから、と誇らしげに付け加える。

これから、非常に不可思議な幻視のたぐいを初めて聞けるでしょうから。
イザヤも、スキピオンも、
ネブカドネザル王も、
ファラオも、トゥルヌスも、エルカノールも、
このような夢を見なかったほどのものなのです。

For now at erste shul ye here
So sely an avisyon,
That Isaye, ne Scipion,
Ne kyng Nabukodonosor,
Pharoo, Turnus, ne Elcanor,
Ne mette such a drem as this! (ll.512-517)

『公爵夫人の書』で"sweven"、"avysyoun"、"dremes"（ll.276-290）が同じ意味で用いられていたように、ここでも"avisyon"と"drem"は完全な同義語として使われている。

『善女列伝』においては、夢の枠組みが使われるのはプロローグだけで、その目的は、詩人がどのようにして『善女列伝』を書くようになったかを説明することにある。時は五月であった。一日中緑の牧場を散策した詩人は、夜になると、昼間見つめた雛菊を想い、寝椅子の上に花をまき散らす。その上に

53　第二章　中世ヨーロッパ——ローマの遺産と「愛の夢」

横たわり、眼をおおうと、
一、二時間もせずに眠りに落ち、
牧場にいる夢を見ました。
Whan I was layd, and hadde myn eyen hed,
I fel aslepe withinne an hour or two.
Me mette how I was in the medeve tho. (ll.102-104)

夢の中で彼は牧場におり、そこで愛の神と昼間見た雛菊の精であるアルケスティス（Alcestis）と出会う。神は、詩人が不実な女の物語である『トロイラスとクリセイド』（Troilus and Criseyde）を書いたことと、『薔薇物語』（The Romaunt of the Rose）を翻訳したことで、詩人を非難する。『薔薇物語』は「わたしの教義に対する異端の書であり、賢明な人々にわたしを避けるようにさせるから」というのである。(ll.256-257) アルケスティスは愛の神を優しくなだめ、詩人に、償いとして愛の誠を貫いた善き女たちの物語を書くようにと命ずる。愛の神が同じ命令を繰り返す声で詩人は眠りから覚め、直ちに『善女列伝』を書き始めたのだと言う。

その言葉を聞くと同時に私は眠りから覚め、
こうしてすぐさま『列伝』を書き始めたのです。
And with that word, of slep I gan awake,

シェイクスピアと夢 | 54

And ryght thus on my Legend gan I make. (ll.544-545)

　ここでは、「夢物語詩」の手法は、後続の物語への序文として非常に巧みに、また魅力的に応用されている。愛の神が、『薔薇物語』を翻訳したことでチョーサーを責めたのには理由があった。原本、*Le Roman de la Rose* は、一二三七年頃ギヨーム・ド・ロリス (Guillaume de Lorris) によって書き始められたが、恐らくは詩人の死によって4058行目で中断され、四十年後、ジャン・ド・マン (Jean de Meun) により書き継がれた。彼はド・ロリスの二倍近くの長さを書いた上に、この作品に始めとまったく異なる性格を与えることとなった。宮廷風恋愛の伝統に従い愛の賛美や女性崇拝をモティーフとしたド・ロリスに対し、ド・マンは愛を生物学的に分析、解説したり、女性に対する辛辣な諷刺や攻撃を行ったからである。愛の神が非難するのは、このためであった。チョーサーが実際に翻訳したかどうかについても論議のあるところだが、すでに見た『善女列伝』のプロローグにおける詩人自身の証言もあることから、それは確かなことと思われ、現在では現存する三つの断片の最初の部分、断片A (Fragment A) を翻訳したと考えられている。とすれば、宮廷風恋愛の伝統に対する反動とも思われる愛や女性に対する偶像破壊的な部分は含まれておらず、愛の神の非難は当たらないことになるが、或はチョーサーは実際にはそのような性格を持つ本と関りを持ち、その一部でも翻訳したことを非難されたか、断片A以降の部分も翻訳したためかのどちらかであろう。

　いずれにせよ、『薔薇物語』は二百年ほどの間、フランス文学の中でもっとも重要な位置を占め、フランス文学だけでなくイギリス文学にも大きな影響を与えた。中世文学における、愛を主題とした寓意的な「夢物語詩」の流行の先駆けとなったのは、ド・ロリスによって書かれた第一部である。チョーサーもまた、英語あるいはフ

(Maintes) genz dient que en songes
N'a se fables non et mençonges;
Mès l'en puet tex songes songier
Qui ne sont mie mençongier,
Ainz sont après bien aparant;
Si en puis bien traire a garant
. I. auctor qui ot non Macrobes,
Qui ne tint pas songes a lobes,
Ançois escrit l'auision
Qui auint au roi (C)ypion.
Quiconques cuit ne qui que die
Qu'il est folor e musardie
De croire que songes auiegne,
Qui se uoudra, por fol m'en tiegne;
Quar endroit moi ai ge fiance
Que songes est senefiance
Des biens as genz e des anuiz;
Qui li pulsor songent de nuiz
Maintes choses couertement
Que l'en uoit puis apertement.
El uintieme (an) de mon aage,
El point qu'Amors prent le paage
Des iones genz, couchier m'aloie
(En mon lit), si con ie souloie
Et me dormoie mout forment;
Et ui vn songe en mon dormant
Qui mout fu biaus e mout me plot;
Mès en ce songe onques riens n'ot
Qui tretot auenu ne soit
Si con li contes recensoit.
Or ueil cel songe rimeer,
Por uos cuers plus feire agaeer,
Qu'Amors le me prie e comande.

E se nule ne nus demande

Comant ie ueil que li romanz
Soit apelez que ie comanz,
Ce est li Romanz de la Rose,
Ou l'art d'Amors est tote enclose. 11
. . . .

Many men sayn that in sweueninges
Ther nys but fables and lesynges;
But men may some sweuen[es] sene
Whiche hardely that false ne bene
But afterwarde ben apparaunt.
This maye I drawe to warraunt
An authour that hight Macrobes,
That halte nat dremes false ne lees,
But vndothe vs the auysioun
That whilom mette Kyng Cipioun.
And whoso saith or weneth it be
A iape, or els nycete,
To wene that dremes after fal,
Lette whoso lyste a fole me cal.
For this trowe I, and say for me,
That dremes signifiaunce be
Of good and harme to many wightes,
That dremen in her slepe a-nyghtes,
Ful many thynges couertly,
That fallen after al openly.
  Within my twenty yere of age,
Whan that Loue taketh his [cariage]
Of yonge folke, I went soone
To bedde, as I was wonte to done,
And faste I slepte; and in slepyng,
Me mette suche a sweuenyng,
That lyked me wonders wele;
But in that sweuen is neuer a dele
That it nys afterwarde befal,
Right as this dreme wol tel vs al.
Nowe this dreme wol I ryme aright,
To make your hertes gaye and lyght;
For loue it prayeth, and also
Commaundeth me that it be so.
And if there any aske me,
Whether that it be he or she,
Howe this booke whiche is here
Shal hatte, that I rede you here;
It is the Romance of the Rose,
In whiche al the arte of loue I close. 11

ランス語で書かれた他のどんな作品よりもこの作品に強く影響されたと言われる(Robinson, 564)。『薔薇物語』の冒頭部分とチョーサーの翻訳を読み、それらとこれまでに見た彼の物語詩における夢の形式とを比較すれば、チョーサーが如何に多くをド・ロリスに負うているかがわかる。なお、対比を明らかにするため、和訳は最後に付け加える。

　夢で見るのは絵空事や嘘偽りばかりと言う人がいる。けれども偽りどころか、あとになって真実とわかる、そんな夢を見ることがある。証人として、わたしは著作家マクロビウスを例に引こう。夢をあやかしとはせず、スキピオ王の見た夢のことを語った人物だ。夢が実現するなどと信じるのは愚かで途方もないことだと考えたり言ったりする者は、そうしたければわたしを狂人だと思うがいい。けれどもわたしとしては、夢は人々に吉凶を告げ知らせるものだと確信している。少なからぬ者が夜、それとわからぬかたちで多くの事どもを夢に見て、のちにその意味を明確に悟るからだ。

　この世に生をうけて二十年目、〈愛の神〉が若者から通行料を取り立てる年齢のころ、ある晩わたしはいつものように床に就き、深い眠りに入っていた。そして夢を見た。とても美しく、わたしの気に入る夢だった。そこに出てきたものは、あとになってすべて夢のとおりにそっくりそのまま実現したのだった。

　そこでいま、わたしはこの夢を歌い上げて語り、あなた方の心になおいっそうの歓びを与えたいと思う。〈愛の神〉がそのように願い、かつ命じているのだ。だからもし誰かにわたしの取りかかる物語の名を尋ねられたら、『薔薇物語』と答えよう。そこには「愛の技法」がすっかり収められている。11

これは物語を始めるための前置き、プロローグとも言える部分で、ド・ロリスは開口一番、夢を"fables"(絵空事)や"menconges"(嘘偽り)と言う人たちに対して、後になって真実だったとわかる夢もある、と反論、その証人として、"夢を偽りと思わず"("L'auision Qui auint au roi (C)ypion ; "the avysioun that whilom mette king Cipioun")を本に書いたマクロビウス("Macrobes")の名前を挙げる。「尼僧付の僧の物語」の中の雄鶏は、すでに見たように、マクロビウスを引き、この冒頭部分とほとんど同じ言葉で自分の見た夢の信憑性を証明しようとする。『名声の館』の"Proem"(序歌)や"Invocation"(祈願)の中で行われている夢に関する議論も、より詳細かつ複雑になってはいるが、本質的にはド・ロリスの論調とほとんど同じである。

チョーサーはお手本の誤りをもそのまま受け継いだらしい。チョーサーが最初にマクロビウスの名前を知ったのは、おそらく、『薔薇物語』を通じてではないかと思われる。全般的に感じられる類似性のほかに、チョーサーの"Kynge Scipioun(スキピオン王)は、ド・ロリスの"roi (C)ypion(キピオン王)とほとんど同じである。彼はまた、『スキピオの夢』の著者をマクロビウスとすることで、フランスの詩人と同じ誤りをおかしている。実際、『公爵夫人の書』の中のマクロビウスに関する箇所は、『薔薇物語』の中の該当箇所とまったく同じであると言ってよい。

....

Macrobes,

Ançois escrit l'auision

> Qui auint au roi （C）ypion.
>
> Macrobes,
>
> (He that wrote al th' avysyoun
> That he mette, Kynge Scipioun.
>
> (*The Book of the Duchess*, ll.284-286)

夢のことを書いた人。
・・・・・・・・
キピオン王の見た
マクロウブ、

夢のことを書いた人、
スキピオン王の見た
マクロウブ、

『公爵夫人の書』284-286

おそらく、ギョーム・ド・ロリス自身実際に『スキピオの夢注解』（*The Commentary on the Dream of Scipio*）を読んだのではなく、スキピオの夢とマクロビウスについて書かれたものを読むか話に聞くという間接的な知識からキケロが用いた夢の手法を知り、それを自分の物語詩に応用したものと思われる。チョーサーを含む他の詩人た

ちはそのド・ロリスの手法に倣い、こうして中世文学における夢物語詩（dream poems）の流行が始まったようである。

しかし、前にも述べたように、『鳥の議会』では、チョーサーは『スキピオの夢』の著者とマクロビウスを明らかに区別している。物語の始めの部分ですでに、如何に熱心に、一日中、トゥリウス［キケロ］の『スキピオンの夢』("Tullyus of the Drem of Scipioun"-1.31) を読んだかを読者に語り、続いてその内容を簡潔にまとめて聞かせる。夜となり、終日の読書に疲れた詩人は、深い眠りに落ちる。その眠りの中で、彼はスキピオの夢に現れたとまったく同じ服装で大アフリカーヌスがベッドの側に立っている夢を見る。詩人がこの夢を説明するに当たって、夢の原因として列挙する要件にも、キケロの書を思い出させるものがある。

疲れた狩人は、ベッドで眠ると、
すぐに心を森に戻す。
判事は自分の裁く訴訟に判決を下す夢を見る。
車屋は自分の車が進む夢を見る。
金持ちは黄金の夢を、騎士は敵と闘う夢を。
熱病人は大樽から水を飲む夢を見る。
恋人は自分の恋する女を得た夢を見る。
アフリカーヌスがそこに立っていた原因は、
以前にアフリカーヌスについての本を夢見た原因は、

シェイクスピアと夢　60

The very huntere, slepynge in his bed,
To wode ayeyn his mynde goth anon;
The juge dremeth how his plees been sped;
The cartere dremeth how his cartes gon;
The riche, of gold; the knyght fyght with his fon;
The syke met he drynketh of the tonne;
The lovere met he hath his lady wounne.

Can I not seyn if that the cause were
For I hadde red of Affrican byforn,
That made me to mete that he stood there; (ll.99-108)[12]

キケロのスキピオは、マシニッサと一日中アフリカーヌスの話をしたためにこの祖父のローマ人の夢を見たのだ、と説明している。チョーサーは、昼間アフリカーヌスの物語を読んだために夢にこのローマ人が現れたのかどうか言うことはできないとは言っているが、あれだけそうした例を挙げているところを見ると、自分の場合も同様であったと示唆しているようである。アフリカーヌスは、「マクロビウスがかなり詳しく解説してくれた、わたしについての古い擦りきれた本を〔詩人が読んでくれた〕」("Tokynge myn olde bok totorn, /Of which Macrobye roughte nat a lyte, ll.110-11) ことを誉め、その労に報いたいと言う。この詩が書かれた頃までには、チョーサーが直接『スキピオ

の夢』を読んだか、少なくともこの本についてより正確な知識を持つようになったことは明らかである。実際、この作品を書いている時、チョーサーは『スキピオの夢』を目の前に置いていたのではないか、という印象さえ与えられる。しかし、構成上は明らかに詩人はこのキケロの作品を頭に置いていたと思われるが、内容的には、ギョーム・ド・ロリスの宮廷風恋愛の伝統に忠実である。ここでは、アフリカーヌスは詩人を宇宙の只中へではなく、美しい庭園へと導き、詩人はそこでキューピッド、ヴィーナス、バッカスといった神々の姿を垣間見、鳥たちが自然の女神の前で愛について議論するのを聞く。キケロの作品には愛の問題が入る余地はまったくなかったが、チョーサーのこの作品では、愛こそが中心主題となっているのである。

また、これら夢物語詩において、季節がほとんどの場合五月であるというのも、チョーサーを始めとする詩人たちの恣意によるものではなく、『薔薇物語』に倣ったものであることは明らかである。というのも、作者ド・ロリスはまさに「愛と歓びの時」五月を、夢の中の季節として設定するからで、その箇所を次のように英訳したチョーサーが、それをお手本にしたということは想像に難くない。

時は五月のように思われた、
五年あるいはそれよりもっと前のこと、
時は五月、そんな[前述のような]夢を見たのだ、
あらゆるものが陽気になる
愛と歓びの時のこと、

シェイクスピアと夢　62

> That it was May me thought tho,
> It is fyue yere or more ago;
> That it was May, thus dremed me,
> In tyme of love and iolyte,
> That al thyng gynneth waxen gay, (ll.49-53)

夢の手法が当時の文学者の間で如何に人気があったかを示す例として、愛とはほど遠い題材を扱いながらこの手法を用いた、チョーサーと同時代の詩人、ウィリアム・ラングランド（William Langland,?1332-?1400）によるもう一つの重要な作品を挙げることができよう。『農夫ピアーズについてのウィリアムの夢』（*William's Vision of Piers the Ploughman*）という題名からも察せられるとおり、作品全体がいくつかの夢から成り、最後は他の夢物語詩におけると同様、簡単な一行で締め括られる。

> Then he [Conscience] cried aloud for Grace, and I awoke.¹³

それから彼［良心］が声をあげて神の恩寵を乞うと、そこで私は眼を覚ました。

プロローグ自体、完全な夢の形をとっている。五月の朝、詩人はモルヴァーンの丘をさまよっていた。歩き疲れ、小川の岸辺に横になると、彼はすぐに眠ってしまった。そして「素晴らしい夢」（"marvelous dream"）を見る。しかし、この夢はチョーサーの場合のように愛についての夢ではなく、当時のイングランドの生活を非常に

生々しく、また諷刺的に写し出したものである。ラングランドは、夢物語詩の枠組みだけを借り、題材はまったく異なったものを選んだのであった。

プロローグの終り近くで詩人が次のように言うのも、おそらくはそのためであろう。

さて、この夢が何を意味するのか、皆様ご自身でお察しください。といいますのも、私にはとても言う勇気はございませんので——神かけて嘘ではございません!

Now what this dream means you folk must guess for yourselves, for I haven't the courage to tell you —— and that's God's truth! (31)

ある作品がその時代の聖職者や貴族についての皮肉や諷刺をたっぷり含んでいる場合、夢の枠組みは権力者や読者からの非難に対してその作品を弁護するための良い口実になり得る。夢ならば意味は特定されず、このプロローグにおけるように読者に任せてしまうこともできるし、また、所詮は夢、と逃げることもできる。『夏の夜の夢』の終りで妖精パックが述べるエピローグも、状況は異なり、芝居上演の最後に慣習的に述べられた口上であるとしても、同様な夢の使い方をした後の時代の例と言えよう。

もし私ども妖精が皆様のご機嫌を損じましたなら、これらの幻影が現れておりました間皆様方はここで眠っておいでだったと

If we shadows have offended,
Think but this, and all is mended,
That you have but slumb'red here
While these visions did appear.
And this weak and idle theme,
No more yielding but a dream,
Gentles, do not reprehend.

——Ⅴ. i. 412-418

お考え下されば、お許しいただけるかと存じます。
そしてこの愚かしい
夢のような話など
皆様、どうかお咎め下さいませんように。

（五幕一場、412-418）

第三章 十六、十七世紀イギリスの思想家と劇作家たち

持続する伝統

1 思想家、散文作家たち

 後に見るように、夢はシェイクスピアの作品の中では非常に多く用いられ、またジョン・リリーほか他の劇作家たちの戯曲の中でもかなり使われているにもかかわらず、夢に関する理論、研究においては、十六、十七世紀に特別の進展は見られない。夢に関する書物もあまり出版されておらず、あったとしても古典の復刻版であり、理論も古来の学説の繰り返しに過ぎなかった。
 例えば、アルテミドロスの『夢判断』(*Oneirocritica, the Judgement of Dreams*) は一六〇六年に英訳の初版が出版されてから、一六四四年に第四版、一六五六年に第五版と出版され、一七二二年までには二十も版を重ねている。

このことは、アルテミドロスの本の人気と、夢という問題についての人々の関心を示すと同時に、何世紀も前の理論がそのまま受け入れられたことを示すと言ってよい。ロバート・バートン (Robert Burton,1577-1640) も『憂鬱症の分析』(The Anatomy of Melancholy,1621) の中で、夢をどのように理解するかを知りたい人々に対して、アルテミドロスや、他の古典作家たちを読むことを勧めている。──後に述べるジョン・バーナード (John Barnard) もアルテミドロスの名前は挙げているが、彼の説は衆知と考えたためか内容は省略している。こうしたことから、当時の人々にとって古典学説を読むことはかなり容易だったろうと推定される。

この時代に特別支配的であったと言える理論はないが、大まかに言って二つの対立する態度、即ち夢に意味を認めない「象牙の門」(the gate of ivory) 派と深い意味を認める「角の門」(the gate of horn) 派が共存している状態が認められ、前者を前述のロバート・バートンで、後者をケンブリッジのプラトン主義者、ジョン・スミス (John Smith,1618-1652) で代表させることができる。

バートンは、人間心理の研究として有名なその『憂鬱症の分析』の中で、不眠症と悪夢の治療法に関する一節を設けている。

彼は先ず不眠の一般的な原因を述べた後で、夜深い眠りと十分な休息をもたらしてくれる方法として、寝る前、あるいはベッドの中で「心地よい音楽を聞くこと」"to hear sweet Musick"とか、寝入るまで楽しい作家の本を読む、寝床の側に絶えず滴り落ちる水の鉢を置く、または気持ちの良いせせらぎの音を立てて流れる川の近くか……感覚を麻痺させるような単調に続く音の近くで寝る to read some pleasant Author till he be asleep, to have a bason of water still dropping by his bed side, or to lie near that

465. pleasant murmur, of water gliding by with gentle music…or some continuate noise which may benumb the senses…―

こと等を列挙しているが、その多くは今日でも不眠対策として推奨されているものである。憂鬱症の人が見がちな「怖い夢とか心を乱す夢」("fearful and troublesome dreams")に対するバートンの治療法は、古来からの、主に生理学的な学説に基づいている。例えば、悪夢に対する最良の治療法は、彼によれば消化の良い肉（兎、鹿肉、牛肉等）の軽い夕食を摂ることであるが、これは夢の原因についてのプラトンや、チョーサーの雌鶏の説を思い出させる。もう一つの治療法は夢＝再現説に基づいている。彼は、「昼間、恐ろしい事柄等については考えないこと、特に就寝前にそのような事について話したりしないように」("not to meditate or think in the day time of any terrible objects, or especially talk of them before he goes to bed")と助言する。というのも、彼自身の経験から言って、そのような話の後では、ヘカテ（魔女）や化け物の夢しか見ないものだからである。自分の説の裏づけとして、バートンは『スキピオの夢』のキケロの説明を援用し、「多くの場合、昼間の会話が眠りの中でわれわれの想像をかき立てる・・・犬が野兎の夢を見るように、人も最後に考えていたことを夢に見るのだ。」("for the most part our phantasy to work upon the like in our sleep…as a dog dreams of a hare, so do men on such subjects they thought on last."―466)と結論する。バートンが『スキピオの夢』を読み、キケロに同調して、夢は日中頭にあったことの再現であると考えていたことは明らかであるが、キケロの、超自然的存在から送られる予言の夢、意味のある夢という考え方は受け入れなかったようである。というのも、彼は最終的に、

と断言するからである。

　バートンが夢に対する当時の医学的、生理学的見方を代表するとすれば、もう一方の極に立つのは、宗教的、神秘的見方を代表するジョン・スミスであろう。一六一八年に生まれたスミスは、ケンブリッジのエマヌエル・コレッジで教育を受け、その後クィーンズ・コレッジのフェロウに任命されるが、一六五二年、三十四歳の若さで他界した。彼はさまざまな分野で該博な学識を持つ人物であったと言われる。スミスの『講話選集』(Select Discourses) の初版本の編者によれば、彼の精神は「肥沃で実り豊かな土壌、常に豊富に溢れ出る泉のようで、時には講演ですでに述べたことについても、さらに考えた上で、別の考察を付け加えることもあった。」("a rich and fruitfull soil, a bountiful and ever-bubbling fountain, sometimes would super add upon further thoughts some other considerations to what he had formerly delivered in the　public")[2] という。コレッジの礼拝堂で行われたキリスト教についての講演を集めた『講話選集』は、スミスの死後、一六六〇年に出版され、さらに一六七三年、再版された。聖書に記された夢との関連で、予言の夢の性質について詳細に論ずるのは、「予言についての講話」の箇所で、この部分は後にラテン語に翻訳され、一七三一年、アムステルダムで出版されている。ギリシャ、ローマの著作家への言及で彼の学識のほどはわかるが、この箇所に関しては、スミスはユダヤの作家たち、特にすでに触れたフィロに多く依存している。「予言についての講話」の第三章の副題自体、そのことを示している。

神々が夢を送り給うのではなく、われわれが自分で夢を作るのだ。——466

The Gods send not our dreams, we make our own.——466

シェイクスピアと夢　|　70

予言の夢が聖書に記録された他のすべての夢とどのように違うのか。このことは、この問題に関連するフィロ・ユデウスの著作からの引用によりさらに説明される。

How the prophetical dreams did differ from all other kinds of dreams recorded in Scriptures. This further illustrated out of several passages of Pilo Judaeus pertinent to this purpose.――197

夢は、幻視と共に、神が予言者に姿を現す二つの方法のうちの一つであった。スミスは、聖書に記されたすべての夢を予言の夢と間違えることのないようにと、ヘブライの博士たちによる夢の区分に読者の注意を向ける。彼は、夢はすべて神から送られたものということは認めるが、「多くは警告や指示として送られたもので、予言の夢が持つ真の迫力や力強さを備えてはいなかった。」("many were sent as monitions and instructions, and had not the true force and vigour of prophetical dreams in them."――197) と言う。それらは「真の夢」(somnia vera) であって、「予言の夢」(somnia prophetica) ではないのである。彼はヘブライの著作家の一人、マイモニデス (Maimonides) を引用する。

神がしかじかの男を夢の中で訪れた、と聖書に書かれていても、それを予言ということはできないし、その男を予言者と呼ぶこともできない。それは、何らかの警告か指示が神によってその人に与えられ、それが夢の中で行われたということに過ぎないのである。

When it is said in the holy writ, that God came to such a man in a dream of the night, that cannot be called a prophecy, nor such a man prophet ; for the meaning is no more than this, that some admonition or instruction was given by God to

第三章 十六、十七世紀イギリスの思想家と劇作家たち

such a man, and that it was in a dream."——197

ファラオに送られた夢は、この種の夢と考えられたのであった。ただ、ヘブライの博士たちが予言の夢と認めない主な理由は、夢見手が「聖なる人でない」ということであった。彼らは、予言の精神は善き人々にのみ伝えられると信じたのである。

スミス自身は、二種類の夢の主な違いは、予言の夢が夢見手の想像力に及ぼす影響の方がもう一方のものよりはるかに強いこと、また「真の夢」には「神のしるしである、力強さと迫力が欠けている」("wanted the strength and force of a divine evidence"——198) ことだと考える。この力強さと迫力こそが、彼に夢が神からのものであることを確信させてくれるのである。この点でスミスは明らかにフィロ・ユデウスの影響を受けている。というのも、スミスの解釈によれば、フィロは予言の夢の特性を、

予言の夢すべてにおいて、何らかの強力な要因が予言者たちの心に働きかけ、忘我の境に至らせ、強い、明らかな印象を心に残すところの、あの恍惚感である。("wanted the strength and force of a divine evidence" —— 198) that ecstatical rapture whereby in all prophetical dreams some more potent cause, acting upon the mind and imagination of the prophets snatched them from themselves, and so left more potent and evident impressions upon them.——199

としているからである。

さらに、彼はフィロの『夢、神のお告げについて』(*On Dreams, that they are God-sent*) で述べられている予言の

夢の三つの分類をも紹介している。それによれば、予言の夢の中で最高の部類に属するのは、神自身によって動かされたもので、その次に位するのは人間の理知と世界精神の共同作業により生じた夢、そして最下位と見なされるのは、人間の魂の働きそのものによって生じた夢である。解釈を必要とするのはこの三番目の種類の夢で、同じく解釈を必要としたマクロビウスの意味ある夢の中の三番目で最下位の「謎めいた夢」("enigmatic dream")を思い出させる。フィロ自身の言葉で表現すれば、

...the appearance of the third kind being more obscure than the former, owing to the deep and impenetrable nature of the riddle involved in them, demanded a scientific skill in discerning the meaning of dreams.[3]

その中に含まれる謎の深くかつ不可解な性質により、三番目の種類の夢は前者の夢よりわかりにくい外観をしているので、こうした夢の意味を理解するには巧みな技術を必要とする。

ということである。

スミスの関心は主に聖書の中の夢にあったが、彼の議論は当時の一般的な考え方と全く無関係であったと考えることはできない。というのも、聖書の中の例に基づいた、神は人間に夢を通して意志を伝達するという考えがなくなったわけではなく、なかには固く信じて疑わない者たちもいたからである。

アルテミドロスの『夢判断』の英訳者、ロバート・ウッド（Robert Wood）は、一六〇六年版につけた献辞の中で次のように述べる。

神は次のような手段を用いて語られる、即ち夜、夢や幻を通して物の見えていない者に語りかけられるのである。人が寝床で深い眠りに落ちている時、神は人の眼を開け、教えをこめた幻によって畏怖させるのである。これこそが、わたしたちが神を持つ、あるいはわたしたちの中に神性の幾分かでも持つ、大いなる理由なのだ…

This is a great cause that we have God, or any part of his divinity in vs.... — Artemidorus, 53

God speaketh by this means, and that means, to him which sees not the thing, to witt, by dreams in a vision by night, when sleep arrests men, and they are fast in bed, then openeth hee men's eyes to feare them by instructing apparitions.

ウッドは、夢や幻を通して神から送られる導きに従い、善き事を予見し、悪しき事を防ぐこと以上の喜びや利益はないと言う。しかし、彼は同時に、「わたしたちに対する夢による神の警告、予示、前兆などをひどく蔑ろにし、そのため夢をお笑い草として嘲る」人たちがいることについても記述している。彼の翻訳も同様の軽侮と嘲りをもって迎えられたらしい。というのも、彼の「仕事などは無意味で、夢なども偽り、こんな問題を扱ったアルテミドロスほかの連中はまったくの馬鹿者だ」（[his] labour is none, that dreams are lies, and that Artemidorus and others which have handled such matters, were very fools"―49-50）というようなことを言う人たちもいたと書いているからである。しかし、ウッドはこのような批判によって動揺することはない。彼は、自分の見た夢を説明したことで兄たちに嘲笑されたエジプトのヨセフに自分をなぞらえ、「占い師や夢見る男」（"a southsayer or dreamer"）と見なされても気にかけたりしない、自分をおとしめる者がどんなに多くいようとも、自分の翻訳から利益を得る人たちが少しでもいれば、大きな喜びであると言う。こうしたへり下った言い方は、自分の作品を前にしたときの

シェイクスピアと夢　｜　74

当時の著者の慣習とも言えるが、同時に、夢の超自然的な性質どころか、如何なる意義も認めなかった人たちが実際に多くいたことを示しているように思われる。こうした人々は、夢に宗教的な意味を認めたロバート・バートン派に属すると考えられる派に対して、あらゆる夢を単に生理学的、医学的見地からしか見なかったジョン・スミス派に属することができよう。一六四四年、同じ本が『夢判断』(The Interpretation of Dreams)という題で出版された時も、状況はあまり変わっていなかったらしい。というのも、少しばかり短縮されたものの同じ献辞が、ほとんど一語の違いもなく復元されているからである。

しかし、その反面、十七世紀を通じて、夢の意義やそれが神から送られたものと信ずる人が多くいたことにも注目する必要がある。

一六八三年、『もっとも尊敬すべき神学者、卓越した歴史家、神学博士ピーター・ヘイリン伝』(The True Life of the Most Reverend Divine, and Excellent Historian, Peter Heylyn, D.D.)を出版したジョン・バーナード(John Barnard)は、神学者としては論争の的となり、清教徒革命の時にはウェストミンスター寺院の副主任司祭であったヘイリンが、死の直前に見た夢について、詳細に論じている。病気になる二日前、ヘイリンは天国を思わせるような、気持ちの良い、楽しい場所に自分がいる夢を見た。そこで彼は、今は亡きチャールズ一世に会ったが、王は彼に、「ピーター、わたしはお前が教会のお前の席の下に埋められるように取り計らおう。お前は、そこか書斎以外の場所で姿を見かけられることはめったにないのだからね。」("Peter, I will have you buried under your seat at church. For you are rarely seen but there or at your study")彼はその夢が間近に迫った自分の死を予告するものと解釈し、翌朝妻にその夢の話をし、自分が死んだら夢で指示されたとおりに埋葬してくれるようにと命ずる。夢に続いて、彼の法衣に火がつき、燃えると言う事件が起こった。彼はこのことをも、自分がもはや僧服を着ることがないということ

第三章　十六、十七世紀イギリスの思想家と劇作家たち

とを示す前兆と解釈する。これら二つの予兆に強い印象を受け、自分の命も長くないことを悟ったヘイリンは、翌日あらゆる必要な手筈を整え、近づく死に備えていたが、その夜、床に就くとともににわかに病気になり、そのまま亡くなってしまったのである。[4]

ヘイリンの婿であり、伝記作家でもあるジョン・バーナードは、この事件に関連して、夢に関する当時の一般的な考えや、古典作家やヘブライの著作家たちにも言及しながら、夢についての自分自身の考えを詳述している。先ず第一に、彼はある種の夢が真実であることを疑わない。神がその意志を夢を通して人間に示された時代は去ったとし、「夢をあまりに信じすぎることは望まない」としながらも、神が時に昔の意志伝達の方法を採る可能性は否定しない。というのも、「どんな時でも神の意志や能力には限界というものがないのだから。」従って、「決して空想的でも狂信的でもないとわかっている賢明、かつ信頼すべき人々」("wise and credible persons, whom we know are no way inclined to be either fanciful or fanatic."―CC)によって証言された夢を、すべて妄想と非難することはしない。例証として、バーナードは、プリニウス（Plinius）の著作の難解な箇所の解決法を夢の中で発見したコエリウス・ロディギヌス（Coelius Rhodiginus）や、自分の墓碑銘を夢に見、後に実際にそのとおりであることがわかったユリウス・カエサル・スカリゲル（Julius Caesar Scaliger）の父の例などを挙げている。もっとも最近の例として、彼はヘイリン自身の著作から、ランド大司教（Archbishop Land）が一六三九年一月に見た夢と、「大司教は夢に対して熱心に注意を払い、それらを書きとめておられた」"he was much given to take notice of dreams, and commit them to writing"（CC）というヘイリンの言葉を引用している。こうした人々は皆、「いやしくも偽りなど言うことがない」("would scorn to tell a lie")「立派な、偉大な精神」("integrity and great spirit")の持ち主だったのである。

しかし、一方で、ロバート・ウッド同様バーナードも、夢については生理学的説明で満足し、それ以上の注意を払おうとしない多くの人々がいることを知っていた。彼はそうした人々に必ずしも反対ではない。というのも、彼自身、「憂鬱気質」や「黒体液はある種の人々の想像力や空想力に働きかけて奇体な物事を見せる」（"the melancholy temper [or] black humour presenteth strange things to the imagination and phantasy of some persons"――CCI）と考え、またこのような生理的な原因によって生じた夢を予言の夢と言うことはできない、何故なら、憂鬱症にかかっている「心気症の人々」（"hypochondriacal persons"）は、憂鬱症がなおって始めて、予言の力を得るよりむしろ失うことの方が多い、と考えるからである。予言者エリシャ（Elisha）は、予言の力を取り戻したのである。悪い体液の過剰によって引き起こされた夢も、同様に無意味である。（CCIII-CCII）

しかしながら、バーナードは一方で、「神聖な、或いは超自然的と呼んでよい別の種類の夢」（"another sort of dreams which may be called divine or supernatural"）がある、とも主張している。そうした夢は、「神かもしくは大使によって人の心に引き起こされる」（"inspired on the mind of man either by God or his holy angels"）もので、必然的に予言を伴うと考え、ヘイリンの夢はこのようなものであったとする。というのも、非常に敬虔で学識の高い人であったから、晩年確信を持っていた、自らの魂の超自然的な働きを認識することができたはずだと信ずるからである。（CCIII）そして、こうした信念の裏付けとして、「人間の魂は、肉体の動きから切り離された時、それ自体である種の予言の力を持つ」（"St Austin saith ... 'That the soul of man hath a certain power of divination in itself,' when it is abstracted from bodily actions."）という聖オースティンの言葉を引用する（CCIII）。バーナードは、人間の魂は眠りの中で神とのより高次の霊的交わりを持つことができるという考えに同意しながらも、ヘイリン博士の場合のように死の直前の方がよりいっそう直接的な交流が可能であると考える。何故なら、テルトリアヌスも言うよう

に、「魂はいまわの際にもっとも盛んに活動し、それが見るもの、それが聞くこと、永遠の世界に入らんとするに当たってわかり始めた事柄などを明確に語るのであるから。」("Because the soul then acts most vigorously at the last breath, declares what things it seeth, it heareth and what it begins to know, now entering into eternity.") ――CCIV

ロバート・ウッドより控えめにではあるが、バーナードもある種の夢の意義とそれが人間を超えた力によって引き起こされることを信じたが、この信念は彼の義父、ヘイリンの例によってさらに強められたものと思われる。彼自身の中に、真の夢と偽りの夢、この夜の幻に対する信と不信という古来からの相対する態度が見られるが、彼の同時人の多くも同様な考え方をしていたと考えて良いだろう。

十七世紀の代表的思想家の一人、サー・トマス・ブラウン (Sir Thomas Brown, 1605-82) も、懐疑の方により多く傾いていたとはいえ、同様な見方をしていたと言える。先ず当然のことながら、深層心理学出現以前の時代の人として、彼は昼の世界と対立する夜の世界に、強い疑念を表明する。昼の間、わたしたちは「真面目な仕事や真理の理性的な探求」に従事する。「昼はわたしたちに真実を与えてくれる」("The day supplyeth us with truths") のに対して、夜が与えるものは「絵空事や偽り」("fictions and falsehood") のみであり、こうした夜毎の奇妙な物たち」("visions and phantastical objects") がわたしたちを欺くのは間違いない、と彼は信ずる。それは、「もっとも真面目な人々でさえ、憂鬱症の引き起こすあらゆる奇怪な行動 ("the soberest have acted all the monstrosities of melancholy") をとるような精神状態であり、また、意識のある、目覚めた状態から見れば、「愚行、狂気」("no better than folly and madness") としか思えないものである、5 とプラトンを思わせる意見を述べている。ブラウンは、昼とそれが理性的であることに敬意と賞賛を惜しまないが、夜に対しては疑念と不信を隠さなかった。

とは言っても、ブラウンも神より送られる夢の可能性を完全に否定するわけではない。彼は、アリストテレス

シェイクスピアと夢 | 78

が「理不尽にも」("unreasonably") こうした夢の存在を疑ったことを非難さえしている。たしかに、彼の議論は一見、非常に合理的で論理的であるが、現代の人間なら、その基となっている最初の前提を問題にするだろう。彼は、「悪魔によって引き起こされる夢があることは疑う余地がない。」("Ίat there are demoniacall dreams wee have little reason to doubt.") という前提に立ち、ならば天使による夢があって然るべき、と考える。守護天使がいるのなら、わたしたちが眠っている間、ぼんやり手をこまねいているはずがない。天使たちがわたしたちが眠っている間に夢を通して影響を与えることは有り得ることで、わたしたちには「いかにも驚くべきことに思われる多くの不思議な暗示、教唆、発見」("many strange hints, instigations, or discoveries which are so amazing") なども、こうした原因によって引き起こされるかも知れないのである (398)。

しかし、このような考えは、ジョン・スミスやジョン・バーナードの場合のように宗教的信念に基づいているというより、すでに見たような論理的推論の帰結であったように思われる。彼は神秘思想にはあまり関心がなかったらしい。従って、彼が続けて、「しかし、眠りの幻は普通自然の、動物的な夢の大道をまかり通る」("But the phantasms of sleepe do commonly walk in the great roade of naturall and animal dreams") のであって、そうした夢に意義を認めることはできない、と述べるのもうなずけることである。夜、このような夢の中で「行われたり、反復される」("the thoughts or action of the day [that] are acted over and echoed") のは、「日中に考えたり、行ったりしたこと」("the thoughts or action of the day [that] are acted over and echoed") なのである (398-399)。ブラウンは、ペルシャの元老、アルタバヌス同様、この再現説をある種の宗教的な夢に対する批判に使いさえする。聖パウロの書簡を毎日読んでいた聖クリソストムが、聖パウロの夢を見るのは当然のことである。日々、天国とその素晴らしさについて瞑想している信心深い人たちも、夜毎、天国の夢を見ないではいられないだろう。このような「時として啓示とか神から送られた夢と考えられる」("sometimes taken for illuminations or divine dreams"）ものも、正しく考え、分析すれば、「目覚めていた時に考えたことが、生理的幻影、夜の情景として自然に現れたもの」（"animal visions and naturall night scenes of their waking contemplaions"）に過ぎないことがわかるだろうと言う（399）。神から送られた夢の存在を主張する時より、こうした議論をしている時の方が、ブラウンは確信に満ち、説得力があるのである。

彼のもっとも独創的で、ほとんど現代心理学を先取りしているとも言える点は、彼が夢と人間の内面や性格との関係を認識していたことである。彼は、「物事を夢によって処理したり、夜に昼を支配させたりする人は、馬鹿馬鹿しいほど惑わされ」（"hee that should order his affayres by dreams, or make the night a rule unto the day, might be ridiculously deluded"—400）たり、外界の事柄に関する限り、夢は信用できないと信じているが、その一方で、わたしたち自身を理解するためには真に意義のある、有用なものだと考える。何故なら、「人は夢の中でも、ある程度目覚めている時と同じ感覚で行動するもの」（"men act in sleepe with some conformity unto their awaked senses"）だから、夢は「わたしたち自身について親しく教えてくれる」（"intimately tell us ourselves"）のである。眠っている時でも、ルターは魔物を恐れることはないだろうし、アレクサンダー大王が戦争から逃げ出すこともないだろう（400）。こうした考えは、過度に単純化されているように思われるかも知れないし、また、夢の中ではしばしば目覚めている時の自分とは異なる行動をとり、それが真の自分自身、あるいは隠れた自分の性質、問題、願望などを知るのに役立つという、現代の学説にも合致する前述の主張と矛盾するようであるが、しかし夢は外界の出来事ではなく、わたしたち自身を理解するのに有用である、という基本的な考え方は、ブラウンの時代にあってはまったく新しいものであった。ただし、それが十分に、あるいは一貫して学説として発展されることはなかった。

この問題に関してもっとも客観的で、偏らない見解を述べているのは、政治家であり、また近代科学の始祖とも言えるフランシス・ベイコン（Francis Bacon, 1561-1626）であろう。プラトン同様、彼も夢についてはあまり書いてはいないが、その『学問の進歩』（"Advancement of Learning, 1605）の中で、魂に及ぼす肉体の作用について次のように述べている。

生理的な夢の解釈については多くの研究がなされてきたが、中には途方もない説も数多く混じっている。ここでは、今のところそれが最善の土台の上に立ってはいない、とだけ述べておこう。

The interpretation of natural dreams has been much laboured ; but mixed with numerous extravagancies. We shall here only observe of it, that at present it stands not upon its best foundation...6

ベイコンがこれを書いたのは一六〇五年で、バートンやスミスほか、今まで扱ってきたどの著作家より以前のことである。しかし、十六世紀から十七世紀にかけて、情況は余り変わっていなかったようであるし、ベイコンが科学者らしい冷静さで述べているこの言葉は、この時代の夢研究について手に入れることのできる、もっとも率直な評言と思われる。それは、科学的に信頼するに足る研究や学説がない中で、夢について人々が、以前にも増して信と不信、角の門と象牙の門を揺れ動いていた時代だったと言えよう。

シェイクスピアがその作品を書いていたのは、このような環境の中においてであった。従って、この時代の考えがその中に反映されていたり、登場人物たちがしばしば夢に対する不信や、相矛盾する態度を示したりするのも当然と言えよう。しかし、注目すべきは、彼の作品の中には夢に対するまったく新しい見方、扱い方が現れて

いることで、それが彼をその時代の人々の中でも特異な存在としているのである。

次に、比較対照のため、シェイクスピアと同時代の劇作家たちの作品の中では、夢がどのように扱われ、どのような劇的機能を果たしているのかを見てみたい。

2 劇作家たち

中世に全盛をきわめた夢物語詩の流行も、ルネサンス期になると完全に下火となり、一、二の例外にその形骸をとどめるに過ぎなくなる。[7] それは、写実的傾向の強まった時代にあって、かなり人工的な感じを与える夢の枠組みという手法が好まれなくなったためもあろうし、また、文学の主流が詩から演劇に移ったこととも関係があろう。従って、この時代の文学で注目されるのは、詩より、演劇の中で使われる夢が目立つようになることである。

しかし、夢物語詩のように夢を作品全体を包む枠組みとして使うことはもはやなく、ラングランドの例に見られたように、夢を弁明、あるいは自己弁護の手段として、芝居のプロローグやエピローグの中で用いる場合が多くなる。

シェイクスピアの『夏の夜の夢』のエピローグの例はすでに見たが、シェイクスピアは別として同時代作家の中では例外的に夢を多用しているのはジョン・リリー (John Lily, c. 1554-1606) で、彼も『月の女』(*The Woman in* the Moon, c. 1590)のプロローグの中で、夢をまさにそうした目的に使っている。前口上は、この作品が「単に作者の夢の影にすぎない」("but the shadow of our Authors dreame")とし、観客に、「もし彼女の言葉の中に、多くの欠点が見逃されていたならば」("If many faults escape in her discourse")、「すべては詩人の夢に過ぎないのだという ことを、思い出していただきたい」("Remember all is but a Poets dreame")[8]と懇願する。『サフォーとファオー』(Sapho and Phao, 1584)の宮廷における上演の際には、前口上役は女王に向かってつつましく次のように言う。

私ども皆、そして私めは皆に代わり膝をつきまして、願い上げまする。陛下におかれましては、深い眠りの中、夢を見ているのだと御想像遊ばされますように。そして終りになりましたら、立ち上がられ、こうおっしゃって下さいませ。ああ、これで眼が覚めた、と。

we all, and I on my knees for all, entreate, that your Highness imagine your self to be in a deep dreame, that staying the conclusiõ, in your rising your Majestie vouochsafe but to saye,
And so I awakte.[9]

すでに見たように、妖精パックも、何か気に障ることがあっても許してもらえるように、「これらの幻が現れていた間、皆様はただ夢を見ていたのだ」("have but slumber'd here/While these visions did appear.")とお考え下さるように、と頼む。こうしたプロローグやエピローグは、慣例でもあったが、『農夫ピアース』の場合と同様、自作を批判から守るという機能も持っている。
この最後の二つの例の場合、夢を見るのは詩人でも作者でもなく、観客自身である。彼らは、夢物語詩におけ

るように語り手を通して夢を見るのではなく、芝居に始めから終りまで立会うことによって、いわば夢を直接体験するのである。たしかに、上演の後には何一つ残らない——プロスペローの言葉を使えば"Leave not a rack behind" (*The Tempest*, IV, i, 156) ——このはかない、束の間の芸術は、観客の心に実際の夢を見た後と同様の効果をもたらす。さらに、夢の場合と同じく、この幻影の与える印象も、それが伝える意味によって強弱の違いが出る。この点については、後にさらに詳しく考察したい。

こうした芝居前後の口上のほかに、芝居自体の内容にもっと融けこんだ使われ方もされるようになり、それらを大別すると次の三種類となる。即ち、

一　語られる夢——夢見手が自分の見た夢について、独白の中で、あるいは他人に向かって語る場合、

二　演ぜられる夢——登場人物が見ている夢がそのまま舞台上で演ぜられる場合、

三　イメージや比喩として使われる場合、

である。ルネサンス期のイギリス演劇では、そのいずれかを、あるいはいくつかを同時に用いて、さまざまな機能を果たさせている。すでに述べたように、この時代、もっとも多く夢を作品の中で用いているのはリリーとシェイクスピアで、ほかの点においてもシェイクスピアはリリーの影響を受けているのかもしれない。しかし、シェイクスピアは、数においても、また内容的にも、この先輩作家をはるかにしのぐ、それ自体独立した考察に値する豊かな夢の世界を創り上げているのである。

また、リリーの夢の使い方は、シェイクスピアと比べるとはるかに単純で、深い意味を持たせずに、気軽に使っているという感じさえ与える。『エンディミオン』(*Endimion*, 1588) では、予想されるとおり、主人公エンディミオンの夢が黙劇によって舞台上で演ぜられるとともに、同じ夢が主人公によって他の人物に語られる。黙劇の

ト書きは次のように書かれている。

　三人の貴婦人登場。小刀と鏡を持った一人が、もう一人を仲間に引き入れ、、眠っているエンディミオンを刺そうとするが、三人目の貴婦人は両手をふり絞り、嘆き、押しとどめようとしてできないでいる。最後に、最初の貴婦人は鏡を見て、小刀を投げ捨てる。

（二幕三場）

　　　　　三人退場

At last, the first Lady looking in the glasse, casts downe the Knife.

Three Ladies enter; one with a knife and a looking glass, who by the procurement of one of the other two, offers to stab ENDIMION as hee sleepes, but the third wrings her hands, lamenteth, offering still to prevent it, but dares not.

　　　　　Exeunt
　　　— *Endimion*, II, iii

即ち、これがエンディミオンが実際に見ている夢の内容ということになる。

　この黙劇に続いて、一人の老人がエンディミオンに三枚の紙からなる本を差し出すが、彼ははじめそれを受け取ることを拒否し、老人が最初の二枚を引き裂いたとき初めて受け取る。

　こうした場面は、エンディミオンに顧みられなかった貴婦人テラス（Tellus）が復讐を企てている主筋と大よかには関連してはいるが、詳細においては必ずしも一致することはないし、また芝居全体の意味に何かを付け加えることもない。後にエンディミオンがシンシア（Cynthia）に自分の見た夢について説明するときでさえも、そ

85　第三章　十六、十七世紀イギリスの思想家と劇作家たち

の夢が芝居全体にとってどのような意味があるのか、あまり明確にはならない。

こうして見てくると、エンディミオンの夢の意味は、芝居自体から説明することはほとんど不可能で、『ジョン・リリー全集（*The Complete Works of John Lily*）』の編者、R・W・ボンド（R. W. Bond）が解釈するように、当時の宮廷生活の寓意と考えるしかないようである。[10]

『サフォーとファオー』にもまったく同種類の夢が登場する。この作品では、夢はファオーが恋するシラキューズの姫君、サフォーによって語られている。彼女は、高い西洋杉に巣を作っている間、たくさんの蟻がその木の幹に卵を生みつけ、毛虫がその木の葉にはりつき、そのため丁度鳩の羽が落ちてしまう野鳩の夢を見る。次に、蟻がその木の幹に卵を生みつけ、毛虫がその木の葉にはりつき、そのため丁度鳩の羽が落ちたように木の葉が落ちてしまうという夢を見る。しかし、彼女が鳥と木の不運を嘆いている間に、鳩は力を取り戻したようで、その体に再び羽が生え始めたのであった。鳩が木から落ちるという現象は、芝居と関連させると、サフォーのファオーに対する愛の低下を暗示すると考えられなくもないが、蟻や毛虫に対応する事柄あるいは人物は、芝居そのものの中には見当たらない。ここで再び編者ボンドの解釈に従うと、「高くそびえる西洋杉の木はエリザベス女王を象徴し」、鳥は女王の寵愛を得た後に失い、再びそれを取り戻したレスター伯爵を、蟻は女王にたかる宮廷の人たちを表わし、毛虫は「おそらく、エリザベス女王の政府に対し陰謀を企てているジェズイットや神学校の僧たちを」表わしているのだろう、[11]ということになる。また、しても、当時の宮廷生活、あるいは政情の寓意である。この解釈が妥当かどうかは別として、観客が芝居の内容だけから、この夢が何を意味するか判断することができないことは確かである。これら二つの作品に使われた夢を、エリザベス女王の宮廷の当時の状況の寓意と考えれば、こうした夢の使い方も必ずしも芝居のほかの部分にうまく融合しない、とは言えないだろう。しかし、ある時代の、ある社会にそのように限定された内容を持つ作

品は、その文学的、芸術的価値においても、かなり限定されると言わざるを得ないだろう。サフォーが自分の見た夢について語った後、彼女の五人の侍女がサフォーの例にならい、こもごもそれぞれが見た夢について語る。しかし、彼らの夢の中の一つとして、芝居そのものに対して重要な劇的機能を果たしたり、意味を与えたりするものはない。それらはむしろ、喜劇的な幕間狂言の役割を果たしている。ただ一つ、私たちの興味を惹くのは、侍女の一人が夢について述べる意見である。ユージェニュア（Eugenua）は、知ったかぶりをして言う。

夢などというものは愚かしいものでございますよ。わたしたちが昼間見たものや、食べた肉によって引き起こされ、常識をおだて上げて、想像をたくましくさせるのですから。

Dreams are but dotings, which come either by things wee see in the day, or Meates that we eate, and so 〈flatte-〉 the common sense, preferring it to bee the Imaginative.

——*Sapho and Phao*, IV, iii, 44-46

（四幕三場、44-46）

ここには、夢に意義を認めない人たちの、再現説と生理説の合体が見られる。これに、夢について語る前のサフォーの言葉、

こうした夢って何なの、ミレタ。それに、夢というものに眞実はないのかしら。いいえ、夢にだって真実があるはずよ。（四幕三場、1-2）

What dreams are these, Mileta? And can there be no truth in dreams? yea, dreams have their truth.

— *Ibid*, IV, iii, 1-2

をつけ加えると、古典時代以来の夢についての相反する態度と伝統的な考え方のすべてが再現される。

リリーはまた、夢をパロディーや道化芝居の目的にも使っている。『エンディミオン』では、サー・トーファス（Sir Tophas）のふくろうを、彼の熱愛の対象である年老いた女魔法使いディプサス（Dipsas）についての夢と、彼の眠気（三幕三場）は、主筋におけるエンディミオンの夢とシンシアに対する献身的愛、長い眠りを戯画化している。『ボンビー婆さん』(*Mother Bombie*, c.1590)の中のルーシオ（Lucio）とヘイペニー（Halfpenny）の夢（三幕四場）はすべて、「胡椒の刺しゅうのあるキャベツのマントを羽織った堂々たる牛肉の塊、頭上に芥子の帽子を載せた立派な二人の小姓にかしずかれて」("...a stately peece of beefe, with a cape cloke of cabiage, imbroidered with pepper: hauing two honorable pages with hats of mustard on their heades....." — Ⅲ, iv) といった擬人化された食物から成っていて、ボンビー婆さんの真面目くさった夢判断と共に、大いに笑いを引き起こす要素となっている。

リリーやシェイクスピアほどその作品の中で夢を多く使った劇作家は他にいなかったが、この時代の戯曲の中

で夢がかなり重要な役割を果たしている作品が他にないわけではない。時にシェイクスピアの『リチャード二世』(*Richard the Second*)の第一部ではないかと推測される作者不詳の『ウッドストック』(*Woodstock*, 1591-1595)には、一つの語られる夢(四幕二場)と、一つの実際に演ぜられる夢の場面(五幕一場)がある。『ペルシャ人』の中の女王アトッサ同様、グロスター公爵ウッドストックの妻、グロスター公爵夫人は、夫が王(リチャード二世)によって逮捕される前に予兆の夢を見る。病気の王妃を訪ねることになってってはいるものの、公爵夫人は外出する気になれない。前夜、彼女の「眠りは悲しい夢によって乱され」("My sleeps were troubled with sad dreams")、心は「怖れと重苦しさでいっぱい」("full of fear and heaviness")なのである。彼女は「怒れる獅子が一群の狼と共に」("an angry lion with a herd of wolves")夫を取り囲み、「愚かな羊たちの群れ」("a flock of silly sheep")が夫を救おうと彼らに向かって進んでいくと、この「森の王」は羊ともどもウッドストックをも殺してしまう、という夢を見たのである。ウッドストックは「愚かしい」("foolish")夢などには全く注意を払わず、妻の不安を追い払おうとして言う。

何、王妃があれ程御病気だというのに？ さっさと行くのだ、恥を知りなさい！ 夢のために家にいる？ これまでも夢を見たことはあるだろうに！

What, and the queen so sick? Away for shame!
Stay for a dream? Thou'st dreamt I'm sure ere this![12]

そして、さらに「安心しなさい。夢など皆逆夢だよ。」("Take comfort, then, all dreams are contrary")と慰める。

最後に彼は、夢の意義を認めない人たちがよく使う再現説で、この問題を片付けようとする。

本当にお前は馬鹿げている。お前の夢を説明してあげよう。
昨夜わたしたちはひそかに話をしたではないか。
国民が課せられている金額未記入課税用紙について。
その時わたしは例えた、国（いまのところ——
国王リチャードと彼にへつらう害をなす家臣たちのことだが）
を餌に飢えた残忍な狼の群に、
また民衆を、怠惰な羊飼がのんきにつっ立っている間に、
これらの森の盗人たちが押し入って、その血を吸い取ってしまう
愚かな羊の群になぞらえた。
この話がお前の不安な心に深い印象を残し、
そのため眠りの中で鮮やかな形を取ったのだ。
さあ、さあ、何でもないことだよ。

Afore my God thou'rt foolish; I'll tell thee all thy dream.
Thou knowst last night we had some private talk
About the blanks the country's taxed withal.
Where I compared the state　(as now it stands,——

（四幕二場、二三〇-二三二頁）

Meaning King Richard and his harmful flatterers)
Unto a savage band of ravening wolves,
The Commons to a flock of silly sheep
Who, whilst their slothful shepherd careless stood,
Those forest thieves broke in, and sucked their blood.
And this thy apprehension took so deep
The form was portrayed lively in thy sleep.
Come, come, 'tis nothing.

——IV. ii.

しかし、公爵夫人が出立するとすぐ、一群の仮面をつけた者たちが到着し、仮面劇を上演しようと申し出る。この者たちが、王と家臣が仮装したものとわかったとき、怖れを抱いたウッドストックは認めざるを得ない、「妻の夢が本当になった」("her dreams have ta'en effect indeed")と。公爵夫人の夢とそれに続く場面は、迫り来る不運と、自らの運命について無知でしかいられない人間の悲劇的状況を観客に強く印象づける役割を果たしている。
後に、ウッドストック自身、カレーの城中に投獄されているとき、兄の黒大子と父王エドワード三世の亡霊が、近づきつつある暗殺者について警告する夢を見る。雷鳴と稲妻の中、亡霊たちは舞台上に現れ、ウッドストックに目を覚まし、さし迫った死から逃れるようにと促すが、この夢の警告もウッドストックの悲劇を防ぐことはできない（五幕一場）。夢はここでは、亡霊という超自然的な存在の出現を観客に受け入れやすくするために使われていると言ってよいだろう。夢の中ではどんなことでも起こり得る、と一般的に信じられていたのだから。後

に見るように、シェイクスピアも夢の中に亡霊を登場させるという手法は、幾度か使っている（例えば『リチャード三世』、『ジュリアス・シーザー』等）。いずれにせよ、公爵夫人の夢は、正しい予告（あるいは予知）の夢であった、ということになる。

こうした古代以来の「予言の夢」につながる、迫り来る悲運、通常、死を予告する夢というのが、前後口上と並んで当時もっとも一般的に使われた夢の用法で、『ウッドストック』と同様、語られる夢、演ぜられる夢という形をとることが多く、『ウッドストック』以外の作品でも、またシェイクスピアの作品の中でも数多く使われている。

例えば、これも時にシェイクスピアの作品とされる作者不詳の『フェヴァシャムのアーデン』（*Arden of Feversham*, 1591）でも、主人公アーデンは『ウッドストック』の公爵夫人と非常によく似た夢を見る。妻アリス（Alice）とその愛人モズビー（Mosbie）がアーデン殺害の計画を練っている間、彼は自分が狩の獲物となり、罠にはまった夢を見、まさに刺し殺されんとするとき、目を覚ます。彼の夢は「しばしば…本当のことを予示する」（"oftentimes...presage too true"）ので、アーデンはこの夢によってひどい胸騒ぎを覚えるが、夢のことを打ち明けた友人のフランクリン（Franklin）は、次のように言って彼の心をしずめようとする。

夜毎の幻想に注意を払っている人には、
二十のうち一つぐらいは信じられるものがあるかも知れない。
でも信用してはいけない。そんなものは、お笑い草に過ぎないのだ。

To such as note their nightly fantasies,

> Some one in twenty may incur belief;
> But use it not, 't is but a mockery.[13]

彼は、アリストテレス同様、夢が本当になるのは偶然に過ぎず、夢というものは本質的に夢見る人を欺くまがい物なのだと主張する。しかし、結局夢は現実となり、アーデンは妻のしかけた罠にはまり、妻に雇われた刺客と愛人たちによって刺し殺される。この筋書きは、『ウッドストック』同様こうした芝居における予告、あるいは予知の夢の使い方のお決まりの型に従っており、それによれば、まず強い不安と共に夢が語られ、次いで夢見手自身、または聞き手によってその意義が否定されるが、最終的には夢は現実となり、夢見手の不安が正しいものであったことが証明される。

『フェヴァシャムのアーデン』では、間接的にではあるが、もう一つの夢が使われている。芝居の初め、アーデンは妻に、眠っている間モズビーの名前を呼び、自分の首に抱きついたとなじる。アリスは、それは前の晩一人でモズビーの話をしたので、それが夢に現れたに過ぎないと、おなじみの再現説を使って一蹴しようとするが、実際には如何にこの不実の妻が日夜愛人モズビーのことを想い続けているかを示すものであり、またそれを観客に伝える役目を果たす（一幕、65-79）。後に見るように、シェイクスピアの『オセロウ』（Othello, 1604）の中でも、人の心を巧みに操る術を心得ているイアゴウが、いかにキャシオが眠りながらデスデモーナの名を呼び、自分に抱きついてきたかという夢の話をでっち上げてオセロウに語り、妻の不貞に対するこのムーア人の将軍の疑惑を深めることに成功しているが（三幕三場、413-435）、これも日頃心に思っていることが夢に現れるという通念を利用したものである。

予知、予告の夢は、もう一つの作者不詳の家庭悲劇、『美しき女たちへの警告』(*A Warning for Fair Women*, 1599) にも登場する。この作品では、殺される犠牲者の一人、ジョン・ビーン (John Beane) とその婚約者ジョーン (Joan) が、自分たちの見た、彼の運命についての漠然とした、しかし強い不安と怖れを抱かせる夢についてこもごも語る。この話を聞いていた娘の主人のジョン (John) 老人は、次のように述べて彼らの不安を打ち消そうとする。

しかし、その後、暗い森の中で自分を待ち伏せている殺人者の姿を認めた時、ジョン・ビーンは改めて夢が真実を予告していたことを悟り、激しい恐怖に襲われるのである。

ちょっ、何も心配することなんぞないよ、ジョン・ビーン。夢なんてものは、幻想に過ぎないんだから。
Tut, fear nothing, John Beane. Dreams are but fancies.[14]

たしかに夢の話を聞いたことを思い出した。
考えただけで、体中の震えが
どうにも止まらない恐ろしい夢だ。
I do remember now a dream was told me,
That might I have the world, I cannot choose
But tremble every joint to think upon it. ― III. 1, 55-57

（三幕一場、55-57）

少し時代が下り、ジェイムズ朝に入ると、シェイクスピア以外夢を作品中に使った例はあまり見当たらないが、シリル・ターナー (Cyril Tourneur, 1575-1626) の『無神論者の悲劇』(The Atheist Tragedy, c. 1611) には、演ぜられる夢の典型的な用法が認められる。『ウッドストック』におけると同様、ターナーは夢の場面を超自然的存在─ここでも亡霊─を登場させるために、二度用いている。第一の場面では、自分の兄弟で、無神論者、唯物主義者であるダンヴィル (D'Amville) によってむごくも殺害されたモントフェラーズ (Montferrers) の亡霊が、戦場にいる息子チャールモント (Charlemont) の夢に現れる。血にまみれた亡霊は、彼が家を離れている間どのようなことが起こったかを告げ、フランスに帰るようにと促す。夢に恐怖を覚えながらも、チャールモントはまだ、伝統的な夢理論によってこの現象を説明しようとする心の落着きを保っている。

おお、恐れおののく魂よ、わたしの眼を覚ませたこの恐ろしい夢は何なのだ。夢というものは、気がかりとなって心に残り、前から考えていた事が形を取ったに過ぎないか、さもなくば、私たちの身体の性質・あるいは性向から生みだされる想像上の形に過ぎないのだ。

O　my affrighted soul, what fearful dream

Was this that wak'd me? Dreams are but the raised
Impressions of premeditated things,
By serious apprehension left upon
Our minds, or else th' imaginary shapes
Of objects proper to th' complexion or
The disposition of our bodies 15

彼は、夢というものは前から考えていたことか、体液のある種の結合によって引き起されるものだが、自分の場合はそのどちらでもないので、きっと自分の守護神が何か伝えたいことがあったのだろう、と結論する。しかし、この結論についても確信が持てず、従者の兵卒に何か亡霊のようなものを見なかったか尋ねる。「夢を見ていらっしゃるんですよ。わたしは何も見ませんでしたよ。」("You dream, Sir; I saw nothing.")という兵卒の答えに、チャールモントは自分の見たものを無意味な幻覚だとして心から追い払おうとする。

　ちょっ、こんな馬鹿げた夢など、
信じることはできぬ。沸き立つ空想は、
かき乱された水同様記憶されたものの形をゆがめ、
そのものが見分けられるときでも、
おかしなものに見せるのだ。

（二幕六場、45-49）

> Tush, these idle dreams
> Are fabulous. Our boiling fantasies
> Like troubled waters falsify the shapes
> Of things retain'd in them, and make 'em seem
> Confounded when they are distinguish'd... ── II, vi, 45-49.

ここには、先にチャールモントが用いた再現説と共に、夢を水に映った映像にたとえたアリストテレスの理論の名残りが認められる。

チャールモントは、父親の思い出と日夜自分が身をおいている戦場の血なまぐさい出来事の影響が夢の中でまじり合って、あの血にまみれた幻影を作り出したのだと自分を納得させ、亡霊の命令にもかかわらず、「無益な心配、むなしい夢のために、戦場を離れ、評判を落とすようなことはしない」("I would not leave/ The war, for reputation's sake, upon/ An idle apprehension, a vain dream") (二幕六場、60-62) と宣言する。

しかし、この時、亡霊が再び現れ、今度は亡霊に向かって銃を撃つ兵卒にまで現れるので、チャールモントは先に疑いを持ったことを悔い、夢の意義に確信を持つに至る。

この予告は、後にダンヴィルの夢にも現れ、成功の絶頂にあると信じているこの男の将来の不運を予告する。同じ亡霊は、この場面にすぐ続くダンヴィルの二人の息子の死という形で実現し、夢の予告の正しさを証明するのである(五幕一場)。

ジョン・ウェブスター (John Webster, c.1580-1634) の『白い悪魔』(*The White Devil*, 1612) では三つあるいは四

つの夢が語られるが、そのすべてが語り手が実際に見た夢かどうかはかなり疑わしい。例えば女主人公ヴィットリア（Vittoria）は、彼女に邪な愛を抱くブラッチアーノ公爵（the Duke of Bracciano）に向かい、自分の夫と公爵夫人が彼女を殺そうとして、かえって一陣の突風で折れた大枝によって打ち殺され、ヴィットリアのために掘った墓穴に自分たちが投げこまれてしまった、という夢を語る（一幕二場、228-255）。16 これを立ち聞きしていたヴィットリアの、これも悪党の兄フラミネオ（Flamineo）が、「すごい奴だ。夢を使って公爵に伝えたんだ、公爵夫人と自分の亭主を亡きものにしてくれるようにと。」（"Excellent devil! / She hath taught him in a dream / To make away his duchess and her husband."）（同、256-258）と洩らすのを聞くと、ヴィットリアは実際の夢というより、作り話の夢に託して自分の望みを公爵に告げていたのではないかという疑いが強まる。そしてこの夢の話を聞いた公爵が、「お前の夢に良い解釈をしてやろう」（"Sweetly shall I interpret this your dream"）と言い、嫉妬深い夫や冷たい公爵夫人の妬みから保護してやる、そしてお前を法律や中傷の及ばぬ地位に高め、お前の思いを実現させてやろうと言う主旨のことを述べる時（同、259-268）、通常ならば、予知、予告の夢と言えるヴィットリアの夢は、イアゴウがオセロウの疑惑を強めるためにでっち上げたキャシオの夢と同様、自分の目的を達成するための手段であること、いわば陰謀のかくれ蓑として使われていることがわかる。

こうして、ブラッチアーノ公爵夫人とヴィットリアの夫が計画どおり片付けられ、さらに公爵自身もフィレンツェ公爵フランチスコ（Francisco）によって毒殺された後、終幕も半ばに至り、二つの、見方によっては三つの夢が語られる。先ず召使のムーア女ザンケ（Zanche）が、恋するフィレンツェ公爵に「わたしは悲しい夢を見て、この先何か悪いことが起こることを昨夜知りました。」（"I knew last night, by a sad dream I had, / Some mischief would ensue."）（五幕三場、223-224）と語り、これも予知の夢らしき印象を与えるが、それがどのような内容なのか、詳

細はいっさい語られず、話題は急に彼女の夢の大部分を占めていたというフランチスコの寝床に入ってきたというフランチスコの愛の戯れを仄めかす言葉を最後に立ち消えとなる（"yet, to say truth, / My dream most concerned you."）。しかし、それも、夢の中でザンケの寝床に入ってきたというフランチスコの話を聞いたフランチスコもまた自分が見た、裸のザンケと床を共にした夢の話をするが（同、224-234）、これが本当に彼が見た夢なのか、あるいはザンケと張り合うための冗談なのか必ずしも判然としない。ザンケの予知の夢は、他の作品における後続の場面の彼女の死と結びつけられて筋の中に組み込まれることはなく、ザンケとフランチスコが床を共にする二つの夢も、ほとんど戯れ言の域を出ず、芝居全体の意味、あるいは筋に何も付け加えるものを持たない。

　従って、この作品において何らかの劇的機能を果たしている夢は、ヴィットリアの実際に見たか、あるいは故意に作り上げたかした予知の夢ということができる。もしでっち上げの夢とすれば、その系譜を『オセロウ』に辿ることができるが、ウェブスターがシェイクスピアのこの作品を意識して書いたかどうかは定かではない。そのシェイクスピア自身、『オセロウ』でイアゴウに作り話の夢を語らせた時、その夢の内容から言って、彼が書いたという説もある『フェヴァシャムのアーデン』のアリスの夢を思い出したか、参考にしたのではないかと考えたくなるが、これについても今のところはっきり証明する手だてはない。

第四章 シェイクスピアの夢

伝統と革新

シェイクスピアがその作品の中で夢のイメージやモティーフを用いるのは、一六三三箇所という異例の多さにのぼるが、その多くはこれまで見て来た伝統的な考え方や用語に基づいている。もっともこうした伝統的な手法を用いている場合でも、所々に新しい要素が入りこんでいることに気づかされるが、さらにいくつかの作品の中にはよりはっきりとそれまでにない独創的な見方や手法が現れてくる。

シェイクスピアの作品における夢の使い方は、

一　比喩、あるいはイメージとしての夢
二　登場人物により語られる夢

三　舞台上で実際に演ぜられる夢
四　実存のヴィジョンとしての夢
五　後期ロマンス劇における夢

の五種類に大別でき、この中には当然のことながら、すでに見た他の同時代作家たちの場合と共通するものも多く含まれているが、主に四大悲劇や他の二、三の作品においては、夢を人間実存に関して主要人物が描くヴィジョン、あるいはその表徴として用い、深層心理を含めた人間性や、人間のあり方そのものを照射し、独自の境地を開いている。

ほとんどシェイクスピア劇発展の跡を辿ることにもなるが、伝統的な手法から独自の使い方へとどのように移り変わってゆくか、右に挙げた区分に従って具体的な例を見てゆきたい。

1　比喩、あるいはイメージ

シェイクスピア劇の中では、ある種の状況、考えを表現するのに、「夢」をイメージ、または比喩として用いる例が余りに多く、これまでさほど注目されなかったことが不思議に思われるほどである。

イメージ研究の先駆者、キャロライン・スパージョン（Caroline Spurgeon）はその古典的著書の中で、シェイクスピアがしばしば夢を王権や追従と関連して用いていると指摘しており、確かにそれは正しいが、多くの例を吟味すれば、シェイクスピアははるかに広く、また多様な意味で夢のイメージを使っていることがわかる。すでに述べたように、その多くは伝統的な考え方をそのまま受け継いでおり、またしばしば本文の内容とは無関係に、手軽に使われている。しかし、いくつかの作品では、一見伝統的な夢のイメージと思われるものが、実際には作品全体と切り離せない関係、というよりむしろ作品の核をなすとさえ思われる使い方がされている。こうした例は、すでに指摘したようにイメージというよりヴィジョンと呼ぶにふさわしく、別に詳しく扱いたい。従って、ここでは古典時代、中世、ルネサンスを通して西欧社会に流布していた考え方が、シェイクスピアの作品の中にどのように反映されているかを見ることにする。

シェイクスピア劇中の人物の中で、夢についてもっとも長く、またもっとも詳細に解説するのは、『ロミオとジュリエット』の中のマキューシオであろう。例の「マブ女王」の台詞の中で、この妖精の女王とお付きの者たちの霊妙な描写の後で、この饒舌家の言葉は流れるように続く。

こうして、マブ女王は夜な夜な威風堂々車を走らせるんだが、
恋人たちの脳を駆け抜けると、彼らは恋の夢を見る。
廷臣たちの膝の上を通ってたちまちお辞儀の夢を見させるし、
弁護士の指の上だったら、そいつらはもうすぐ謝礼の夢を見るんだ。
御婦人方の唇の上だったら、すぐにキスの夢。

だが、その吐く息が砂糖菓子の臭いでくさいってんで、
怒ったマブはよく唇に水ぶくれを作っては苦しめるのさ。
時には廷臣の鼻の上を駆けることもあるが、
そいつは陳情を嗅ぎつける夢を見る。
また時々は年貢の豚のしっぽを持ってきて、
眠っている坊主の鼻をくすぐると、
坊主が見るのは聖職禄の増える夢。
兵隊の首ねっこの上を駆けると、
そいつは敵兵ののどをかっ切ったり、
城壁突破や伏兵、スペイン刀の夢を見たり、
乾盃で底抜けに飲んだくれる夢を見たりするが
急に太鼓の音を耳にはっと目を覚ますと、
恐怖に襲われ、お祈りを一つ二つ唱えて
また眠り込んでしまうんだ。

And in this state she gallops night by night
Through lovers' brains, and then they dream of love;
O'er courtiers' knees, that dream on curtsies straight;
O'er lawyers' fingers, who straight dream on fees;

（一幕四場、70-88）

> O'er ladies' lips, who straight on kisses dream,
> Which oft the angry Mab with blisters plagues,
> Because their breaths with sweetmeats tainted are.
> Sometimes she gallops o'er a courtier's nose,
> And then dreams he of smelling out a suit;
> And sometimes comes she with a tithe-pig's tail,
> Tickling a parson's nose as 'a lies asleep,
> Then dreams he of another benefice.
> Sometimes she driveth o'er a soldier's neck,
> And then dreams he of cutting foreign throats,
> Of breaches, ambuscadoes, Spanish blades,
> Of healths five fathoms deep; and then anon
> Drums in his ear, at which he starts ard wakes,
> And, being thus frighted, swears a prayer or two,
> And sleeps again. ―― 1, iv, 70-83

多くの皮肉な諷刺をまじえていても、この説明がこれまで見てきた過去の著作家たちの多くが説いた再現説と基本的に同じであることは容易に見てとれる。

マクロビウスの恋する男が「恋人を手に入れたり、失ったりする」夢を見、チョーサーの荷馬車屋が荷車の夢を見、バートンの犬が兎の夢を見るように、マキューシオの夢見手たちも彼らが日中もっとも関心を持っていた事柄を夢に見るのである。マブ女王の介入があるとしても、弁護士が夢に見るのは報酬であり、兵士が夢見るのは、「敵兵ののどをかっ切る」ことなのだ。

マキューシオがますます饒舌になり、その話も卑猥になってゆくのを見て、ロミオが

> 黙れ、黙れ、マキューシオ、黙って！
> 君の言っていることは、まったく意味ないよ。（一幕四場、95-96）
>
> Peace, peace, Mercutio, peace!
> Thou talk'st of nothing. ——I.iv. 95-96

と口をはさむと、マキューシオは間髪を入れずに答える。

> その通り、俺は夢の話をしてるんだから。
> 夢ってのは、怠惰な脳味噌の子供で、
> 役立たずの空想が産み出すもの、
> まるで空気みたいに実体がなくて、
> 風よりもっと変わりやすいのさ…（一幕四場、96-100）

シェイクスピアと夢 | 106

> True, I talk of dreams
> Which are the children of an idle brain.
> Begot of nothing but vain fantasy;
> Which is as thin of substance as the air
> And more inconstant than the wind... — I. iv 96-100

マクロビウスや多くの著作家が、このような前に考えていたことの夢を意味のない夢としたように、マキューオもまたこうした夢を「怠惰な脳味噌」や「役立たずの空想」の産物で、空気のように実体のない、存在意義のないものと見なしている。その意味でマキューシオは、「夢を見るやつは、よく嘘をつくんだ」("dreamers often lie" — I. iv. 51) という彼の言葉に抗弁して、「夢を見る人たちは本当のことを夢に見るんだよ」("they [dreamers] do dream things true.") と言うロミオの対極に立つと言って良いだろう。

こうしたマキューシオの夢に対する態度は、アルテミドロスの英訳者の言葉を信用すれば、当時稀であったところか、支配的でさえあったらしい。従って、シェイクスピアの劇の中でも人物たちがしばしば夢を「影」("shadows")、「他愛のないもの」("toys")、「馬鹿げたこと」("mockery") などと表現し、対象が実体のない幻影だったり、非現実的ではかないものに過ぎないといった考えを伝えるために夢のイメージを使ったのも不思議ではない。

『リチャード三世』(*Richard III*) の中で、今は亡きヘンリー六世の王妃マーガレット (Queen Margaret) は、夫を殺したヨーク家について、復讐の念をこめて自分が予言したことが成就してゆくのを喜びながら、以前、運命

の絶頂期にあったエドワード四世の妃エリザベス（Elizabeth）を呪った時のことを思い出す。

あの時わたしはそなたのわたしの運命のむなしい飾りと呼んだ。
あの時わたしはそなたを哀れな影法師、絵に描いた妃と呼んだ、
かつてのわたしを演じているだけ、とも、
恐ろしい芝居を良く思わせるための見出しとも、
高く持ち上げられたのも、真っ逆様に突き落とされるため、とも言った。
二人の美しい子もただの絵空事になってしまった母親、
そなたは昔のそなたの夢、あらゆる危険な弾丸の標的となる
けばけばしい旗なのだ。
高位にしても形だけ、ひと吹きの息、水泡、
出場を埋めるだけのお遊びの王妃に過ぎなかったのさ。（四幕四場、82-9）

I call'd thee then vain flourish of my fortune;
I call'd thee then poor shadow, painted queen,
The presentation of but what I was,
The flattering index of a direful pageant,
One heav'd a-high to be hurl'd down below,
A mother only mock'd with two fair babes,

シェイクスピアと夢 | 108

> A dream of what thou wast, a garish flag
> To be the aim of every dangerous shot,
> A sign of dignity, a breath, a bubble,
> A queen in jest, only to fill the scene.
>
> —— IV, iv, 82-91

王妃エリザベスはマーガレットによって、むなしい飾り、影、絵空事、吐息、水泡、芝居の中の妃、夢などに例えられている。「夢」はここでは、はかなさや現実に存在しないことを表わすほかの言葉と共に、当時エリザベスがおかれていた幸福な状況が、いかにはかなく、永続性を欠いたものであるかを表現するために使われている。実際、夫エドワード四世の死と、リチャードによる二人の王子の殺害の後では、彼女にとって、過去の栄華はすべて一場の夢としか思えなかったに違いない。

『リチャード三世』では、終幕にまた夢が大きく扱われているが、これはまったく違った意味や機能を持つので、後に別に扱いたい。

実体のない幻影としての夢は『リチャード二世』（*Richard the Second*）にも見られる。囚われの身となり、ロンドン塔へ行く途中、リチャード二世は妃に向かって言う。

> 努めるのです、善良な妃よ、
> 昔のことは良い夢だったと考えるよう、
> 目が覚めてみれば、われらが現実は、

第四章　シェイクスピアの夢

これこの通り。（五幕一場、17-20）

Learn, good soul,
To think our former state a happy dream;
From which awak'd, the truth of what we are
Shows us but this.　　— V, I, 17-20

こうした場合、夢というものは夢見手を欺くもので、『冬物語』（*The Winter's Tale*）の中でも、サー・トマス・ブラウンが述べたように、真実や現実の対極にあるものなのだ。女主人公パーディタ（Perdita）は王子フロリゼル（Florizel）との愛を成就させることは困難と悟った時、以前の状況（"former state"）を夢と見なし、今となってはその幸福な、しかし非現実的な幻想を思い切ることを決意する。

こんなわたしの夢も——
目が覚めた今となっては、すっぱり諦め、
雌羊の乳をしぼって、泣いていましょう。（四幕四場、440-442）

This dream of mine—
Being now awake, I'll queen it no inch farther,
But milk my ewes and weep.　　— IV, iv, 440-442

彼女は芝居の中の女王の役を演ずることをやめ、本来の羊飼いの娘にもどることを心に決めたのである。しかし、ロマンス劇の世界では、羊飼いの娘が本物の妃になり、さらには、本当は王の娘であったということも可能なのである。

『じゃじゃ馬馴らし』（*The Taming of the Shrew*）の中の領主もまた、酔いつぶれて眠りこんでいる鋳掛け屋のクリストファー・スライ（Christopher Sly）に良い着物を着せ、枕もとに御馳走を並べ、家来をかしずかせて栄耀栄華をきわめる立派な領主として扱ってやれば、目を覚ました時スライは、すべてを「うますぎる夢か取るに足らない空想」—序幕 42（"a flattering dream or worthless fancy"—Induction, 42）と思うだろうと、このいたずらを実行するように家来たちに命ずる。ここでも「夢」は「空想」と共に、現実には有り得ないことを表わすために用いられている。

『夏の夜の夢』では、妖精の王オーベロン（Oberon）は、パックに争っている二人の青年を離ればなれにして眠らせるように命ずる。そうすれば、

次に二人が目を覚ます時には、今の錯乱すべても
一場の夢、実体の無い幻想と思われるだろう　（二幕二場、370-371）

When they next awake, all this derision
Shall seem a dream and a fruitless vision;
　　　　　　　　　—II. ii, 370-371

から、というのである。また、パックによって頭をろばに変えられてしまったボトム（Bottom）についても、妖

精の女王ティターニア（Titania）が争いの種であったインドの男の子を心よく引き渡すことに合意した今、自分も彼女の眼にかけられた魔法を解いてやるから、パックもボトムをもとの人間の頭に戻してやるように命ずる。そうすれば、眼を覚ましたボトムや他の職人たちも皆、アテネに戻り、

今晩起きた出来事なども、
夢で見た大騒ぎとしか思わないだろうよ。（四幕一場、65-66）
And think no more of this night's accidents
But as the fierce vexation of a dream. —— IV, i, 65-66

と言う。

この芝居のお伽話的世界にあっては、夢と現実は混じり合い、完全に切り離すことはできないが、少なくともこれらの例においてオーベロンは、「夢」を「実体の無い」非現実的な「幻想」と同じ意味で用いている。そして、このように考えることによって、人物たちも自分の中に潜んでいるかも知れない真実と正面から向き合わないで済むのである。魔法にかけられたとは言え、夜の森の中で経験した出来事——心変り、狂態などは、ライサンダーやディミートリアスの誓う永遠に変らぬ愛とは対極にあるもので、ある意味で若者たちの心の奥にかくれた暗い側面を示しているとも言え、まともに扱えば悲劇に発展しかねない可能性を持つ。しかしこのような要素は、初期の「幸福な喜劇」群（happy comedies）の世界には長く留まることを許されない。それらは、「実体のない」一場の「夢」に過ぎないのである。すでに見たように、芝居を見終わった観客自身、パックによって、今ま

で見てきたのは眠りの中の幻であって、「夢にしか過ぎないこのつまらぬ、他愛もない話をお咎めくださいませんように、」と懇願される（"And this weak and idle theme,/No more yielding but a dream,/Gentles, do not reprehend", — V. i, 416-418)。

たしかにこれは、当時の慣例であった作者のへり下った挨拶には違いない（ジョン・リリーの『月の女』でも前口上役が同様の挨拶をしているのをすでに見た）が、その根底にあるのは、夢というものは実体の無い、無意味な、跡形もなく消え失せてしまう幻影に過ぎないという当時の通念である。

ヘンリー五世は、「高貴な身分」（great greatness）が享受する王位とか世俗的権力の空しさを悟った時、それを「高慢な夢」（thou proud dream）と呼ぶ。そして、身分の高い者たちに捧げられる儀礼や追従に病気をなおすことができるか、乞食に膝をかがませることができても、その健康までも思い通りにできるか、と問う。国王というものは形ばかり豪華絢爛たる儀式や臣下の追従に囲まれていても、その実は国事についての心労のため、夜も安らかに眠ることができない存在なのだと述懐し、「高慢な夢」という言葉で表現した通り、華やかな王位というものも所詮は見た目だけの、実体の無い空虚なものであると指摘するのである。（『ヘンリー五世』一幕四場、247-254)。

『アテネのタイモン』（Timon of Athens）の中でも、アテネの裕福な貴族タイモンの執事のフレイヴィアス（Flavius）は、連日の饗宴、惜しみなく与えた金銭や物品のために破産し、落ちぶれたタイモンが、かつては彼の許に群がり集まった「見せかけの友人たち」（"varnished friends"）に見捨てられる様を見て、タイモンは「友情の夢の中に生きていたに過ぎない」（"Live/But in a dream of friendship"）と評する（四幕二場、33-36）。タイモンには、友情の幻想はあったが、その実体は無かったのである。

第四章　シェイクスピアの夢

このように夢は非現実的で実体の無いものと考えられたため、「夢」という言葉は時に信じがたいほど素晴らしい状況や、その反対に耐えがたいほどの苦しみ、悲しみ、衝撃を表現するために用いられる。前者の例をあげれば、バルコニーの場面でジュリエットとの対話から自分に対する彼女の愛を知ったロミオの言葉がある。

ああ、何と祝福された夜！　怖くなるくらいだ、
今は夜だから、これは皆夢じゃないかと。
本当のことにしてはあんまり素晴らしすぎる。

O blessed, blessed night! I am afeared,
Being in night, all this is but a dream
Too flattering-sweet to be substantial.

——II, ii, 139-141

（『ロミオとジュリエット』二幕二場、139-141）

『十二夜』（The Twelfth Night）のセバスティアン（Sebastian）も美しいオリヴィア（Olivia）に男装した双児の妹に間違えられ、彼女の家に招かれる時、ロミオと同様の心境になる。難破により離ればなれになった妹より後にその町に現れたセバスティアンは、オリヴィアが男装の妹ヴァイオラ（Viola）をそれと知らずに恋してしまった、というようないきさつを知らず、見知らぬ美女が何故自分にそのように親しげに振る舞うのか解せないでいる。

ぼくの頭が狂ったのか、さもなければこれは夢だ。
Or I am mad, or else this is a dream.

——IV, i, 60.

（四幕一場、60）

といぶかるが、しかしそれは覚めて欲しくない夢なのである。

夢がいつまでもぼくの意識など眠らせておいてくれればいい。
夢見るというのがこういうことなら、ずっと眠り続けていたい。（四幕一場、61-62）

Let fancy still my sense in Lethe steep;
If it be thus to dream, still let me sleep!
　　　　　　　　　　　　　　　　　　　　　　　　　　　　—IV, i, 61-62

『空さわぎ』（*Much Ado about Nothing*）では、メッシーナの知事レオナート（Leonato）は弟アントーニオ（Antonio）から、アラゴンの領主ドン・ペドロ（Don Pedro）が自分の娘に恋をしており、娘が受け入れてくれるなら、このことをすぐにでもレオナートに告げるつもりでいるという誤った情報を知らされると、慎重に答える。

それが本当になるまで、夢としておこう。　　　　　　　（一幕二場、17-18）

...we will hold it as a dream, / till it appear itself.　　—I, ii, 17-18

ペリクリーズ（Pericles）もその墓を自分の目でたしかに見た娘のマリーナ（Marina）が生きているなどとは、余りに良すぎる話で信じることができない。彼は過去の不幸の数々を述べるマリーナをさえぎって言う。

ああ、そこでちょっと止めておくれ！〔傍白〕これまで鈍い眠りが哀れな愚か者をからかうために見せた夢の中でももっとも素晴らしい夢だ。こんなことはあり得ない。娘は埋葬されているのだ。

O, stop there a little!
[Aside] This is the rarest dream that e'er dull sleep
Did mock sad fools withal. This cannot be.
My daughter's buried.　　――V, i, 159-162

（『ペリクリーズ』五幕一場、159-162）

その逆に、状況があまりに耐えがたい時、あるいは人物たちがそうした状況を心情的に受け入れられない場合、彼らは自分たちが悪夢を見ているのではないかと疑ったり、悪夢であってくれれば、と願ったりする。シェイクスピアの作品中復讐劇の先駆けとも言え、ローマ劇のはしりとも言える初期の作品、『タイタス・アンドロニカス』（*Titus Andronicus*）の中で、主人公、ローマの将軍タイタスは、ローマ軍に敗れ、三人の息子と共に捕虜となったゴート族の女王タモーラ（Tamora）の長男を、母女王の懸命な命乞いにもかかわらず、ローマ軍の戦死者に対する報復として処刑してしまう。このことを深く恨んだタモーラは、ローマ皇帝の寵愛を受け、その妃となるや復讐を実行に移す。手始めにタイタスの娘ラヴィニア（Lavinia）を残った二人の息子たちに凌辱させるが、さらにタモーラは、タイタス人は下手人を人に告げられないようにと彼女の両手と舌を切り落として解放する。

シェイクスピアと夢　｜　116

の息子たちこそが下手人とタイタスの息子二人を逮捕し、処刑してしまう。妃から送られてきた息子たちの切断された頭と、血にまみれ口もきけない娘の姿を見たタイタスは呻く。

この恐ろしい眠りはいつ終わるのだ。

When will this fearful slumber have an end?

——III, i, 253（三幕一場、253）

タイタスは「夢」あるいは「悪夢」という言葉こそ使わないが、彼の目の前の凄惨な光景を、現実というより悪夢を見ていると感じていることは明らかである。それより少し前、ラヴィニアの悲惨な姿を見た叔父のマーカス (Marcus) は言う。

もし夢を見ているのなら、持てる富すべてと引き換えにでも目を覚まさせてくれ。
もし目が覚めているのなら、どれか天体がわたしを打ちのめして
永遠に眠らせてくれ。

If I do dream, would all my wealth would wake me!
If I do wake, some planet strike me down,
That I may slumber an eternal sleep!

——II, iv, 13-15（二幕四場、13-15）

後期ロマンス劇の一つ『シンベリーン』(Cymbeline) では、女主人公イモジェン (Imogen) が薬による仮死状

117　第四章　シェイクスピアの夢

態から意識を取りもどし、夫ポステュマス（Posthumus）の衣服を着た悪漢クロートン（Cloten）の、頭部を切り落とされ胴体だけになった死体を見る。てっきり夫と思いこんだイモジェンはその光景が「夢であれば」と願う。夢でないことが分かった時でさえ、彼女にはそれを現実として受け入れることは難しい。

夢がまだ続いている。目が覚めた今でも、
心の中と同じように外にもある。空想ではなく、たしかに感じられるものとして。

The dream's here still. Even when I woke it is
Without me, as within me; not imagin'd, felt.
　　　　　　　　　　　　　　　　——IV. ii. 307-308
　　　　　　　　　　　　　　　　（四幕二場、307-308）

『ヘンリー四世』第二部（Henry IV, Part Two）の中で、かつての遊び仲間ハル（Hal）、今は国王ヘンリー五世が自分を昔見た夢、即ち実際に存在しないものと片付けてしまった時、フォルスタッフ（Falstaff）が受けた衝撃、あるいは打撃はかなり大きなものだったに違いない。最初、新国王は彼を認めようとしない。

お前のことなど知らないね、爺さん。ひざまずいてお祈りでもするがいい。
道化に白髪は似合わないからねぇ！

I know thee not, old man: fall to thy prayers;
How ill white hairs become a fool and jester!
　　　　　　　　　　　　　　　　——V. v. 48-49
　　　　　　　　　　　　　　　　（五幕五場、48-49）

続けて彼は、フォルスタッフと自分自身の無鉄砲な過去の日々を夢にしてしまう。

> 長いことそんな男の夢を見てきた、
> ひどい太っちょの大食漢、たいへんな老ぼれで罰あたりな奴、
> だが、目が覚めた今、そんな夢など馬鹿馬鹿しいだけだ。（五幕五場、50-52）
>
> I have long dream'd of such a kind of man.
> So surfeit-swell'd, so old, and so profane;
> But, being awak'd, I do despise my dream.
> ——V, v, 50-52

今や国王ヘンリー五世となったハル王子は、その老人と共に過ごしたあまり芳しくない日々が実際に存在したことを認めたくないのである。

非現実的でしばしば怪奇な性質を持つ夢はまた、馬鹿げたことや気紛れな考えと同義語として使われることも多い。『ジョン王』(King John) の中のバスタード (The Basterd——庶子) は聖職者から税を徴収するために英国中を旅している時、人民が

> 奇妙な考えを抱き、噂にとりつかれ、
> 馬鹿馬鹿しい夢で頭が一杯になっている（四幕二場、144-145）

第四章　シェイクスピアの夢

ことに気づいたと王に報告し、人心が動揺する中、王の間近な退位を予告して人々の信望を集めている予言者を王に紹介する。王はとんでもない予言をするその男に向かい、問う。

...strangely fantasied;
Possess'd with rumours, full of idle dream,
——Ⅳ. ii, 144-145

馬鹿げた夢を見る奴め、何でそんなことを言ったのだ。（四幕二場、153）
Thou idle dreamer, wherefore didst thou so? ——Ⅳ. ii, 153

そしてその男を逮捕、投獄し、男の予言する日に自分が王冠を失うことにならなかった場合は、縛り首にするよう命ずる。

後により詳しく見るが、ジュリアス・シーザーも占い師の予告を無視したことに対し、大きな代価を払うことになる。『ジュリアス・シーザー』（*Julius Caesar*）の中で、暗殺の危険について警告する占い師に対してシーザーは言う。

この男は夢でも見ているんだ。放っておこう。（一幕二場、24）
He is a dreamer; let us leave him.
——I. ii, 24

シェイクスピアと夢 | 120

『リア王』（*King Lear*）の中では、邪悪な娘ゴネリル（Goneril）はリアに従者を持たせないための理由を、次のような皮肉な言葉で述べる。

お父様に百人の騎士をお付けしておくのは思慮深く、安全なことでしょうね。そうですとも、そしたら、夢を見たり、思いつき、不平不満や気に入らないことがある度に、騎士たちの力で御自分の我ままを通され、私たちの生命をも脅かすことになりかねないのですから。

（一幕四場、324-328）

'Tis politic and safe to let him keep
At point a hundred knights — yes, that on every dream,
Each buzz, each fancy, each complaint, dislike,
He may enguard his dotage with their pow'rs,
And hold our lives in mercy.

— I, iv, 324-328

夢はここでは、気紛れを意味する"buzz"や"fancy"と同じ意味で使われている。同様の「夢」の使い方は『冬物語』（*The Winter's Tale*）の中でも見られる。夫のシチリア王レオンティーズ（Leontes）によってその親友との根拠のない不義の疑いをかけられ、裁きの場に引き出されたハーマイオニー（Hermione）は、自分の生命が実体のない夫の妄想によって左右されようとしていることを、次のような言葉で

表現する。

あなたの話される言葉は私には理解できません。
私の生命はあなたの夢と同じ次元に立たされているのです。（三幕二場、77-78.）

You speak a language that I understand not.
My life stands in the level of your dreams.

——Ⅲ. ii. 77-78.

これまで挙げてきた例は、シェイクスピアの作品の中で、当時一般的に流布していた考えに基づいて、夢をイメージ、または比喩として用いたもので、なかには今日でも使われているものもある。このようなイメージ、比喩はしばしば気軽に使われており、作品の中心主題とは全く関係のない場合が多い。しかし、一見夢のイメージ同様に見えながら、内容的により意味深い働きをしている場合には、それはもはや単なるばらばらのイメージとして扱うことはできない。というのも、こうした例は明らかに作品全体のヴィジョンと不可欠のものだからである。しかも、この夢という主題に関してシェイクスピアがその独創性をもっとも発揮するのはこうした場合であって、そのためには単独の章を設けて検証する必要があろう。しかし、その前に、シェイクスピアがかなり多く用いている、伝統から引き継いだもう一つの手法を見ておきたい。

2 語られる夢

ギリシャ・ローマの古典からシェイクスピアの同時代作家にいたるまでの多くの作品に見られたような、夢見手が他の登場人物に自分の見た夢について語る例はシェイクスピアの作品にも多い。悲運や災難に先立って、シェイクスピアの人物たちはしばしば予兆の夢を見、それについて他の人物に詳細にわたって述べることもあれば、ことのついでに簡潔に伝えることもある。当然のことながら、こうした夢は悲劇に現れることが多いが、『ヴェニスの商人』のように喜劇にも例がないわけではない。

前出のタイタス・アンドロニカスは、娘を凌辱され、息子たちが殺される前、「睡眠中、心がかき乱された」("I have been troubled in my sleep"――II. ii. 8)と不安気に語る。ロミオもジュリエットに初めて出会う前、夢を見た(dreamt a dream)と言い、マキューシオの「夢なんぞ空気みたいに実体のないもの」("some consequence, yet hanging in the stars"――I. iv. 107)の前兆で、その夢が「まだ実現していない何か重大なこと」という言葉にもかかわらず、その恐るべき出来事は今宵の宴と共に始まり、それによって自分も非業の死をとげることになるのではないか、と胸騒ぎを覚える。

『ヴェニスの商人』(*The Merchant of Venice*)では、自分を裏切り、キリスト教徒と結婚しようとしているとも知

らず、ユダヤ商人シャイロック（Shylock）は娘に注意する。

ジェシカや
家を良く見張っててくれ、どうも出かけたくないのだ。
わしの心を乱す何か悪いことが起こりそうなのだ、
夜、金袋の夢を見たからな。

（二幕五場、15-18）

...Jessica, my girl,
Look to my house. I am right loath to go;
There is some ill a-brewing towards my rest,
For I did dream of money-bags to-night. ― II, v, 15-18

「金袋」と不吉な予感との組合せは、観客に対しては喜劇的効果を与えるだろうが、シャイロック本人にとっては重大な予兆であることに変わりなく、彼の運命もその通り不幸の一途を辿ることになる。語られる夢の中でもっとも美しく、鮮やかで、同時に怪奇な例は、『リチャード三世』の中でクラレンス（Clarence）が語る夢であろう。彼は弟リチャードの秘密の命を受けた暗殺者によって殺害される前にその夢を見る。塔の番人の語るところによれば、彼は「恐ろしい夢、醜悪な光景に満ちたひどい夜」("a miserable night, / So full of fearful dreams, of ugly sights" ― I, iv, 2-3) を過ごしたという。夢の中で彼は塔から抜け出し、ブルゴーニュへ向かう船の中にリチャードと共にいる。薔薇戦争の時の諸々の苦難について語り合ううち、リチャードがつまず

き、倒れるついでにクラレンスを逆巻く波の中へ突き落とすように思われた。彼は溺れる時の苦しみを鮮やかに感じ、耳に触れる水の音を開き、海底の恐ろしい光景をまざまざと目にする。

わたしは見たように思う、多くの船の恐ろしい残骸、
魚の餌食となっているおびただしい数の男たち、
金塊、大いなる錨、山のような真珠、
価値も計れない宝石や高価な宝玉、
それらすべてが海底に散らばっているのを。
そのあるものは死人の頭蓋骨の中に横たわり、
きらめく宝石は、まるで目を馬鹿にするかのように
かつて目の入っていた眼窩に入りこんで、
ぬるぬるした海底に秋波を送り、
あたりに散らばる死人の骨を嘲笑っていた。

（一幕四場、24-33）

Methought I saw a thousand fearful wrecks,
A thousand men that fishes gnaw'd upon,
Wedges of gold, great anchors, heaps of pearl,
Inestimable stones, unvalued jewels,
All scattr'd in the bottom of the sea;

> Some lay in dead men's skulls, and in the holes
> Where eyes did once inhabit there were crept,
> As 'twere in scorn of eyes, reflecting gems,
> That woo'd the slimy bottom of the deep
> And mock'd the dead bones that lay scatt'red by.
> ——I. iv, 24-33

彼の夢は死後の世界へと続き、三途の川を渡り、「永遠の夜の王国」に辿り着く。そこで彼は、かつて自分が裏切った義父ウォーリック伯爵や、兄弟と共にテュークスベリーで殺害したエドワード王子の亡霊に出会う。亡霊たちは口々に彼を呪い、大勢の悪鬼どもに彼を襲わせ、彼らの恐ろしい叫び声でクラレンスは夢から覚めるのであった。

再び眠りに落ちてから暫くして、彼はまた目を覚まさせられるが、今度彼を起こしたのは現実の暗殺者たちである。暗殺者の一人は、クラレンスの夢の実現を予告するかのように、彼を刺しながら言う。

> …こうやっても駄目なら、
> 奥の葡萄酒の大樽で溺れ死にさせてやるぞ。（一幕四場、267-268）
> ...If all this will not do,
> I'll drown you in the malmsey-butt within.
> ——I. iv, 267-268

後に扱う舞台上で実際に演ぜられるリチャード自身の予兆の夢ほど詳細ではないが、このクラレンスの夢には、人間の心の奥に潜む恐怖と罪悪感が鮮やかに描き出されている。

『ヘンリー六世』第二部 (*The Second Part of King Henry the Sixth*) では、グロスター公ハンフリー (Humphrey, Duke of Gloucester) が、昨夜見た夢に胸騒ぎを覚え、もの思いにふけっている。夫人エリナー (Eleanor) の求めに応じてその語るところによれば、夢の中で彼の摂政職の象徴である錫杖が、恐らくは政敵であるウィンチェスターの主教ボーフォート枢機卿 (Cardinal Beaufort) によってまっ二つに折られ、折られた杖のそれぞれの先端にはサマセット公爵 (Duke of Somerset) とサフォーク公爵 (Duke of Suffolk) の首が載っていたというのである（一幕二場、25-31）。エリナーはその夢を

　　グロスターの杖を折る者は
　　思い上がりの罰としてその首を失う。（一幕二場、33-34）

… he that breaks a stick of Gloucester's grove
Shall lose his head for his presumption.　　—I. ii, 33-34

と解釈するが、実際にはそれ以上の意味があることが後にわかる。というのも、主にこれら三人の政敵の陰謀によりグロスターは枢機卿によって捕われ、その後サフォーク公爵の命により暗殺されるからである。実際、この夢には二重の意味が含まれており、それはグロスター公爵の死の予兆であっただけでなく、サマセット、サフォーク両公爵の悲惨な最後の予兆でもあったからである。エリナーの解釈は従って半分しか当たっていなかったわ

第四章　シェイクスピアの夢

けである。野心に目を曇らされた公爵夫人は、自分にとってより重要な、夫の杖が折られることの意味を見逃してしまったのであった。

沈んでいる夫を力づけようと、エリナーは自分が朝見た喜ばしい夢を夫に語る。

私はウエストミンスター寺院の中の玉座に座っているようでした、
王や女王が王位につくその玉座に。
そこでヘンリー王やマーガレット王妃が私に向かってひざまずき、
私の頭に王冠を載せてくれたのですよ。

Methought I sat in seat of majesty
In the cathedral church of Westmirister,
And in that chair where kings and queens were crown'd;
Where Henry and Dame Margaret kneeled to me,
And on my head did set the diadem.
——I, ii, 36-40
（一幕二場、36-40）

王位簒奪をにおわす夢の内容に厳しく妻を叱責するグロスターに、エリナーは夢の話をしているだけなのに、こんなに叱られるならこれからは夢など自分の胸にしまっておくことにしましょう、と弁解がましく述べるが、それがもし本当に夢だったとすれば、まさにフロイトの言う願望充足の夢と言うことができる。[3]

しかし、夢の中だけでなく、その日夫に会った最初から王位への野望をあらわにし、マクベス夫人よろしく夫

シェイクスピアと夢 | 128

を説得しようとしてその「野心という病い」("The canker of ambitious thoughts:")をたしなめられたエリナーにとって、それは意識下の野望でないことは明らかである。とすれば、公爵夫人の夢は本当の夢ではなく、作られた夢である『オセロー』のイアゴウや『白い悪魔』のヴィットリアが聞き手に何らかの影響を与えるために用いたような、作られた夢である可能性もある。作品中に明確な手がかりがないため推測の域を出ないが、野心家の妻が幸先の良い夢の話をして、謙虚で温厚な夫に自分と同様の野心を抱かせようとした、と考えられなくもないのである。

しかし、現実はまさに彼女の夢とは正反対のものとなり、エリナーは政敵や王の将来についての情報を得るための魔術を行わせ、霊を呼び出している最中に謀叛人として捕えられ、はだしのまま背中に紙を張りつけられてロンドン市中を引きまわされ、その後マン島に囚人として送られる。作られた夢か本当の夢かは別として、エリナーの夢は逆夢となってしまったのである。

ヴェローナを追放されたロミオも、ある程度予兆の夢でもあるが、逆夢と言って良い夢を見る。夢の中で、彼はジュリエットが死んでいる自分を見つけたように思った。しかし彼女の口づけが彼の中に生命を吹きこんでくれて、ロミオは生き返り、皇帝になったと言う。彼はこうした愛の夢を喜び、間もなく何かうれしい報せがある前兆と考える ("presage some joyful news at hand"――V, i, 1-11)。しかし、この芝居の最後の場面では彼の夢は半分しか当たらず、ロミオをもっとも喜ばせた部分は実現することはない。

夢と反対の結果がもたらされる時、多くの場合夢見手の解釈が誤っていたとされる。ロミオも、自分の蘇生をこの世のものとしてでなく、来世の出来事と解釈すべきだったのかも知れない。というのも、彼の愛は死によって勝利を収めたということもでき、死後の愛の世界では彼はたしかに皇帝になった、と少なくとも観客の想像の世界では考えられないこともないからである。

『ジュリアス・シーザー』では、予兆の夢が故意に誤った解釈を与えられ、その意味を歪められた例を見ることができる。シーザーはディーシアス（Decius）という男に、その日元老院に行かない理由として妻キャルパーニア（Calphurnia）が見た夢の話をする。それによれば、キャルパーニアはシーザーの彫像の各所から血が吹き出て、多くのローマ人が笑いながらやって来て、手をその血に浸したという夢を見たとのこと、さらにシーザーはその夢の話を聞く前に、眠っている妻が三回「誰か助けて！ シーザーが殺される」("Help, ho! / They murder Caesar." ― I, ii, 2-3) と叫ぶのを聞いていた。キャルパーニアは夢を夫の命に危険が迫っている兆候と解釈、シーザーに家に留まるよう重ねて懇願し、シーザーも漸くその気になっていたところであった。シーザー殺害を企てている共謀者の一人で、何があってもシーザーを元老院に行かせたいディーシアスは、全く反対の解釈をして彼の決心を変えさせようとする。ディーシアスによればその夢はむしろ幸運の前兆で、シーザーの彫像が血を吹き出し、多くのローマ人がその血に浸ったというのは、

大ローマがあなたから生き返る血を
吸い取り、高位の者たちもあなたの血痕や
血に染まった物、記念品などを求めて押し寄せるという意味なのです。（二幕二場、87-89）

Signifies that from you great Rome shall suck
Reviving blood, and that great men shall press
For tinctures, stains, relics, and cognizance
　　　　　　　　　　―II, ii, 87-89

シェイクスピアと夢 | 130

と言う。この解釈を聞き、また元老院が彼に王冠を与えると決議したことを聞くと、シーザーの不安もすっかり取り除かれる。今やキャルパーニアの心配など馬鹿げたことに思われ、それに少しも心を動かされたことを恥じる。こうしてシーザーはキャピトルに行き、そこで彼の生命を狙う政敵たちと対面することになる。（二幕二場、1-107）シーザー暗殺後、暗殺者たちは、まさにキャルパーニアが夢に見たとおり、実際にその手をシーザーの血に浸すのである。（三幕一場 104-11）。

シェイクスピア劇の中では夢は真面目に受け取られることが多く、語られる夢の伝統的な型——即ち、夢が語られ、夢見手あるいは聞き手はそれを笑に付すが、後にそれが現実（多くの場合悲劇的な結果）となり、夢が真実を告げていたことが判明するという筋書き——に沿った使い方は余り見られない。強いて言えば前述のシーザーの場合はその変形と考えることができるだろう。しかし、例外的に伝統的な型を明らかに示す例は、再び『リチャード三世』の中に見られる。スタンリー卿（Lord Stanley）からの使者がヘイスティングズ卿（Lord Hastings）に向かい、主人が「猪［リチャードの紋章］が自分のかぶとを打ち落とす夢を見た」（"dreamt the boar had razed off his helm"）こと、また「自分の魂が感じている危険を避けるために」（"To shun the danger that his soul devines"）ヘイスティングズ卿も自分と一緒に逃げることを勧めている、と伝える（三幕二場、10-18）。ヘイスティングズは、スタンリーの怖れには根拠がないと伝えるように言い、「その夢にしても、不安な眠りが作り出すたわごとを信ずるとはあまりに単純で驚いてしまう」（"And for his dreams, I wonder he's so simple, /To trust the mock'ry of unquiet slumbers."）——Ⅲ, ⅱ, 26-27）と付け加え、猪に追いかけられる前に逃げ出すのは得策ではない、帰って御主人に自分のところに来られるように伝えよ、と使者に命ずる。そうして一緒にロンドン塔に行けば、猪、即ちリチャードが自分たちを好意的に迎えてくれることがわかるだろう、というのである。しかし、間もなくそのロン

ドン塔で処刑を待つ身となったヘイスティングズは、スタンリーの夢を軽く見たことを後悔することになる（三幕四場、84-85）。

この例を除けば、すでに見て来たように、予兆の夢はシェイクスピアの人物たちによってかなり真剣に受け取られている。『冬物語』の中のアンティゴナス（Antigonus）でさえも、普段は夢など「くだらないもの」（"toys"）と考えているが、夢の中でハーマイオニーに聞いたことを「今度ばかりは…迷信のようだが」（"for this once… superstitiously"）本当と信ずると言う（三幕三場、15-46）。

語られる夢の例外的な使い方は、『オセロウ』に見られる。あの人間の心を巧みに操る術を心得ているイアゴウは、キャシオ（Cassio）が眠っている間に言ったこと、行ったことについてオセロウに語るが、すでに触れたように、それは実際にはオセロウの嫉妬をかき立て、妻デズデモーナ（Desdemona）がキャシオと恋仲であることを信じさせるために、彼がわざとでっち上げたものであった。

「心にしまりのない人間たちがいて、そういう連中は眠っている時に私事をしゃべってしまうんですよ。キャシオもそんな輩の一人なんでして」。（三幕三場、420-422）とイアゴウは言い、さらに言葉を続ける。

「眠りながら彼がこう言うのを聞いたのです。「いとしいデズデモーナ、気をつけよう、わたしたちの愛を隠さねば。」

それからあの男は私の手をしっかり握りしめ、

「ああ、いとしいひと！」と叫ぶと、私に強く口づけをしました。

まるで私の唇に生えている口づけの根っこを

シェイクスピアと夢 | 132

引っこ抜きでもするかのように——それから自分の足を私の太ももの上に載せ——ため息をつき、口づけをし、それから叫んだのです。「そなたをあのムーアめに与えた運命の呪わしいことよ!」と。(三幕三場、423-430)

In sleep I heard him say "Sweet Desdemona,
Let us be wary, let us hide our loves",
And then, sir, would he gripe and wring my hand,
Cry 'O sweet creature!' then kiss me hard,
As if he pluck'd up kisses by the roots,
That grew upon my lips——then laid his leg
Over my thigh——and sigh'd, and kiss'd and then
Cried 'Cursed fate that gave thee to the Moor!'
　　　　　　　　　　　　　　——III. iii. 423-430

ちなみに、イアゴウはその晩歯痛のため眠れなかったのだという。ねらい通りオセロウが動揺しているのを見て、イアゴウはお決まりの説明、あるいは言い訳をして彼をなだめる振りをする。

いやー、これは唯の夢だったんですよ。
　　　　　　　　　　　　——III. iii. 430

Nay, this was but his dream.
　　　　　　　　　　　　(三幕三場、430)

133　第四章　シェイクスピアの夢

これに対してオセロウは直ちに言い返す。

> だがそれは、前にそういうことがあった徴ではないか。（三幕三場、431）
>
> But this denoted a foregone conclusion.　——Ⅲ, ⅲ, 431

これこそイアゴウがオセロウから返ってくることを期待していた反応であった。一般に、過去の（foregone）経験や考えごとが夢に反映されると信じられていたので、イアゴウのでっち上げの夢もオセロウにとっては、キャシオが実際に言われたような行為をしたことの十分な証拠になったのである。事実、イアゴウはオセロウにデズデモーナが不実であるという生きた証拠を見せろと言われた時に、初めて夢の話をしたのである。従って彼はオセロウの言葉を利用し、さらに念を押すため、したり顔に付け加える。

> たとえ夢にしても、そうお疑いになるのは賢明なことです。
> それに、これでまだはっきりしないほかの証拠も
> 確かなものになるかも知れませんから。（三幕三場、434-436）
>
> 'Tis a shrewd doubt, though it be but a dream,
> And this may help to thicken other proofs
> That do demonstrate thinly.　——Ⅲ, ⅲ, 434-436

イアゴウは、従来一般に信じられてきた考えを非常に巧妙に利用したと言うことができよう。全般的に言って、多くの場合予兆の性質を持つシェイクスピア劇の中の「語られる夢」は、アイスキュロスの悲劇やシェイクスピアの同時代作家の作品におけると同様、運命の避けがたさと同時に最終的破局に至るまでのサスペンスを観客に感じさせ、それによってその作品の悲劇的雰囲気を高めているということができる。4

3 演ぜられる夢

語られる夢やイメージ、比喩として用いられる夢の数と比べると、舞台で実際に演じられる夢の場面というのは驚くほど少ない。シェイクスピアの全作品中『リチャード三世』、『マクベス』、『ペリクリーズ』、『シンベリーン』、『ヘンリー八世』の五作品に見られるだけである。一つは初期の作品、次は四大悲劇の一つ、あとはすべて最後期に属する作品である。興味深いことに、それぞれの夢の場面は、シェイクスピアの劇作家として発展の各時期に対応して、明らかにその特徴を示している。

『リチャード三世』の五幕三場では、夢は亡霊を舞台に登場させるために用いられている。作者の主な目的は、夢や亡霊によって人間心理を探るというより、この芝居の教訓を舞台上で目に見える形で観客に示すことにある

135　第四章　シェイクスピアの夢

ために、結果として夢の場面も芝居の基本的な性格と一致してかなり形式的、人為的な感じのものとなっている。しかもその教訓自体、悪人は地獄に堕ち、善人は神の祝福を受けるという単純明快なものである。というわけで、呪われるリチャードと祝福されるリッチモンド（Richmond）は舞台の両端に陣取って、文字通り左右対照的な正反対の予言をくだされる夢を見る。

最初に現れるのは、リチャードとその兄弟に刺し殺されたヘンリー六世の王子エドワードの亡霊で、二つの天幕の間に出て先ずリチャードに向かい、呪いの言葉をかける。

明日はお前の魂の上に重くのしかかってやるぞ！
若い盛りのわたしをテュークスベリーでどんな風に刺し殺したか
思い出せ。だから、絶望して、死ね！

Let me sit heavy on thy soul to-morrow !
Think how thou stabb'dst me in my prime of youth
At Tewksbury; despair, therefore, and die !　　— V, iii, 118-120.

（五幕三場、118-120）

反対側で眠るリッチモンドに向かっては

元気を出しなさいリッチモンド、ひどい扱いを受け、むごたらしく殺された王子たちの魂がそなたに味方して戦うのですから。

ヘンリー王の子がリッチモンド、そなたを励ましているのですよ

Be cheerful, Richmond; for the wronged souls
Of butcher'd princes fight in thy behalf.
King Henry's issue, Richmond, comforts thee.

——V. iii, 121-123

（五幕三場 121-123）

と祝福の言葉を言い、激励する。

続いて現れるのは、父王ヘンリー六世の亡霊である。この亡霊も同じようにリチャードには呪いの言葉、リッチモンドには祝福の言葉をかける。

[リチャードに] わたしがまだ生きていたとき、わたしの王として聖別されたからだは、おまえからいくつもの致命的な傷を受けた。ロンドン塔とわたしを思い出せ。絶望して死ね。ヘンリー六世が、おまえに絶望して死ねと命ずるのだ。

（五幕三場、124-130）

[リッチモンドに] 徳高く、聖なる者よ、おまえこそ勝利者たれ！　おまえが王になるだろうと予言したヘンリーが、眠っているおまえを励ましているのだ、生きて栄えよ。

[To Richard] When I was mortal, my anointed body

第四章　シェイクスピアの夢

> By thee was punched full of deadly holes.
> Think on the Tower and me. Despair and die.
> Harry the Sixth bids thee despair and die.
>
> [To Richmond] Virtuous and holy, be thou conqueror!
> Harry, that prophesied thou shouldst be king,
> Doth comfort thee in thy sleep. Live and Flourish!
>
> ——V, iii, 124-130

　敵対する二人に対し、こうした対照的な悪運と幸運を予告するという形は、いわば一つの規範となって、その後に続く亡霊たちに受け継がれる。ヘンリー王、エドワード王子のほか、クラレンス、ヘイスティングズ、ロンドン塔で暗殺された二人の幼い王子たちを含む亡霊の数は全部で十を数えるが、彼らはすべて、王冠を手にする過程においてリチャードが何らかの方法で殺害した人々である。亡霊たちはほとんど形を変えることなく儀式のように同じ型に従い、リチャードには「絶望して、死ね」という言葉を繰り返して呪いをかけ、リッチモンドには別の反復句〔リフレイン〕、「生きて栄えよ」または「目覚めよ、そして勝利をかち取れ」("Awake and win the day")といった言葉で激励する。

　同じ型が短い場面の中で十回繰り返されるとき、それは意識を越えた人間の内奥の真実を垣間見せるというよりも、様式化された儀式、儀礼という印象を与える。その意味で、後期の作品と比べると夢の場面としてはかなり人工的で、生硬な感じさえする。この比較的初期の作品のシェイクスピアは、人間心理の深層を探るよりは、一

般に受け入れられていた見地、特にリチャードから王位を奪還したテューダー王朝の立場から、悪逆非道の王の悪行の数々を描き、その報いとしてみじめな最後を迎えるいきさつを書くことが主な目的だったと思われる。しかし、それだけでは終わらないのがシェイクスピアという作家の面白さである。夢そのものは人物の心の内部とほとんど関わりがないが、悪夢を見た後のリチャードの反応には注目すべきものがある。翌朝、彼を起こしに来たラトクリフ（Ratcliff）に向かい、リチャードは「恐ろしい夢を見た」と言い、

　使徒パウロにかけて言うが、今宵の亡霊ども、
　鎧かぶとに身を固め、愚かなリッチモンドに率いられた
　一万もの本物の兵隊よりも
　このリチャードを心底ふるえあがらせたのだ。

（五幕三場、216-219）

By the apostle Paul, shadows to-night
Have struck more terror to the soul of Richard
Than can the substance of ten thousand soldiers
Armed in proof and led by shallow Richmond.
　　　　　　　　　　　　　　　—V, iii, 216-219

と夢から受けた衝撃を語るが、さらにそれに先立つ独白の場面では、観客はそれまで見て来たリチャードと全くちがうリチャードを見る。

第四章　シェイクスピアの夢

リチャードの腹心でありながら、最後にはリチャードに殺害されたバッキンガム公爵（Duke of Buckingham）の亡霊が「絶望せよ」という言葉と共に消え去ると同時に、リチャードは「別の馬をくれ」（"Give me another horse"）などと叫びながら目を覚ます。それは丁度、最後の場面でリッチモンドに倒される前、「馬だ！ 馬だ！ 馬をくれれば国をやる！」（"A horse! A horse! my kingdom for a horse!"——V, v, 7）と死闘を続けるリチャードを予告するかのようである。恐ろしい夢から覚めたリチャードは、「夢だったのか」（"I did but dream."）とほっとしながらも、良心に責められる自分を初めて意識する。「臆病者の良心め、何とおまえは俺を苦しめるのだ！」（"O coward conscience, how dost thou afflict me!"）と良心を呪いながら、多くの殺人を犯した自分を責め、自己嫌悪に陥る自分と、そんな自分をも擁護したい自分とに引き裂かれて、リチャードの心は千々に乱れるが、最終的に彼に残されたものは亡霊たちに投げかけられた絶望しかない。

『ヘンリー六世』第三部の独白の中で、醜い不具の自分にとってこの世の楽しみは王冠を手に入れることだけ、その邪魔になる者たちはどんな血なまぐさい手段を使ってでも取除くまでと決意を述べ、

そうさ、おれはにっこり笑って人殺しをすることもできる。
悲しい光景を見ながら、「うれしいねえ！」と叫ぶことだってできるぞ。
そら涙で頬をぬらすことなんぞお手のもの
どんな場合のどんな表情もおれの意のままだ。
……
残忍なマキャベリーだっておれにとっちゃ弟子同然だ。

（三幕三場、182-193）

Why, I can smile, and murder whiles I smile,
And cry 'Content!' to that which grieves my heart,
And wet my cheeks with artificial tears,
And frame my face to all occasions.
……
And set the murderous Machiavel to school.

—— III, iii, 182-193

と豪語し、読篇ともいうべき『リチャード三世』の中では快活に、まるでスポーツでも楽しむかのように殺人を重ねて来たリチャードであったが、夢の後始めて、心の奥底に押しこめてきたもう一人の自分（良心）と直面するのである。作者は夢を、現代の心理学説とも通ずる意識下の世界を引き出す方法として使ったということができる。この場面のリチャードは観客にとっても新しい発見であり、この悪人がただ悪人として片付けられない人間としての深み、あるいは厚みを持った存在としてより魅力的な人物となるのである。リチャードは、夢を通して自分の知らない自分に出会ったということができるだろう。その意味で、初期の作品でありながら、後期の作品、特に『マクベス』等と通ずるものを示している。

『マクベス』の中の夢の場面は、『リチャード三世』や他の三作品と同じ演じ方がされているわけではない。観客は、夢が実際に舞台上で演ぜられるのを見るのではなく、夢遊状態にあるマクベス夫人の言葉や動作を通して見るのである。先行する場面で見た血なまぐさい情景を、彼女が夢の中で追体験するのを見ながら、観客もまたそれらを心の中で再生する。観客が知っているマクベス夫人は、血なまぐさい場面にもたじろぐことはなかった。

第四章　シェイクスピアの夢

少なくとも、平気でいようと決意しているようであった。女であることをやめ、頭のてっぺんから足の先まで恐ろしい残忍さでいっぱいになることを願った夫人（五幕五場、37-40）は、王冠を自分のものにするためにダンカン王殺害を一旦は思い立った夫が実行をためらうのを見て、

その脳味噌を叩き出すことだってできますのに。（一幕七場、56-59）
赤ん坊の口から乳首をもぎ取り、乳房をふくませた
わたしを見上げて笑っている、
わたしでしたら、貴方のようにすると決めたら、

As you have done to this.
And dash'd the brains out, had I so sworn
Have pluck'd my nipple from his boneless gums,
I would, while it[the babe] was smiling in my face,
　　　　　　　　　　　　　——I. vii, 56-59.

と激しい口調で非難したほどであったが、リチャードの場合と同じように、今や別のマクベス夫人、彼女自身も知らなかったマクベス夫人がいるようである。かつて彼女は自分たちにできないことは何もなく、また怖れるものも何もないと考えていた。夢の中でも同様な言葉を繰り返す。

　…誰が知ろうと

シェイクスピアと夢　　142

何を怖れることがありましょう。国王を罪に問うことができる者などいるはずがありませんもの。（五幕一場、35-37）

… What need we fear
Who knows it, when none can call our
pow'r to account? ― V. i, 35-37

実際、自分たち自身、即ち精神錯乱や夢遊病状態の中で自分たちの秘密を明かしてしまうマクベスとマクベス夫人以外、怖れる者は誰もいないのである。

またダンカン暗殺後、大海原の水をもってしても両手についた血を洗い落すことはできないとマクベスが歎くとき、夫人は自分の手も同じ血に染まっているが、そのようにおじ気づくのは恥ずべきことと夫をたしなめ、

わたしたちのしたことなど、少しばかりの水が洗い流してくれます。とてもたやすいことですわ！（二幕二場、67-68）

A little water clears us of this deed.
How easy is it then! ― II. ii, 67-68

と、力づける。

しかし、これらはすべて意識の世界の話である。無意識の中に押しこめてきたもう一人のマクベス夫人は、時

143　第四章　シェイクスピアの夢

いたれば、意識の世界で立てられたすべての計画、考えをくつがえしてしまう。理性が抑制力を失う眠りの中で、それまで抑えられてきた感情が、今やどんなに洗っても、こすっても、きれいにはならない。血の臭いはいつまでたっても消えず、少しばかりの水どころかアラビア中の香料を使っても彼女の小さな手を香しくすることはできないのである彼女の手は、プラトンの言葉を借りれば「はねまわり、反撃し」、彼女を裏切るのである。("Here's the smell of the blood still. All the perfumes of Arabia will not sweeten this little hand." ― V, ii, 48-50)。殺人という犯罪は、彼女の意識が認める以上にはるかに深い痕跡、あるいは傷跡を彼女の心に残したのであった。

従って、『マクベス』にあっては、夢はただ単に超自然的存在を登場させるための便宜的な手段として使われているのではない。それは人間心理の内奥を探るこの作品の主題と切り離すことのできないつながりを持っている。というのも、次章で取り扱うことになるが、マクベス夫人のみならず、マクベス自身が彼自身が知らなかった自分に出会うことが悲劇の核心にあるからである。こうした自己発見あるいは変容は、筋書きは作品によりそれぞれ違っても、最終的には人間の心の真実を描き出すことが共通の特徴である円熟期の悲劇の重要な一部をなしているということができる。

最後期の三作品のうち、『ペリクリーズ』と『シンベリーン』は共通の際立った特徴を示す「ロマンス劇」と分類される作品群に属する。この作品群については、後に詳しい分析を行うが、ここでは舞台上で演じられる夢の場面のみを取り上げる。この二作品においては、夢は『マクベス』のように人物の心の内部から来るのではなく、外から、それも初期の作品やギリシャ・ローマの古典作品におけるように、超自然的存在の介入を可能にするために使われている。

『ペリクリーズ』の五幕一場では、長いこと死んだとばかり思っていた娘マリーナとの喜びの再会を果した直

後、ペリクリーズは彼にしか聞こえないこの世のものならぬ、素晴らしい音楽を聞く。同時に、激しい眠けが彼を襲い、それに抵抗できず、彼は眠ってしまう。天上の音楽に先導され、夢の中に女神ダイアナが現れる。女神はペリクリーズに向って、

わたしの神殿はエペソスにある。そこへ行きなさい。
そしてわたしの祭壇に犠牲を捧げるのです。
その場所で、わたしの神官の乙女たちが集ったとき、
みんなの前で語りなさい。
どのようにして海でそなたの妻を亡くしたか。
そなたとそなたの娘が体験した苦難の数々を思い起こし、
ありのままに伝えて、悲しみを新たにするが良い。
わたしの命ずる通りにしなければ、悲しみの生を送る。
その通りにすれば——わたしの銀の弓にかけて、幸せになります！
さあ、目を覚まして、そなたの夢を語りなさい。（五幕一場、238-247）

My temple stands in Ephesus. Hie thee thither,
And do upon my altar sacrifice.
There, when my maiden priests are met together,
Before the people all,

第四章　シェイクスピアの夢

Reveal how thou at sea didst lose thy wife.
To mourn thy crosses, with thy daughter's, call,
And give them repetition to the life.
Or perform my bidding or thou liv'st in woe;
Do it, and happy — by my silver bow !
Awake and tell thy dream.
　　　　　　　　　　　— V. i, 238-247

と言い、消える。この神託を聞くと、ペリクリーズは娘を殺そうとしたクリオーン（Creon）を討つ計画を取り止め、ダイアナの指示に従い、従者たちと共にエペソスに赴く。そこで彼は、ずっと昔に嵐の海の中で出産のため亡くなったと思った妻タイサ（Thaisa）と再会する。彼女は今はダイアナの神殿の高位の尼僧となっていたのである。従って、この作品ではダイアナの神託は、最終場面でばらばらの筋を統一すると同時に、散りぢりになった人物たちを一堂に集め、幸福な結末を導く手段として機能している。その意味で、女神ダイアナは文字通り「機械仕掛けの神」（deus ex machina）ということができる。そして夢は、初期の作品の亡霊の場面同様、超自然的存在の出現を観客により受け入れやすくするために使われていると言って良い。

『シンベリーン』においても同様に、夢は超自然的幻影を登場させるために使われる。ローマ兵に変装していたためにブリトン側に敵方として捕えられ、投獄されていたポステュマス（Posthumus）は、自分の命令に従って従者のピサーニオ（Pissanio）が殺してしまったと思っている妻イモジェン（Imogen）のことを考えながら、絶望のうちに眠ってしまう（五幕四場）。ここでもまた厳かな音楽が聞こえてきて、彼は眠りながら今は亡き両親や

シェイクスピアと夢　　146

兄弟たちの幻を見る。彼らはポステュマスのまわりを回り、雷神ジュピターに呼びかけ、口々に、いわれなき不幸な境遇からポステュマスを救い出してくれるように訴える。これを聞いてジュピターは雷鳴と稲妻の中、鷲に乗って下界に降りてきて、雷神の耳を汚し、彼を責めたことで「下等な霊ども」（"petty spirits"）を叱りつけ、黙るように命じたのち自分の意図を明かす。

もっとも愛する者にこそわしは艱難を与えるのだ。わしの贈り物を遅らせて、喜びをそれだけ大きくするためだ。心を安んぜよ。
今はどん底のお前たちの息子は、この神が引き上げてやる。
彼の安楽はいや増し、苦難は終わりを告げる。
彼が生まれたとき、このジュピターの星〔木星〕が天空を支配していた。
またわしの神殿で彼は婚姻の式を挙げた。立て、そして消えよ！
彼はイモジェン殿の夫となり、
幸せは苦しみによってより大きなものになろう。
この書字板を彼の胸の上に置くがよい。
そこには彼の運命すべてについてのわしの意向が書いてある。
だからもう立去れ、これ以上騒ぎたててせきたてるな、
さもないとわしが癇癪を起こすことになるぞ。
鷲よ、さあ、わしの水晶宮へ昇ってゆけ。

（五幕四場、101-113）

Whom best I love I cross; to make my gift,
The more delay'd, delighted. Be content;
Your low-laid son our godhead will uplift;
His comforts thrive, his trials well are spent.
Our Jovial star reign'd at his birth, and in
Our temple was he married. Rise, and fade!
He shall be lord of Lady Imogen,
And happier much by his affliction made.
This tablet lay upon his breast, wherein
Our pleasure his full fortune doth confine;
And so away: no farther with your din
Express impatience, lest you stir up mine.
Mount, eagle, to my palace crystalline.
　　　　　　　　——V., iv, 101-113

　この最後の言葉と共にジュピターは天へと昇ってゆく。亡霊たちは彼の約束に満足し、命ぜられたことを行い、消える。目を覚ましたポステュマスが、夢で見た書字板を実際に胸の上に見つけたとき、彼は自分がまだ夢を見ているか気が狂ったかと思うが、夢の中で予告されたことはすべて現実となる。長らく行方不明となっていたシンベリーンの二人の王子は見出され、父王と再会し、ポステュマス自身も妻イモジェンと再び結ばれる。こうし

シェイクスピアと夢　　148

てジュピターの予言通り、ポステュマスの不幸は終わり、ブリテン王国も独立と平和をかち取るのである。ここでもまた、夢の中で下される神託は、それまでばらばらであった出来事の背後を一つに結びつける手段として使われている。シェイクスピアはこの作品の数々の異常な、一見相互に関係のない筋の背後には、神の意図、神意があったのだとほのめかすことによって、散りぢりになった人物たちの再会をわざとらしくなく、より必然的なものに感じさせ、偶然やエピソードの寄せ集めのように見えかねない作品に、一種の統一感を与えようとしたのではないかと思われる。

　最後の例は、五作品の中で最後の時期に属する『ヘンリー八世』（King Henry the Eighth）の中で、王妃キャサリン（Queen Katharine）が見る幻影の場面である。二十年以上も結婚しておりながらヘンリー八世から離婚され、太后となったキャサリンはキンボルトンで死の床にある。ウルジー枢機卿（Cardinal Wolsey）の失脚と死についての知らせを式部官のグリフィス（Grifith）から聞いた後、自分の現在の不幸の主な原因となったかつての政敵ウルジーと心の和解を果たす。自分自身の死期も間近に迫ったことを感じた彼女は、グリフィスに命じ、楽士たちに自分の弔いの鐘と名づけた悲しい音楽を奏でさせる。楽の音と共に彼女が眠りにつくと、夢の中で幻の場面が展開される。それは舞台上で仮面劇の形で上演され、観客はまず六人の人物が「厳かな様子で足取り軽く、次々と登場する」のを見る。彼らは白衣を身にまとい、頭には月桂樹の冠を、顔には金色の仮面をつけ、両手に月桂樹か棕櫚の小枝を持っている。

　彼らはまずキャサリンに向かいお辞儀をし、それから踊る。ある転調のところに来ると最初の二人が

余分に持っていた月桂冠を彼女の頭の上にかざし、あとの四人はうやうやしく膝を曲げてお辞儀をする。それから、冠をかかげていた二人がそれを次の二人に渡すと、その二人も転調のところで同様な所作をする。そして冠を彼女の頭の上にかざすとそれを最後の二人に渡し、彼らも同じことを行う。そのとき、まるで霊感でも受けたかのように太后は眠りながら喜びの身振りをし、両手を天に向ってさしのべる。

They first congee unto her, then dance; and at certain changes, the first two hold a spare garland over her head, at which the other four make reverent curtsies. Then the two that held the garland deliver the same to the other next two, who observe the same order in their changes; and holding the garland over her head; which done, they deliver the same garland to the last two, who likewise observe the same order: at which, as it were by inspiration, she makes in her sleep signs of rejoicing, and holdeth up her hands to heaven.
――IV, ii, The Vision

（四幕二場、幻影）

シェイクスピアと夢 | 150

幻が消えるとともに、キャサリンは目を覚まし、グリフィスに自分が眠ってから誰か部屋に入ってくるのを見たかと尋ねる。誰も来なかったという答えを聞くと、彼女は言う。

誰も？ あなたは見なかったのですか。たった今、一団の祝福された人々が私を宴に招いてくれたのを。またその輝かしい顔から何千もの光線が太陽のように私の顔に降り注ぐのを。

その人たちは私に永遠の幸せを約束してくれ、私に月桂冠を持ってきてくれたのですよ、グリフィス。でも、私にはまだそれを頭に戴く資格があるとは思えません。でも、将来は確実にそうできましょう。

（四幕二場、87-92）

No? Saw you not, even now, a blessed troop
Invite me to a banquet, whose bright faces
Cast thousand beams upon me, like the sun?
They promised me eternal happiness,
And brought me garlands, Griffith, which I feel
I am not worthy yet to wear: I shall, assuredly.
　　　　　　　　　——IV, ii, 87-92

その内容から推測すると、彼女の夢は明らかに彼女が死後入ることを約束された天国の幻影だったと考えること

第四章　シェイクスピアの夢

ができるだろう。それは「永遠の幸せ」の約束だったのである。

ここでも夢は再び超自然的幻影を登場させるための手段として使われているが、『ペリクリーズ』や『シンベリーン』と違うところは、それがばらばらの筋を一つにまとめたり、作品全体に神秘的雰囲気を与えるために使われているのではないということである。それは死に先立ってキャサリンが見る彼女個人の未来に関する夢であって、作品全体の筋や構成に関わることはない。

この場面直前の四幕一場はこの作品のクライマックスの一つと言える場面で、「当時の超スペクタクル」5といわれる作品の中でももっとも壮麗な情景を展開する。それは、新しい王妃として、不運なキャサリンに取って代ろうとしているアン・ブリーン（Anne Boleyn）の戴冠式の場面である。戴冠式の順序はト書に詳細に述べられている。トランペットの響きわたるなか、天蓋を戴いたアン・ブリーンと共に、貴族や貴婦人たちの荘厳な行列が舞台を通り過ぎる。それは一人にとっては屈辱の瞬間で、キャサリンは一つの星が昇る一方で、もう一つの星が落ちるのを見るわけである。作者は、この戴冠式の直後に続くキャサリンの夢の場面を、先行場面の効果と拮抗させる意図を持って書いたのではないかと思われる。というのも、それは抽象的な意味でもう一つの戴冠式の場面と言えるからである。この世での王妃の冠を失ったキャサリンは、今、次の世での幸福と栄光を約束する天上の冠を戴くのだから。材源となったホリンシェッド（Holinshed）の年代記には、このような夢についての言及は全くないので、この場面は作者シェイクスピアが、ヘンリー八世の強引な離婚と栄光を約束する天上の冠を戴くのだから。材源となったホリンシェッド（Holinshed）の年代記には、このような夢についての言及は全くないので、この場面は作者シェイクスピアが、ヘンリー八世の強引な離婚を受け入れられやすくしたり、前王妃に対する仕打ちの不当さの印象をやわらげようと付け加えたものではないかと考えられる。従ってこの作品における夢の場面は、その精神的な色合いにもかかわらず、単に作劇上の目的だけでなく、政治的な目的もあったと思うことができる。高位の者の盛衰を主題として強調しながらも、この作品には

シェイクスピアと夢 | 152

一部プロパガンダ的、弁明的側面もあるのである。

4 実存のヴィジョン

一見、夢という言葉がイメージか比喩として使われているように見えるが、夢やその縁語が決して伝統的に形容された「空気のように実体のないもの」("airy nothing") や「影」("shadows") としてではなく、その人物にとっては目に見える現実以上に実体のある想像力の産物であったり、表面には現れない人間、または人間社会の真の姿を表徴するものとして、作品の核とも言える重要な意味と機能を持つ作品がある。このような場合には、しばしば軽い、付随的な印象を与えるイメージあるいは比喩という言葉より、ヴィジョンという言葉で呼ぶ方が適当と思われる。

夢のこのような意味をはっきり意識している人物として登場するのが、『アントニーとクレオパトラ』(*Antony and Cleopatra*) の中のクレオパトラである。作者の悲劇時代の最後の作品とされるが、他の悲劇作品の解明にも役立つと思われるので、まずクレオパトラの夢から見てみたい。

まず冒頭から、観客はこの作品には二つの対極にある価値観と世界があることに気づかされる。開幕早々ローマ方の軍人ファイロ (Philo) が

いやー、まったくわれらが将軍の溺れようときたら、度を越しているよ…

Nay, but this dotage of our general's
O'er flows the measure...　　——I, i, 5-6

（一幕一場、5-6）

とアントニーのエジプトの女王に対する溺愛ぶりを批判する台詞が終わると、間髪を入れずクレオパトラと共に登場するアントニーは、自分をどの位愛しているのか言ってくれという女王に向かい、あたかもファイロの批判にまっこうから反論するかのように、

計ることのできる愛など卑しいものだ。（一幕一場、15）

There's beggary in the love that can be reckon'd.　　——I, i, 15.

と答える。

ファイロは軍の立場、ローマ政治の立場から話している。ファイロにとっては「世界の三つの柱〔シーザー暗殺後に成立したアントニー、オクテイヴィアス、レピダスの三頭政治への言及〕の一つが売女の道化になりさがった」のに対して、クレオパトラとの恋こそ「人生で高貴なこと」なのである。それはローマとエジプ

シェイクスピアと夢 | 154

ト、政治と愛、理性と感情等の対立であり、作品はこれら二極に対立する価値をめぐって構成され、その間を揺れ動くアントニーは最終的にアクティウムの海戦で選択を迫られることになる。それはまた、現実と夢の対立ということもできるのである。

最終幕、アントニーの死後そして自身の死の少し前、今はオクティヴィアス・シーザーの捕虜となったクレオパトラがローマ軍の士官ドラベラ（Dolabella）と言葉を交わす。

ドラベラ　　　　皇后さま、私のことお聞き及びでしょうか。
クレオパトラ　　わかりませんね。
ドラベラ　　　　私のこと御存知に違いありません。
クレオパトラ　　わたしが聞いたこと、知っていることなどどうでも良いことです。
　　　　　　　　女子供が夢の話をすると笑う、
　　　　　　　　それがあなたのやり方ではないのですか。
ドラベラ　　　　何をおっしゃりたいのかわかりません。
クレオパトラ　　わたしは皇帝アントニーがいたという夢を見たのです──
　　　　　　　　ああ、あのような眠りをもう一度、
　　　　　　　　そしてあのような人をもう一度見たいもの！

Dol.　Most noble Empress, you have heard of me?
Cleo.　I cannot tell.

（五幕二場、71-78）

155　第四章　シェイクスピアの夢

Dol. Assuredly you know me.

Cleo. No matter, sir, what I have heard or known.
　　　You laugh when boys or women tell their dreams;
　　　Is't not your trick?

Dol. 　　　　　　I understand not, madam.

Cleo. I dreamt there was an Emperor Antony——
　　　O, such another sleep, that I might see
　　　But such another man!　　　—V, ii, 71-78

　クレオパトラは先ず、人から聞いたり自分が知っていることなどどうでも良いと断言する。そうした外界の事実は、アントニーのいない今、「豚小屋と変わることのない」("no better than a sty")この世界に属するものだから。それから突然彼女は夢の話を始めて、ドラベラを当惑させる。世の中は夢の話などする女子供を馬鹿にすると分かっていても、彼女は自分の夢について話さずにはいられない。何故なら、今彼女に残された価値あるものと言えばそれだけだからである。現在の追いつめられた状況の中で彼女が望むのは、また同じ夢を見せてくれる眠りなのである。
　クレオパトラが「夢見た」皇帝アントニーは、その顔も
…まるで天空のよう、そこでは

シェイクスピアと夢　｜　156

太陽と月が軌道をめぐり、
この小さな丸い地球を照らしていました。
……
あの方の両脚は大海をまたぎ、かかげられた腕は
世界の羽根飾りでした。またそのお声はまるで
天体の音楽のよう、でもそれは味方にとってのこと、
一旦この地球を震え上がらせ、揺さぶろうと
されると、それはまるで轟く雷でした。その寛大さには
冬枯れというものがなく、刈り取れば刈り取るほど
豊かに実る秋。お楽しみの時も水の上に背をみせるいるかのように、
それに溺れることはなかった。
王侯貴族たちも従者としてあの方の
お仕着せを着ていたのです。王国や島々も
そのポケットから落とされる小銭のようなものでした。（五幕二場、79-92）
……
The little O, the earth.
A sun and moon, which kept their course and lighted
...as the heav'ns, and therein stuck

His legs bestrid the ocean; his rear'd arm
Crested the world. His voice was propertied
As all the tuned spheres, and that to friends;
But when he meant to quail and shake the orb,
He was as rattling thunder. For his bounty,
There was no winter in't; an autumn 'twas
That grew the more by reaping. His delights
Were dolphin-like: they show'd his back above
The elements they lived in. In his livery
Walk'd crowns and crownets; realms and islands were
As plates dropp'd from his pocket. —V, ii, 79-92.

それは「天空」、「天体」、「大海」、「雷」といった宇宙的なイメージによって呼び起こされた巨大な神のような人間の姿である。彼の性向でさえも、人間というより自然現象のように描かれている。この地球さえもそのような男にとって小さすぎることは、「この小さな地球」という表現や、王国や島々が彼のポケットからこぼれ落ちる小銭にたとえられていることからもうかがえる。

自分の夢について語った後、クレオパトラはドラベラに「わたしが夢見たようなこんな人がいたか、あるいはいるかも知れないと思いますか」と聞くが、そのような超人的人物について聞かされたドラベラがそうは思わな

シェイクスピアと夢 | 158

いと答えるのは自然なことだろう。世間は夢など馬鹿にするものだと知っていたクレオパトラ自身予期していた答えに違いない。しかし、その夢が自分にとってどのような意味を持つか説明する必要を感じたのか、彼女は直ちに夢に対する通念に挑戦するかのように自分の夢の弁護を始める。

あなたは天の神々にも聞こえるほどの大嘘つきよ。
でもあのような人がいる、またはいたとしたら、
それは夢などというものの枠を越えています。
自然は奇怪なものの姿にかけては空想に負けてしまうけれど
アントニーを想像するということは、空想に対抗する自然の作品、
空想による影などとてもかなうものではありません。

You lie, up to the hearing of the gods.
But if there be nor ever were one such,
It's past the size of dreaming. Nature wants stuff
To vie strange forms with fancy; yet to imagine
An Antony were nature's piece 'gainst fancy,
Condemning shadows quite.　——V, ii, 95-100

（五幕二場、95-100）

クレオパトラがここで伝えようとしていることは、彼女が最初夢と呼んだ自らの想像力の世界の真実であろう。

第四章　シェイクスピアの夢

そのため、一般に夢という言葉が連想させる意味を意識して、それを夢とみなすことさえ拒否する。彼女ははっきりと、「アントニーを想像すること」("to imagine /An Antony")は「空想に対抗する自然の作品」("nature's piece 'gainst fancy'")で、普通夢の定義に用いられ、また空想の産物である空気のように実体のない「影」("shadows")と区別する。

ということは、シェイクスピアはここで二つの言葉、「想像する」("to imagine")と「空想」("fancy")を明らかに区別しているということである。二つの用語がこのように対立する概念を表すものとして提示される時、想像力が描く「自然の作品」は、空想による「影」にはない実体と確かな実在感を備えたものと解釈すべきであろう。

この点をより明らかにするために、想像力に関するシェイクスピアの考えを他の作品について見てみると、この「想像力」と「空想」の区別についてシェイクスピアは常に一貫しているわけではない。彼の同時代人たちと同様、彼もしばしばそれら二つの語を交換可能なものとして使っている。というのも、オクスフォード英語辞典の定義によれば、語源的に同じである「空想」(FANCY)と「ファンタジー」(FANTASY)は「初期において は想像力(IMAGINATION)と同義語であった」からである。しかし、想像力を空想にまさるものと定義した前述のクレオパトラの台詞の中では、シェイクスピアはほとんど、浪漫派の詩人たち、特にS・T・コールリッジ(一七七二―一八三四)やジョン・ラスキン(一八一九―一九〇〇)の想像力に関する考えの先取りをしていると言っても良い。

想像力については空想と共に十八世紀、十九世紀前半を通じて多くの議論があったようであるが、ここでは前述のシェイクスピアの態度にもっとも近く思われ、また近代批評の先駆とも見なされるコールリッジとラスキン

を取り上げたい。[7]

先ず、二つの言葉を混同する一般的な用法を非難しながら、コールリッジは「想像力と空想は普通信じられているように、一つの意味に二つの名がついたものでも、また同一の能力の高低を表わすものでもない」と断る。[8] さらに、一次的想像力（"the primary imagination"）と二次的想像力（"the secondary imagination"）に区別した想像力のうち、より主要な「一次的想像力」については、

生きた力で人間のあらゆる認知作用の原動力であり、また無限の存在「我在り」における創造行為を限りある人間の精神の中で繰り返すもの。

… the living power and prime agent of all human perception, and as a repetition in the finite mind of the eternal act of creation in the infinite I AM.　　——Ch. XIII, 167

と考え、

空想はその反対に、固定したもの、決まったものしか弄ぶことができない。空想とは時空の制約から解放された記憶の一形態にすぎないのである。

Fancy, on the contrary, has no other counters to play with but fixities and definites. The fancy is indeed no other than a mode of memory emancipated from the order of time and space…

第四章　シェイクスピアの夢

と考える。想像力は「本質的に活気あふれる」生きた力で、人間精神における創造行為そのものであるのに対して、「記憶」の一形態である空想は、固定化し、静止した能力で、連想する行為に過ぎない。詩人は空想ではなく想像力を目指すべきである、とコールリッジは言う。(Ch. XII, 252)

ラスキンもその『現代画家論』(*Modern Painters*) の中で、同様の考えを述べている。

空想は外面を見て、その外面の姿を明確に、見事に、極めて詳細に描くことができる。想像力は物の核心と内的本質を見て、それらを感じさせることができるが、外面の細部を描くときにはしばしば不鮮明だったり、謎めいていたり、中途半端だったりするのである。

The fancy sees the outside, and is able to give a portrait of the outside, clear, brilliant and full of detail. The imagination sees the heart and inner nature, and makes them felt, but is often obscure, mysterious, and interrupted, in its giving of outer detail.

…想像力の長所は、直感と強烈な凝視によって（推論によってではなく対象を開き、明らかにするその権威ある力によって）物事の表面に現れる以上にいっそう本質的な真実に到達する点にある。

… the virtue of the Imagination is its reaching, by intuition and intensity of gaze(not by reasoning, but by its authoritative opening and revealing power), a more essential truth than is seen at the surface of things. (180-181)

ここでも想像力は空想より優れた能力と見なされている。空想は物事の表面しか見ないのに反して、想像力は

シェイクスピアと夢　|　*162*

内なる本質的な真実をつかむと言うのである。想像力はまた、「この物事の本源に到達できる唯一の光輝ある能力」(159)とか、「人々の精神に永遠に変らぬ影響力を及ぼすあらゆる芸術の根底にあるもの」と讃えられる。(181)

現代の著作家と違い、シェイクスピアは想像力についての考えを論理的に展開するわけではないが、作品全体あるいはその一部、または台詞の断片などにそれはうかがえる。この問題についてもっとも詳しく述べているのは、『夏の夜の夢』の中のシーシアス (Theseus) の台詞であろう。五幕一場の始め、若者たちの夢としか思えない森の中での体験の話を聞いたヒポリク (Hippolyta) が、「不思議ですわね、あの恋人たちの話。」と言うと、それに答えるシーシアスは想像力の威力あるいは影響力について、思いがけず長広舌を振るう。

たしかに本当というより不思議と言うべき話だ。
こんな昔話みたいな馬鹿話や他愛ない妖精の話など、
わたしにはとても信じられない。
沸きかえる恋人や狂人の脳というものは、
いろいろと有りもしないものを作り出すので
冷静な理性が理解する以上のことを感得することがあるのだ。
狂人も、恋人も、詩人も
皆想像力で頭がいっぱいになっている。
広い地獄に入り切れないほどの悪魔どもを

第四章　シェイクスピアの夢

見るのは狂人。恋人も負けずに狂っていて、
浅黒いジプシー女だって美女ヘレンに見えるのだ。
霊感を得た詩人の眼は、めまぐるしく
天から地へ、地から天へと視線を移し、
想像力が未知のものの姿を捉えると、
詩人の筆はそれに形を与え、無きに等しいものに
存在する場所と名前を与えるのだ。
想像力というものはこのように強い力を持っているので、
何か喜びを感じたいと思うだけで、
それは喜びをもたらしてくれるものを作り出してしまう。
また、夜何か恐ろしいことを想像していると、
草むらが容易に熊に見えてしまうだろう?

(五幕一場、2-22)

More strange than true. I never may believe
These antique fables, nor these fairy toys.
Lovers and madmen have such seething brains,
Such shaping fantasies, that apprehend
More than cool reason ever comprehends.
The lunatic, the lover, and the poet,

シェイクスピアと夢 | 164

Are of imagination all compact.
One sees more devils than vast hell can hold;
That is the madman. The lover, all as frantic,
Sees Helen's beauty in a brow of Egypt.
The poet's eye, in a fine frenzy rolling.
Doth glance from heaven to earth, from earth to heaven;
And as imagination bodies forth
The forms of things unknown, the poet's pen
Turns them to shapes, and gives to airy nothing
A local habitation and a name.
Such tricks hath strong imagination
That, if it would but apprehend some joy,
It comprehends some bringer of that joy;
Or in the night, imagining some fear
How easy is a bush suppos'd a bear?
　　　　　　　　　――V. i, 2-22

シーシアスは恋に狂った若者たちと違い、正気と「冷静な理性」を代表する人物として、先ず想像力の産物の信憑性を否定し、「こんな昔話のような馬鹿話や他愛ない妖精の話など信じられない」と言う。しかし興味深いの

は、話が進むにつれて彼はこの想像力の問題にますます熱心になってゆくように思われることで、詩人について語る時には一種の高揚感さえ感じられ、最初の口調とは非常に違ったものになっている。それはこの長台詞のクライマックスとも言える部分で、そこには「天から地へ、地から天へ」と見わたし、想像力を駆使しているほとんど宇宙的な詩人の姿がある。詩人は、未だこの世に存在しないものに形、名前、実体を与えて存在させる創造者、神同様の存在として捉えられている。(ギリシャ語の語源では詩人（poiētēs）は「創造者、作る人」（maker）という意味であった。) シーシアスはここでは、作品中の自身の役柄、あるいは機能の枠からはみ出して想像力論を展開していると言って良いだろう。

この台詞の中心部では、想像力というものに共感し、それを評価しているようにさえ思われる。それは「冷静な理性が理解できないことを感得できる」能力であるとされ、こうした見方は想像力の美点を、理性によってでなく直感によって、表面に見える以上の本質的な真実に到達することにあるとしたジョン・ラスキンの立場を思い起こさせる。シーシアスが自分の役柄に反し想像力の讃美をしているとすれば、明らかに彼は自分の役を離れ、作者の代弁者となっているのではないかと考えられる。

しかしながら台詞も終わりに近づくと、彼は本来の役割に戻るように見える。

また、夜何か恐ろしいことを想像していると、草むらが容易に熊に見えてしまうだろう？

この最後の二行の口調の変化については、ほかの作家が挿入したものとか、初期のシェイクスピアの未熟さによ

るものといった解釈もあるが、むしろ、話し手をもとの出発点に引き戻そうとする作者の試みと考えることができるのではなかろうか。シーシアスは、我にもあらず想像力の高みに飛翔してしまっていたが、今やまた慣れ親しんだ世界に戻ってきたのである。彼は再び、「馬鹿話」や「他愛のない妖精の話」なんぞに心を奪われることのない中年の、分別ある君主なのだ。その口調には再び軽侮の気持ちがこめられている。「草むら」を「熊」と取り違えるとは確かに馬鹿げており、先行する数行の壮麗さとまさに次元を異にするが、それも作品の構成上必要なことだったのである。

口調こそ異なれ、この最後の二行はシーシアスの議論の中で欠くことのできない部分をなすように思われ、この台詞全体はシェイクスピアの他の作品との関連においてより詳しく吟味する必要がある。シーシアスによれば「想像力で頭がいっぱい」の三種類の人間、すなわち狂人、恋人、詩人がいて、それぞれ異常な心理状態にある。これらはまた、シェイクスピアの多くの作品、特に円熟期の悲劇の主要な題材であった。詩人に関しては、自分自身詩人として創造の過程における想像力の働きについて良く知っていたにちがいない。また、詩人はその想像力を通して、恋人たちや狂人の心、あるいは想像力の働きを見通すことができる。これら三者に共通するのは、存在していないもの、目には見えないものに、あたかも生きたもののような実在感を与える能力である。それは、こうした人物たちの心の中に、実際の、目に見える世界とは別の、より強い実在感を感じさせる世界を創る。それは表面に見える現実の背後に潜む真実かも知れないが、また草むらを熊と見まちがえる妄想かも知れないのである。シーシアスの台詞にあるように、想像力には二つの異なった効果がある。積極的な面としてはそれは「冷静な理性が理解する以上のことを感知」し、「物事を表面に見える以上の本質的な真実」を明かしてく

れるかも知れないが、否定面を見ればそれは明白な現実さえも歪めてしまうことがあるのである。

想像力には創造的要素と破壊的要素の二つの側面があることを、シェイクスピアは非常に強く意識していたように思われる。詩人として、彼は想像力が人間に及ぼす力、時には全存在を支配してしまうその不可思議な力に魅せられていたようである。彼の主要な悲劇作品は、この主題をめぐる連作、同じ主題についての変奏と言って良いかも知れない。想像力豊かな人物にあっては、目に見える現実はしばしばその「強い想像力」が創り上げ、形成した幻想の世界によって取って代られる。冷静な傍観者やより実際的な人から見れば、妄想としか思われないものでも、「想像力で頭がいっぱいになっている」人物にとってはそれ以外の現実は有り得ない。再びシーシアスの譬えを借りれば、熊だと思ったものが実際には草むらだったとしても、その時感じた恐怖はまぎれもなく本物の恐怖なのである。これは極端な例ではあるが、外的現実と心理的、内的世界との食い違いを良く示している。

シェイクスピアがクレオパトラに「女子供が夢の話をすると笑う、それがあなた方のやり方ではないのですか。」と言わせた時、彼はこのエジプトの女王に二つの現実、彼女の世界とドラベラの世界の間にある決定的な違いを意識させたのである。彼女は、現実社会は壮大な、神のようなアントニー像を否定し、空想が作り出す影のような存在など足許にも及ばぬ「自然の作品」であると考えている。人から聞いたこと、知っていることなど彼女にとってはどうでも良いこと、今大切なことは自分自身の心の中の現実なのである。この想像力が支配する内的世界がより大きく、強力になるにつれ、実際的な政治世界の意味はいよいよ小さくなって行く。セクスタス・ポンペイウス (Sextus Pompeius) をしてその武人としての力は他の二人、レピダス (Lepidus) とオクテイヴィアス (Octavius) の二倍は

シェイクスピアと夢 | 168

あると言わしめたアントニーが、アクティウムの海戦を投げ棄てたクレオパトラの後を追ったのも同様な事情によってではないかと考えられる。この作品の冒頭でアントニーが言ったように、この世に収まるには大きくなりすぎた彼らの愛のヴィジョンは、新しい天地が、そして最終的には死が必要だったのかも知れない。

アントニーとクレオパトラは壮大な夢を見たが、この豊かな、力強い愛のヴィジョンに比べるとこの世は「豚小屋」("sty")や「土くれ」("clay")と見なされてしまう。その想像力の世界では、二人は自分たちをほとんど「天上の種族」("race of heaven")、愛の神と意識しており、ギリシャ悲劇的に言えばこの「傲慢さ」―ヒュブリス("hubris")―故に彼らは罰せられたと考えることもできる。

シェイクスピアはその主要な悲劇を書いていた頃、こうした内心のヴィジョンが人間の心や行動に及ぼす影響について強い関心を持っていたように思われる。これらの悲劇の主人公たちは、それぞれ状況は違っても皆、自分たちを取り巻く現実世界よりはるかにリアルで強力な内心の世界、想像力の創り出すヴィジョンに圧倒され、時にはそれにほとんど呑込まれてしまう。悲劇はしばしばこれら相対立する二つの世界の不可避とも言える衝突、葛藤によって生ずる。『ハムレット』(Hamlet)のような芝居には、この時代の悲劇作品には、その主題や根本精神において他の芝居の中では特別に名前を与えられてはいないが、こうしたヴィジョンは「夢」と呼ばれ、極めて顕著な共通性を認めることができるのである。

こうした主人公たちは、ある意味で彼らの想像力の犠牲者と考えることもできる。そのように強力な想像力に恵まれていることは、彼らの栄光でもあり不幸でもある。ハムレットもそうした人物の一人で、彼はその想像力を通して、「直感と強烈な凝視によって…物事の表面に表れる以上にいっそう本質的な真実に到達する」のである。しかし、この「本質的な真実」のヴィジョンは彼の全生活を悪夢、夢魔に変えてしまい、最後の悲劇的結末

へと導いてゆく。

ハムレット　デンマークは牢獄だね。
ローゼンクランツ　ならば世界も牢獄でございましょう。
ハムレット　れっきとした牢獄さ。その中には幽閉所、罪人を詰めこむ大部屋、土牢なども沢山あるが、デンマークは中でも最悪の部類だ。
ローゼンクランツ　私たちにはそうは思えませんが。
ハムレット　それじゃ君たちにとっては牢獄じゃないということだ。善とか悪とかいうものも元からあるわけじゃなく、我々の考え方次第なんだからね。僕にとってはデンマークは牢獄だよ。
ローゼンクランツ　いやー、殿下の野心が牢獄にしているのですよ。デンマークは殿下にとって狭苦しすぎるのでしょう。
ハムレット　とんでもない。僕はくるみの殻に閉じ込められても、無限に広がる空間の王と思うことだってできるのさ、悪い夢を見ることさえなければね。

（二幕二場、242-258）

Hamlet.　　　　　Denmark's a prison.
Rosencrantz.　　Then is the world one.

Hamlet. A goodly one; in which there are many confines, wards, and dungeons, Denmark being one o' th' worst.

Rosencrantz. We think not so, my lord.

Hamlet. Why then, 'tis none to you; for there is nothing either good or bad, but thinking makes it so. To me it is a prison.

Rosencrantz. Why, then your ambition makes it one; 'tis too narrow for your mind.

Hamlet. O God, I could be bounded in a nutshell and count myself a king of infinite space, were it not that I have bad dreams.

—— II, ii 242-255

　デンマークを牢獄と見なすのは「野心」のためではないことをローゼンクランツとギルデンスターンに説明しようとして、ハムレットは「悪い夢さえ見なければ」と謎めいたことを言う。彼の「竹馬の友たち」はその言葉を深く理解しようともせず、すぐに野心と夢の間の共通点、空しさあるいははかなさについての言葉遊びを始める。(256-258) ハムレット自身、話の途中、同じ調子で「夢なんてものも影に過ぎないんだからね」("A dream itself is but a shadow"—259) と言う。

それでは観客は、ハムレットの「悪い夢」("bad dreams")をも「影」と考えるべきであろうか。それとも、今や「海綿」("sponges")即ち王の手先と化してしまったかつての友人たちと話し合うことの無意味さを悟り、違う言葉を話し始めたのであろうか。もし彼の夢が単なる影にすぎないならば、何故それは牢獄に閉じこめられたような閉塞感をハムレットに与えるのだろう。それさえなければ、くるみの殻に閉じこめられても無限に広がる空間の王と思うことができると言う。この会話の中で、ハムレットは異常なほど「牢獄」という言葉を繰り返す。では牢獄とは一体何なのか。それは悪が閉じ込められている場所、と同時に人が自分の意思に反して閉じ込められる場所でもある。ハムレットにとってデンマークはまさにその中に悪を抱えているが故に牢獄であり、また彼自身その中に閉じこめられ、出ることができない状況にあるからこそ、牢獄なのである。というのも、亡霊により父の死の背後に叔父の陰謀があったことを知り、復讐を誓わされたハムレットは「たがのはずれた今の世」("The time is out of joint")を正す重い任務を負わされてしまったからである（一幕五場、188-189）。

ハムレットの悪夢は、デンマーク国内に存在する悪のヴィジョンなのである。亡霊との最初の出会い以来、彼はその悪夢に取りつかれてきた。それ以前にも漠然とではあるが、周囲で起きていることがどこかおかしいと感じていた。すでに第一独白の中で、彼は自分の肉体が溶けてなくなることを願い、世の中にはびこる悪を呪っている。」

ああ！　ああ！
なんとこの世の中の在り様すべてが俺には、

シェイクスピアと夢　　172

この時点でハムレットはまだ叔父の犯行を知らず、彼の攻撃の直接の対象は父王の死後あんなにも早く、はるかに劣った叔父と再婚してしまった母親の「弱さ」("frailty") である。しかしほとんど直感的に彼は感じている、「これは良くない、それにこの先だって良いことがあるはずがない」("It is no, nor it cannot come to good" —158) と。亡霊がこのまだうすうす感じていただけの悪の存在を意識の表面に引き出す。だから亡霊によって忌まわしい事実が明かされた時、「おお、俺の魂が予感した通り！叔父の奴か！」("O my prophetic soul! / My uncle!" —I, v, 40-41) と叫んだのも不思議ではない。彼が疑っていた通り、舞台裏で犯罪が行われていたのである。今王冠と妃を自分のものとしているクローディアス (Claudius) は父王を殺した犯人。母ガートルード (Gertrude) は、当時近親相

いやな、つまらない、味気ない、無益なものに思えることか！
ああ、いやだ！　いやだ！　いやだ！　まるで雑草のはびこる庭、
しかもそれは種を実らせて増える。下等で野卑なものだけが
この世にさばっているのだ。

(一幕二場、132-137)

O God! God!
How weary, stale, flat, and unprofitable,
Seem to me all the uses of the world!
Fie on't! Ah, fie! 'tis an unweeded garden,
That grows to seed; things rank and gross in nature
Possess it merely.　　　—I. ii. 132-137

『ハムレット』一幕四場

シェイクスピアと夢

姦と見なされていた夫の兄弟と結婚したばかりでなく、いっそう悪いことに「殺人者、悪漢」("a murderer and a villain")との愛欲にふける堕落した存在と映る。漠とした悪について意識は、今やハムレットの心の中ではっきりした形を取り、目に見えるどんな現実よりもはるかに強い存在感を持つようになる。

実際、『ハムレット』の中の悪は目に見えない。芝居の最後近くになるまで、悪が具体的な行動として舞台に登場することはなく、観客はいわばハムレットの心の鏡に映った悪を見るのである。ポローニアス (Polonius) を新国王と間違えて刺し殺す直前、自分自身を深く認識することも、自分の行為の意味を考えることもしない母ガートルードに向って、ハムレットが、

僕があなたに鏡を見せるまで行ってはいけません。
そこにあなたの心の奥底を見るのです。
　　　　　　　　　　　（三幕四場、19-20）

You go not till I set you up a glass
Where you may see the inmost part of you.
　　　　　　　　　　　— III. iv. 19-20

と言う時、彼自身目に見えない真実を映し出す鏡の役割をになっていることを、なかば意識しているのである。

たしかに、一見平穏な『ハムレット』の世界には、主人公の心を占める悪のイメージに相応する出来事や事態は存在しない。外見上、物事はすべてうまく行っているように見える。先王の死によって一時崩壊、混乱の危機——クローディアスは奇妙にもハムレットとほとんど同じ言葉を使ってそれを表現する ("Our state to be disjoint and out of frame")——I. ii. 20)——と見えたかも知れないデンマーク王国も新王の即位により秩序を取り戻す。し

彼はまた、臣下を権威と温情をもって扱う術を心得ている。臣下は臣下で、故王に対する敬愛の念と王子に対する同情は感じていても、新王の統治を受け入れる心づもりをしている。王妃も言うように、余りに長く死者を悼むのは賢明ではないのである。という訳で、ハムレットが言うように、父王存命中はクローディアスにしかめ面を見せていた連中が、今ではその小画像に大金を払っている有様（"those that /lived, give twenty, forty, fifty, a hundred /ducats a-piece for his picture in little"．—— II. ii, 359-362）。宮廷の中には誰も新王の罪に対する彼の疑惑を共有する者はいない、腹心の友であり、ある意味では彼の分身とも言えるホレイショー（Horatio）を除いては。この作品の中で、何事もなさそうな表面を見通して、その下に潜む醜悪さと闇を見抜くのは実質的にはハムレット一人なのである。

しかし、ハムレットの心を占めるこうした悪のヴィジョンに目に見えて対応するT・S・エリオットの言う「客観的相関物」（objective correlative）が芝居の中に無いために、それらは一見妄想か悪夢のような様相を呈する。まさにハムレット自身が言うように「悪い夢」なのである。彼は一時自分が悪魔によってたぶらかされているのではないかと疑いさえする。しかしながら、実際に目には見えなくとも、それらの夢は「影」のような存在であるどころか、ハムレットの世界の他のすべてのものを消し去るほどの強い衝撃を彼の心に与え、彼を完全に巻き込んで行くのである。彼の行動、思考、彼の全存在が今やこの夢をめぐって動く。さらにハムレットの心の中では、それらの夢は彼のおかれた特殊な情況を超えて、あらゆる人間に適用される普遍的な真理を表わすものとなってゆく。

夢はここではもはや思いつきの、別の言葉でも言い変えられるイメージでもなければ、演劇や文学で使われる

シェイクスピアと夢 | 176

便利な技法でもない。それらは主人公の人間と世界についてのヴィジョンであり、目に見えるどんな現実よりも強力な実在感を持ってその心の中に君臨する。こうして彼の思考、行動の主要動因となるが故に、そうした夢は作品全体の意味にかかわってくるのである。

ここで、ハムレットはその後再び夢に言及することを思い出さねばならない。父の死以来、彼の心は人間の死と悪についての思いに占められて来たが、亡霊との出会いがこの傾向をいっそう強めることになった。実際、彼にとって死と悪は切り離せないものになって行く。そもそも父王の死そのものにも、悪が深くかかわっていた。

こうした事が、ハムレットの心を悪がはびこるこの世に別れを告げようという方向に向かわせる。第一幕以来、彼はしばしば死への願望を口にする。そしてそれが頂点に達するのが、古今東西の戯曲の中でもっとも良く知られているのではないかと思われるあの独白である。その中で彼は、死とは「心から望まれる終焉」("a consummation/Devoutly to be wished")と言う。というのも、死が眠りの別の形であるとすれば、みや数々の肉体の苦痛などを終わらせてくれるということだから。では、この苦難の海に太刀をもって立ち向かい、それらを死の眠りの中で終わらせることを妨げているものは何か。

　死ぬ、眠る。
　眠れば恐らく夢を見る。ああ、それが邪魔をするのだ。
　苦しみ多きこの世の生から抜け出た時、
　死の眠りの中でどんな夢を見るのか、
　その思いが我々に二の足を踏ませる。

それこそが不幸な人生をも長びかせてしまうのだ…（三幕一場、64-69）

To die, to sleep;
To sleep, perchance to dream. Ay, there's the rub;
For in that sleep of death what dreams may come,
When we have shuffled off this mortal coil,
Must give us pause. There's the respect
That makes calamity of so long life…
　　　　　　　　　　　　—Ⅲ. I, 64-69

ハムレットが最初に死への願望を口にした時、彼に自殺を思い止まらせていたのは神の掟だった（一幕二場、129-132）。今、それは夢だとハムレットは言う。死が眠りだとすれば、夢を見る可能性がある。もしその夢が生きている間に見た夢と同じように悪いか、あるいはそれ以上に悪いとしたら、ハムレットによれば、我々すべてを臆病者にする、即ち思い切ってこの苦難に満ちた生を断ち切らせないのは、永劫の眠りの中で我々が見るだろう夢を恐れる気持、即ち「死後の何かに対する恐れ」("the dread of something after death")なのだ。我々は「未知の苦難に飛び込んでゆくより、現在の苦難を耐え忍ぶ方がまし」("rather bear those ills we have /Than fly to others that we know not of") と思うのである。マクベスが言うように、「恐ろしい想像より、眼前の恐怖の方がまだまし」("Present fears /Are less than horrible imaginings")—*Macbeth*, I, iii, 137-138）なのである。ここでは夢は生の中の悪のヴィジョンに対する死のヴィジョンであり、これら二つの夢、二つのヴィジョンは終始主人公の思考、行動を支配する。その為、人間存在に関わる根源的な問題、悪と死が中心的な主題となり、この作品本来の目的である復讐のテーマ

シェイクスピアと夢　　178

の影が薄くなってしまうほどである。こうした種類の夢は、空気のように消え去ることもなく、影のようにはかないものでもない、強固な実在感とともに人の心に存在するのである。

マクベスとオセロウもまた、それぞれの悪夢の犠牲者ということができる。彼らは共に、「恐ろしい想像」によって苦しめられ、それらが眼前に現出させる「恐ろしい想像の情景」("horrid images")から眼をそらすことができない。魔女たちと最初の出会いの後、マクベスは独り言を言う。

この超自然の者たちの誘い、
悪いはずはない、と言って良くもない。
もし悪いとしたら、何故本当のことから始めて
成功を保証してくれたのだ、俺はコーダーの領主になったのだからな。
もし良いとするなら、あの誘いに乗ろうとするだけで
恐ろしい想像の情景に髪の毛も逆立ち、
いつもは落着いている心臓があばら骨にひびくほど
どきどきするのは何故だ。眼前の恐怖の方が、
恐ろしい想像よりまだましなのだ。
いまだ空想に過ぎない人殺しが
俺の全身を震えさせ、想像するだけで
身体も動けなくなってしまう。そして在るのは

179　第四章　シェイクスピアの夢

実際に無いものだけなのだ。

> This supernatural soliciting
> Cannot be ill; cannot be good. If ill,
> Why hath it given me earnest of success,
> Commencing in a truth? I am thane of Cawdor.
> If good, why do I yield to that suggestion
> Whose horrid image doth unfix my hair
> Against the use of nature? Present fears
> Are less than horrible imaginings.
> My thought, whose murder yet is but fantastical,
> Shakes so my single state of man
> That function is smother'd in surmise,
> And nothing is but what is not.
>
> ――I. iii. 130-141

（一幕三場、130-141）

まだ「空想にすぎない」恐ろしい行為は、すでに周囲の目に見えるどんな現実よりも強烈な現実感をもってマクベスに迫り、彼の全身を震えさせるほどの衝撃を与えるのである。

それに、マクベスは冷静で注意深い計画のもとに殺人を実行するのではない。「今宵の大仕事」("This night's great business")の細かい手筈は、「人情の乳がありすぎる」("too full o' th' milk of human kindness")夫の性格を危惧

したマクベス夫人によって整えられる。実際に殺人を行う際も、マクベスは冷酷な殺人者というより、まるで熱病に冒された者のように血塗られた短剣の幻によってその行為に導かれてゆく。

> 目の前にあるのは短剣か、
> 柄を俺の方に向けて——さあ、つかませろ。
> つかめない、だがまだ見える。
> 不吉な幻よ、おまえは眼には見えても
> 触れることはできないのか。それとも
> 心が作り上げた偽の短剣、
> 熱に浮かされた脳みそから生まれたものなのか。
> まだ見える、まるで今俺が抜いた
> この剣と同じようにはっきりと。
> 俺が行こうとした方に俺を導いて行く、
> しかも俺が使おうとしていた武器。
> 俺の目は馬鹿になってしまったのか
> それとも他の感覚全部を合せた働きをしているのか。
> まだ見える、それに刃と柄には血糊が、
> 前にはそんなものはなかったのに。
>
> （二幕一場、33-47）

> Is this a dagger which I see before me,
> The handle toward my hand? Come, let me clutch thee.
> I have thee not, and yet I see thee still.
> Art thou not, fatal vision, sensible
> To feeling as to sight? or art thou but
> A dagger of the mind, a false creation,
> Proceeding from the heat-oppressed brain?
> I see thee yet, in form as palpable
> As this which now I draw.
> Thou marshall'st me the way that I was going;
> And such an instrument I was to use.
> Mine eyes are made the fools o' the other senses,
> Or else worth all the rest; I see thee still;
> And on thy blade and dudgeon gouts of blood,
> Which was not so before.
> ——II, I, 33-47

マクベスは、今自分の心を占めている殺人の計画がこのような幻を見させるのだと考え、「こんなものはっきりと存在しない」("There's no such thing")と自分に言い聞かせるが、その短刀が彼自身の手の中の短刀同様はっきりと現わ

『マクベス』二幕一場

第四章　シェイクスピアの夢

れ続け、殺人へとマクベスを導いて行ったことは明らかである。その後、バンクォウ（Banquo）の亡霊に怯えて取り乱し、宴会を台なしにした上、自分たちの罪さえ出席者たちに悟られかねない行動をしたマクベスを叱責するマクベス夫人の言葉にもそのことはうかがわれる。

これはあなたの恐怖が描き出した幻影、
あなたをダンカン王へ導いたと言われた
あの幻の短剣と同じものですよ。

（三幕四場、61-63）

This is the very painting of your fear;
This is the air-drawn dagger which you said
Led you to Duncan.
——Ⅲ, iv, 61-63

いまだ冷静なマクベス夫人は、マクベスの見ていたものを現実とは無縁の幻影と片付けてしまっているが、マクベス自身にとってはその瞬間、それ以外の現実は存在しないのである。まさに、「在るのは、実際に無いものだけ」なのである。この逆説は、想像力が人間の心の中に生み出す強力なリアリティー、あるいは現実感をこの上なく適確に表現したものと言える。

ある意味で、マクベスは幻影に魅入られて犯行に至ったと言えなくもない。通常の、意識のある状態では元来「高潔」で善良な男が、悪の呼びかけに逆らおうと苦悩する姿を見ると、抗いがたい力をもって迫る幻影は、実際にそれがマクベスの心の深層から生ずるものだとしても、マクベスの内よりむしろ外から来るもののように思

シェイクスピアと夢 | 184

われる。こうしてマクベスは、目に見えぬ、正体も分らぬ暗い力によって犯罪へと押しやられる犠牲者の様相を呈するのである。

三人の魔女をマクベス自身の秘かな願望の象徴的な表現と見るか、あるいはシェイクスピアの時代の人々が実際に信じていたらしい超自然的存在と見るかは余り問題ではない。演劇的効果という点から言うと、確かに、マクベスを悪に誘うものが人間以外の超自然的存在とした方が観客にとってわかりやすく、また犯罪を主題とする作品にふさわしい不吉で不気味な雰囲気を作り出すことができる。しかし想像力豊かな人物の心の働きを考えると、誘惑の声が外から来ようと、内から来ようと本質的には余り変りはない。それはその人物にとって同じように、抗しがたく、また不可解であり、想像力が作り出す現実が人間の感情に与える衝撃も、同様に神秘的、不可解なのである。

宴会の場で、自分の席に暗殺者に殺されたバンクォウの亡霊が座っているのを見て、マクベス自身この自分の心が作り出した幻影の持つ強力な存在感について次のように言う。

昔は、脳味噌が飛び出れば人は死んだ、
それでおしまいだった。ところが今では
二十もの致命的な打撃を頭に受けながら
また起きあがってきて
我々を椅子から押しのける。これこそ
そんな人殺しよりもっと不可解なことだ。（三幕四場、78-83）

... The time has been
That when the brains were out the man would die,
And there an end; but now they rise again,
With twenty mortal murders on their crowns,
And push us from our stools. This is more strange
Than such a murder is.
　　　　　　　　　　　　　—— III, iv, 78-83

ここでも、マクベスは空の椅子を凝視するほかないのである。「すべてが終わった」ところで、マクベス夫人の言う「恐怖が描き出した幻影」が、実際の現実を圧倒してしまう。

『マクベス』において、シェイクスピアは人間心理の深層に潜む暗い底流に特に視点を定めている。それは「邪悪な夢が帳の中の眠りをかき乱し」("wicked dreams abuse /The curtain'd sleep" —— II, i, 50-51)「夜な夜な恐ろしい夢が…我々を震えあがらせる」("Terrible dreams /...shake us nightly" —— III, ii, 18-19) 夜の世界、我々が知らないか、知りたくない我々の中のかくれた部分なのである。しかしその抗しがたい力をもって、悪夢は我々の全存在を呑みこみ、喰いつくしてしまう。すでに見たように、夢によって呼び起こされた感情、意のままに抑制、統御が実行できると豪語していたマクベス夫人でさえ、初めは冷静で動ずることがなく、殺人など顔色一つ変えず実行できると豪語していた自分の中の自分自身も知らなかった部分によって裏切られ、心を病み、死ぬ。

『マクベス』という作品は、その幻影、亡霊、「恐ろしい想像」に満ちた悪夢のような雰囲気と共に、人間の内なる世界の底知れなさ、善人の中にさえ潜む悪の可能性などを鮮やかに浮彫りにする。その意味では、これは単

シェイクスピアと夢　　186

一方、『オセロウ』は、実際の現実とは全く関係のない幻想が主人公の心の中で動かしがたい現実として育ってゆき、その全世界をおおいつくし、最終的には彼を破滅させるという話である。オセローもまた、イアゴウの悪企みの犠牲者であると同時に、彼自身の想像力の犠牲者でもある。悪人によくあるように、イアゴウは人の性格を良く見抜き、また人間の心の動きに通じていて、思うがままに人の心を操れるという自信を持っている。

ムーアは率直で鷹揚な性格、
正直は見かけだけの男だって、本当に正直だと思ってしまう。
だからたやすく鼻面を引きまわしてやれるのさ、
間抜けのろばと同じにね。

The Moor is of a free and open nature
That thinks men honest that but seem to be so;
And will as tenderly be led by th' nose
As asses are. ——I. iii. 393-396

（一幕三場、393-396）

では彼はどのようにしてオセロウの鼻面を引きまわすことに成功するのだろうか。イアゴウの主な道具は言葉、得意の技は、話を途中で止めて後は言わない、ほのめかすだけで決してはっきりしたことは言わない、そして時

第四章　シェイクスピアの夢

には聞き手が真意をはかりかねるほど短い言葉しか言わない、等々である。妻の貞淑さに対するオセロウの疑惑をかきたてようとイアゴウが最初に試みる場面に、それらすべての術が使われているのを見ることができる。夜警の指揮官という責任ある立場にありながら、イアゴウの誘惑に負けて大酒を飲み、結果として傷害事件を起こし、将軍オセロウの不興を買ってしまった副官キャシオ（Cassio）に、イアゴウは、将軍の妻デズデモーナにとりなしを頼むようにそそのかし、さらに二人が話し合っている姿をオセロウと自分が通りがかりに見かけるように仕組む。デズデモーナに暇乞いをしてキャシオが立去ると、イアゴウは短くひとこと言う。

はっ！　あれはまずいな。（三幕三場、35）
Ha! I like not that.
　　　　　　　　　　—Ⅲ, iii, 35

この時点ではまだイアゴウによって心を毒されていないオセロウは無心に問う、「何と言った」と。イアゴウの答えは再び短く、しかも中途で途切れる。

何でもありません、でも、もし―いや、分りません。（三幕三場、36）
Nothing, my lord; or if―― I know not what.
　　　　　　　　　　—Ⅲ, iii, 36

この後すぐ、熱心にキャシオの弁護をし、彼の復職を嘆願するデズデモーナに対し、オセロウは彼女の言うことなら何でも聞いてやると約束し、その姿が見えなくなると、短い独白の中でデズデモーナに対する深い愛につい

シェイクスピアと夢　｜　188

て語る。デズデモーナが立去ると、イアゴウは出し抜けに、オセロウがデズデモーナに求愛していた頃、キャシオは彼女を知っていたかと尋ねる。キャシオは自分たち二人の間を行き来して仲を取り持ってくれた、何故そんなことを聞くのかと聞き返すオセロウに、イアゴウは三たび短く、しかし意味深長な答えをする。

ただちょっと知りたかったものですから――
それ以上の魂胆はございません。

（三幕三場、97-98）

But for a satisfaction of my thought—
No further harm.
——Ⅲ, iii, 97-98

この場面に続いて二人の間に交わされる会話は、少ししか言わないか、ほとんど何も言わないことによって、如何に聞き手の心に疑惑を惹き起こすことができるかの見事な例となっている。イアゴウはしばしばオセロウの言葉をおうむ返しにするだけだが、それはまるでそれらの言葉を改めて吟味しているかのようである。

オセロウ　…あの男は正直ではないのか。
イアゴウ　正直、ですか。
オセロウ　正直かって。そうだ、正直だ。
イアゴウ　殿、私の知る限り。

第四章　シェイクスピアの夢

オセロウ　お前はどう思うのだ。
イアゴウ　思うか、ですか。
オセロウ　思うか、ですかだと！　まったく、この男は俺の言葉を繰り返すばかり、まるであまりに忌まわしくて表に出せない恐ろしい怪物が頭の中に潜んでいるみたいだ。

（三幕三場、104-112）

Othello. ...Is he not honest?
Iago. Honest, my lord?
Othello. Honest? Ay, honest.
Iago. My lord, for aught I know.
Othello. What dost thou think?
Iago. Think, my lord?
Othello. Think, my lord! By heaven, he echoes me,
As if there were some monster in his thought
Too hideous to be shown.　　　―Ⅲ, ⅲ, 104-112

この時すでにオセロウは、イアゴウの頭の中には「余りに忌わしくて表に出せない恐ろしい怪物」が隠されているのではないかと疑い始める。オセロウはイアゴウを「情愛深く、正直」（"I know thou'rt full of love and honesty"―122）な男と単純に信じこみ、ものを言う時も良く考えてから言う人間と考えているので、このように話を途中

で止めたり、言い淀んだりする（"these stops"）のは、何かを隠しているに違いないと、心底不安に感じるのである。オセロウが次のように述べるのは、まことに皮肉と言わねばならない。

こうしたことは不正直、不忠の悪党なら
よく使う小細工と言えるが、公正な人間の場合は
心の底からわきおこり、抑えることのできない
隠れた非難の表れなのだ。

For such things [these stops] in a false disloyal knave
Are tricks of custom; but in a man that's just
They are close delations, working from the heart
That passion cannot rule.
　　　　　　　　—— III. iii. 125-128

（三幕三場、125-128）

オセロウに思っていることを話せと言われても、イアゴウは「不正直、不忠の悪党」が「よく使う小細工」を使い続ける。彼は自分の考えている（というよりむしろ考えている振りをしている）ことが何であるか、決して話そうとしない。彼はオセロウに向って答える。

私には職務はすべて果す義務がありますが、
自分の考えを話すという義務はありません。

第四章　シェイクスピアの夢

奴隷でさえ皆持っている自由ですから。　　（三幕三場、138-140）

Though I am bound to every act of duty,
I am not bound to that all slaves are free to—
Utter my thoughts.
　　　　　　　　　——III, iii, 138-140

というのも、自分が言葉を完全に言い終わらず、自分が知っていることを全部は口に出さないのだと思わせれば、聞き手の想像力が自分の言い淀んだところを引継ぎ、言われなかったことを補い、全部を完成させるということを、イアゴウは良く知っているからである。忌わしい「怪物」が閉じ込められているのは、オセロウが考えるようにイアゴウの頭の中ではなく、まだはっきりした形をとるに至ってはいないが、オセロウ自身の頭、あるいは心の中に生まれたのである。まだ名前のない怪物がこのようにオセロウの心の中に造り出された時、イアゴウが奥様にお気をつけなさい、「キャシオとご一緒のところを良く観察なさって」（"observe her well with Cassio"）と言うだけで、オセロウはこのほのめかしに飛びつき、心の中の怪物をデスデモーナの不義と結びつけてしまうのである。「正直な」イアゴウが、今度ばかりは本当に正直に、「まだ証拠があってお話しするのではありませんが」（"I speak not yet of proof"——200）と前もって断っても、そんなことはもう問題にならない。証拠があろうとなかろうと、「恐ろしい考え」はオセロウの心の中に根を下ろし、「恐ろしい想像」が動き始め、例の怪物は生長し続けるのである。

どうして俺は結婚などしたんだ。この正直な男はきっと

もっと見たり、知ったりしているに違いない――話してくれたよりずっと多くのことを。(三幕三場、246-247)

Why did I marry? This honest creature doubtless
Sees and knows more —— much more than he unfolds.
　　　　　　　　　　　　　　　——III, iii, 246-247

イアゴウも、こうした心の動きを良く知っている。

ムーアは俺の毒でもう変わっている。
危険な考えというものは毒と同じ、
最初、ほとんど嫌な味がしなくとも、
ほんの少し血液に作用するだけで
硫黄の鉱山のように燃えあがるのだ。(三幕三場、329-333)

The Moor already changes with my poison:
Dangerous conceits are in their nature's poisons
Which at the first are scarce found to distaste
But with a little act upon the blood
Burn like the mines of sulphur.
　　　　　　　——III, iii, 329-333

イアゴウは小さなヒント、一滴の毒をオセロウの脳の中にたらし、それが「ほんの少し」の作用で硫黄の山のよ

第四章　シェイクスピアの夢

うに燃えあがり始めるのである。

後にオセロウは、少ししか明かしてくれなかったことでイアゴウを呪う。

あっちへ行け！　あっちへ行くんだ。貴様は俺を拷問台にかけおった。
誓ってもいい、ほんの少ししか知らないよりも、
ひどい目に会わされた方がどんなにいいか。
Avaunt! be gone! Thou hast set me on the rack.
I swear 'tis better to be much abus'd
Than but to know't a little.　──III, iii, 339-341

（三幕三場、339-341）

知らないことは、時には幸いである。またマクベスが言うように、現実の恐怖の方が恐ろしい想像よりまだましなのだ。最悪のことは、少しばかり知らされて、残りを自分たちの想像で補わなければならないことなのである。オセロウは今や拷問台に載せられ、心の中の「怪物」によって責めたてられる。マクベスが眠りを殺したように、オセロウもまたその「安らかな眠り」("sweet sleep")を永遠に失うことになる。オセロウが妻の貞節に何の疑念も持たず、幸せの絶頂にいた頃、といってもそれほど前のことではないのだが──彼はキャシオの件を依頼して立去るデズデモーナを見ながら呟く。

　…おまえを愛さないようなら、俺の魂など

彼の世界に意味を与えてくれたデズデモーナに裏切られたと思った時、世界は再び無意味な混沌に戻ってしまうのである。

> ...Perdition catch my soul
> But I do love thee; and when I love thee not
> Chaos is come again.
> ——Ⅲ, iii, 91-93

> 破滅するがいい。おまえを愛さなくなるようなことがあれば、この世は混沌に逆戻りだ。
> （三幕三場、91-93）

デズデモーナの不貞の証拠はまだ何一つ無いにもかかわらず、オセロウの心の中ではそれはほとんど確立した事実となってゆき、彼女の言うこと、なすこと全てが彼の疑惑を確認させることになる。こうして、イアゴウに「証拠」を見せろと要求しながら、「証拠」を見せられる前にすでに、オセロウは

> ...Her name, that was as fresh
> As Dian's visage, is now begrim'd and black
> As mine own face.
> ——Ⅲ, iii, 390-392

> ちょうどこの俺の顔のように。
> 今は汚れて黒くなってしまった、
> 月の女神の顔のように清らかだったあれの名前は、
> （三幕三場、390-392）

第四章　シェイクスピアの夢

と歎くのである。

この汚れたデズデモーナのイメージ、「怪物」は、オセロウの想像力によって育まれ、ますます大きく、また現実味を強めてゆく。

デズデモーナが、夫の嫉妬の原因となるようなことは何もしていないのに、とエミリア（Emilia）に向って歎く時、エミリアは訳知り顔に答える。

でも焼餅屋にそんなこと言っても駄目でございますよ。
原因があって焼餅を焼くのじゃなく、
焼餅屋だから焼餅を焼くのですから。
焼餅というものは、ひとりで生みつけ、ひとりで生まれる怪物なんですよ。（三幕四場、160-163）

But jealous souls will not be answer'd so;
They are not ever jealous for the cause,
But jealous for they are jealous. 'Tis a monster
Begot upon itself, born on itself.
　　　　—Ⅲ. iv. 160-163

エミリアは夫のイアゴウがその怪物の誕生にあたって助産婦の役割を果したことを知らないでいるが、その言うところは本質的に正しいと言えるだろう。『冬物語』のレオンティーズ、『ウィンザーの陽気な女房たち』（The

シェイクスピアと夢 | 196

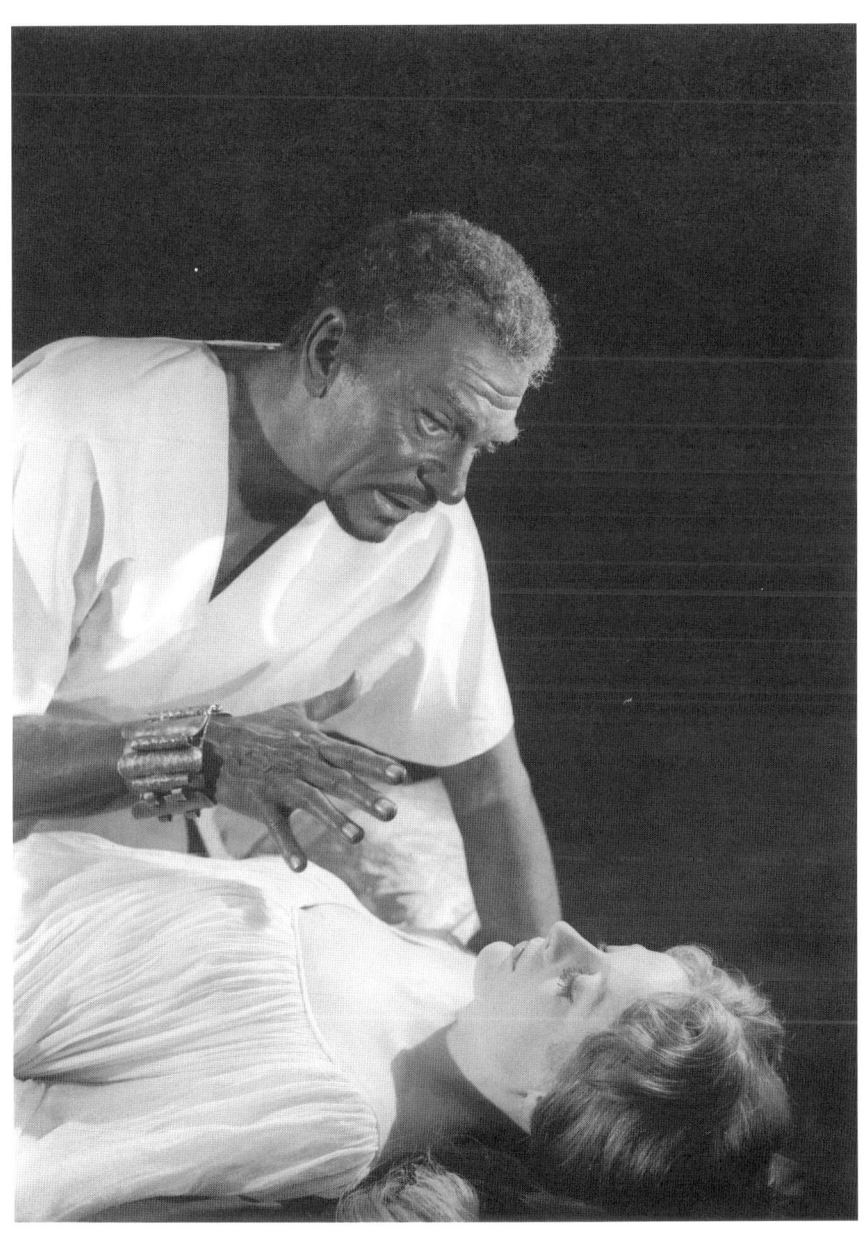

『オセロウ』 五幕二場

Merry Wives of Windsor）のマスター・フォード（Master Ford）などの場合も例証にあげられよう。エミリアが嫉妬＝怪物説を述べ終わるや否や、デズデモーナが間髪を入れず

オセロウ殿の心にそのような怪物が入りこみませんように。（三幕四場、164）
Heaven keeps that monster from Othello's mind.
——Ⅲ, iv, 164

と天に祈るのは、すでにオセロウの心の中に怪物が大きく育ってきたのを見た観客にとっては秀逸なドラマティック・アイロニーで、作者はその効果を十分意識していたに違いない。

このようにオセロウの心の中に作られた醜悪なイメージは、現実のデズデモーナとは完全に無関係なので、そのことで拷問台にかけられたように責め苛まれているオセロウは、悪夢に苦しめられている人か、夢の世界に没入してしまっている夢遊病者のように見える。悲劇は夢が実生活の中に侵入し、夢が現実と混合されてしまう時に起こる。そしてそれが頂点に達した時、デズデモーナは殺害されるのである。余りに遅く真実を知ったとき、オセロウはまるで深い眠りから覚めた人間のようである。漸く、彼は自分が「身も心も」（"soul and body"）あの「半悪魔」（"demi-devil"）イアゴウにからめとられていたことを悟る。そしてこの「半悪魔」は、如何にしてオセロウの全存在をからめとることができるか、知りすぎるほど知っていたのである。

こうしてオセロウは草むらを熊と思ってしまった。しかし、誰がこのオセロウを笑うことができようか。

『リア王』は他の主要な悲劇作品と比べて、少し性質を異にする悲劇である。これまで扱ってきた四つの悲劇においては、主人公たちは皆、「想像力で頭がいっぱいになっている」（"imagination all compact"）と言ってよい。

シェイクスピアと夢 | 198

彼らは芝居のほとんど冒頭から、常ならぬ心理状態にあり、それぞれの内なるヴィジョンにとらえられている。悲劇はこの内的世界と外の現実世界との拮抗、葛藤により、また夢の実人生への侵入によって惹起される。しかしながら、幕開けの場面のリア王は、シェイクスピアの悲劇的人物の中でもっとも想像力の貧しい人物として登場する。実のところ彼の悲劇も、想像力を欠いていたことが原因だったと言えるのである。上の娘二人が自分を「言葉では言い表せないほど、眼よりも、世界よりも、自由よりも」("more than word can wield the matter; / Dearer than eyesight, space and liberty" ―I.i.54-55) 愛している、などというようなことを言っても、その言葉の真実を吟味することもなく、そのまま額面通り受け取ってしまう。だから、誰より深く父を愛しながら、姉たちの恥知らずな追従と大言壮語の後で、自身の真情をどのように表現すべきか分からず、姉たちに与えられた領土に勝る区分を受け取るためにどんな言葉を聞かせてくれるかと聞かれ、

何もございません、父上。(一幕一場、86)

Nothing, my lord.   ―I.i.86

と答えるコーディリア (Cordilia) の飾り気の無い言葉の下に潜む真実を感じ取ることができない。リアの単純で機械的な論理からすれば、

何も無いところからは、何も出てこないぞ。(一幕一場、89)

Nothing will come of nothing.   ―I.i.89

というのである。こうしてコーディリアは勘当され、持参金も無く、放り出されねばならない。この時点のリアは、未だフランス王の逆説に表された真実を理解できないのである。

コーディリア殿、あなたは貧しくしてもっとも豊かであり、捨てられてもっとも選ばれた方であり、嫌われてもっとも愛される方なのです。（一幕一場、250-251）
Fairest Cordelia, that art most rich, being poor;
Most choice, forsaken; and most lov'd despis'd!
　　　　　　　　　　　　　　—I. i, 250-251

一幕四場、長女ゴネリル（Goneril）の屋敷内での自分の立場をはっきり悟る前のリアは、依然として同じリアである。リアよりはるかに良く物事を見通す目を持った道化（Fool）に「おじさん、何でもないことも何かになりませんかね。」（"Can you make no use of nothing, Nuncle?"）と問われても

駄目だね、何でもないものは何にもならないよ。（一幕四場、132）
Why, no boy; nothing can be made out of nothing.
　　　　　　　　　　　　　　—I. iv, 132

と答えるだけである。

しかし間もなく、現実は自分が思っていたものとは違うということをリアは知ることになる。彼はそれを娘の

シェイクスピアと夢 | 200

ひそめた眉、厳しい言葉に読み取るのである。リアがまだ娘のしかめた顔をどう解釈すべきか分からず、ただ驚いていると、道化はそうした事がどんな意味を持つか解説する。

あんたもなかなか大した男だったさ、娘のしかめっ面なんか気にしないでよかった頃はね。今じゃあんたは数なしの零。わたしは今のあんたよりましだよ。わたしはともかく道化、あんたは何でもないんだからね。

Thou wast a pretty fellow when thou hadst no need to care for her frowning; now thou art an 0 without a figure. I am better than thou art now: I am a fool, thou art nothing.
　　　　　　　——I. iv, 190-94

（一幕四場、190-194）

皮肉にも、「何もない」("nothing") という言葉を受けつけず、その言葉の含む意味も理解し得なかったリア自身が、今は「何でもない」("nothing") 人間、数なしの零になってしまったのである。当然、それはリアにとっては受け入れがたいことである。彼はこれまで、この世で「もっとも重要な人間」("everything") だと人にも言われ、自分でもそう信じてきた。どうして急に「もっとも重要な人間」から「何でもない人間」に変ることができようか。辛い現実を認めようとしない人たちがそれを夢と思おうとしたように、リアも自分が正気でないのではないか、完全に目が覚めていないのではないかと疑う。

ここにわしを知っている者はおるか。これはリアではないぞ。リアはこんな風に歩くか。こんな風に話すか。リアの目はどこだ。頭の力が弱ってしまったか、物を見分ける力が衰えたかどちらかだ。目が覚めている？　そんなはずはない——

Does any here know me? This is not Lear.
Does Lear walk thus? Speak thus? Where are his eyes?
Either his notion weakens, or his discerning
Are lethargied —— Ha ! waking? 'Tis not so.——
—— I. iv. 225-228

（一幕四場、225-228）

自分は夢を見ているに違いない。娘に顔をしかめられているこのリアが、あまり正気とは言えない今でも思い起こせる、一睨みすれば臣下は皆震えあがり、生殺与奪の権をも一手に収めていたあのリアとどうして同じ人間であり得ようか（"Ay, every inch a king. / When I do stare, see how the subject quakes. / I pardon that man's life …" —— IV, vi, 107-109）。こうして彼は自分が何者であるか分らなくなり、尋ねる。

誰かわしが何者か言ってくれる者はいないか。（一幕四場、229）

Who is it that can tell me who I am?
—— I. iv, 229

それに対して道化が直ちに答える。

> リアの影法師だよ。　　　（一幕四場、230）
> Lear's shadow.　　　—I. iv. 230

たしかに、あの全能の王が真のリアとすれば、自分の子供に邪険にされている、この無力な老人は、幻影、影、夢に違いない。リアはそのことを知りたいと思う。というのも、「国王のしるし、知識、理性」("the marks of sovereignty, knowledge, and reason")によって、自分に娘がいるなどという誤った考えを抱くようになったのかも知れないのである。今や生れて初めて、リアは人間の感情や行動の領域においては、目に見える事実や論理的な考え方などはたして意味があるのか疑うようになる。

彼は余りに事実に頼りすぎてきたのかも知れない。その女が自分の娘だと知っていた。この世の何ものにも増して自分を愛していると公言したことも覚えている。だがそんな事実に何の意味があるだろう。同じ女が自分に向って顔をしかめ、他のどんな他人よりひどく自分を虐待する今となっては、一体、この女は本当に誰なのだ。皮肉と同時に真の驚きをこめてリアは尋ねずにはいられない。

> 御婦人、あなたのお名前は。　　　（一幕四場、235）
> Your name, fair gentlewoman?　　　—I. iv. 235

第四章　シェイクスピアの夢

彼は夢を見ていると信じたいが、現実が目の前で具体的な形を取り、それが彼が望むように空中に消え去ってしまわない限り、自らを欺くことはできない。彼は自分が「恩知らずの子供」（"a thankless child"）を持っていたことを認め、そのために「蛇の歯よりも鋭い」（"sharper than a serpent's tooth"）——I, iv, 288）痛みを感じなければならないのである。

しかし、まだすべてが明らかになった訳ではない。リアが、きっと「優しくて慰めとなってくれる」（"kind and comfortable"）もう一人の娘のところへ行けば良い、と考えている間は、その眼は半分しか開いていない。この娘も前の娘と何ら変ることがないと分った時はじめて、彼は冷酷な現実の衝撃に打ちのめされるのである。王国を二人の恩知らずの、親不孝な娘たちに与え、ただ一人自分を真に愛してくれる娘を追放してしまって彼はすべてを失い、まさに「数なしの零」になってしまった。今となってはリアは、実の娘たちからひどい仕打ちを受けるでしかない。もしこの現実に耐えることができないとしたら——彼は神に「忍耐」を与えてくれるよう祈ったこともあった——武器を取って立ち向い、あの人間本然の情をわきまえぬ女悪魔どもに復讐せねばならぬ、「世界中を震え上がらせるような恐ろしい復讐を」（"they shall be /The terrors of the earth"）——280-281）。しかしどのような

> ... a poor old man,
> As full of grief as age; wretched in both!
> ——II, iv, 271-272

年も寄り、悲しみで一杯の、
どの道みぢめなあわれな老人！（二幕四場、271-272）

シェイクスピアと夢 | 204

「恐ろしい復讐」を弱々しい老人が行うことができるだろうか。むしろ彼自身が叫ぶように、先に頭が狂ってしまうだろう。こうして自分が自然かつ理にかなった秩序と思っていたものが覆された時、リア自身の理性もそのままでいることはできない。外の世界におけると同様にリアの心の中でも、「大嵐」("the storm and tempest") が吹き荒れることになるのである。

リーガン (Regan) が、嵐の中へ出て行こうとするリアの背後のドアをしっかり締めるようグロスター (Gloucester) に命じ、次のように言う時、自分で意識している以上の真実を話していると言えるだろう。

> わがままな人たちにとっては、
> 自ら招く災害こそが
> 教師となるのですよ。　　　　（二幕四場、301-303）
>
> O sir, to wilful men
> The injuries that they themselves procure
> Must be their schoolmasters.
> 　　　　　　　　　　—— II. iv. 301-303

というのも、リアがリーガンの言う皮相な意味ではなく、自分自身や人間存在の根本的な条件について学び、より深い認識に達するのは、この外界の嵐とそれに呼応するリアの心中の、最終的には狂気に至る激しい怒りと悲しみの嵐を通してなのであるから。領土配分の場面直後、もっとも気に入っていた末娘コーディリアを理不尽にも廃嫡してしまったリアについて、リーガンとゴネリルは口々に批判する。

第四章　シェイクスピアの夢

『リア王』三幕四場

リーガン　お年のせいでおかしくなられたのですよ。でも今までだって御自分のことを良くおわかりではありませんでしたけれど。

ゴネリル　いちばんお元気な時だって、
　　　　　ともかく性急な人でしたからね…

（一幕一場、292-295）

Gon. The best and soundest of his time
　　　hath been but rash …
Reg. 'Tis the infirmity of his age; yet
　　he hath ever but slenderly known himself.
　　　　　　　　　　　　　　— I, i, 292-295

幕開けの場面は、実際こうしたリアの弱点の例証となっている。しかし外界と内心の嵐を経験するということにより彼は変貌を遂げ、以前のリアには全く見えなかった現実に目を開かれることになる。先ず、もはや王者としての威厳を保とうとすることはない。彼は自分が「哀れで、よぼよぼの、力も衰え、蔑まれている老人」("A poor, infirm, weak and despis'd old man")—Ⅲ, ii, 20）であり、自然の暴威と娘たちの暴虐にさらされている無力な人間であるとはっきり認識している。彼はもはや「リアの影法師」ではなく、自分の状況を良く知る真のリアである。四幕で、フランス軍と共に父の支援に駆けつけたコーディリアとの再開の場面での狂ったリアと完全に対照的である。ひざまずくリアを立たせようとするコーディリアに向い彼は言う。

第四章　シェイクスピアの夢

どうかからかわんで下され。わしはとても愚かで耄碌した老人でな、八十を超えとるが、それより一時間多くも少なくもない。それにはっきり言ってしまうと、どうも頭も少しおかしいようなのだ。

Pray, do not mock me:
I am a very foolish fond old man,
Fourscore and upward, not an hour more or less;
And to deal plainly,
I fear I am not in my perfect mind.　　——IV, vii, 59-63

（四幕七場、59-63）

逆説的に言えば、狂気のリアは正気のリアが決して知ることのなかった自分自身の真の姿や、自身の愚かさを認識しているのである。

エドガー（Edgar）が変装した「哀れなトム」（Poor Tom）の姿も、人間とは所詮この狂人のような「哀れな、裸の、二本足の動物に過ぎない」("no more but such a poor, bare, forked animal"——III, iv, 106-107）という人間存在の基本的条件を示してみせ、それ以外のものはすべて余計な「借り物」（"lendings"）とリアは考えるようになる。その真の性質は、農家の犬にこの世の中であれほどの支配力を持つ権力にしても「借り物」の一つなのである。犬でさえも、「職務についている」（"in office"）場合には人間を服従させ、逃げ出す乞食の姿に表される。

せるのである。しかし、大自然と対峙した時、あるいは真の極限状況にあっては、世俗的権力などどのような意味を持つだろうか。たとえ彼が王であろうと、雨は彼を濡らし、風は彼を身震いさせる。彼には雷に黙れと命ずることもできないし、熱病にだって罹らない保証はない（"not ague-proof"）。彼は他の人間たちと全く同じ、奴隷のように自然に支配されている人間なのだ。彼を「もっとも重要な」人物として、その言葉すべてに服従した輩は、皆追従者や嘘つきだったのだ。今リアははっきり理解するのである。自分も本質的には嵐の中で震えている「哀れな、裸の、二本足の動物に過ぎない」ということを。

この自己中心的な老人の心に初めて他人に対する同情や共感の念が芽生えるのも、嵐の中のことである。これまですべての人に服従されてきたリアも、もはや自分自身を社会の頂点に位置する人間とは考えず、吹きすさぶ嵐の中で、自分より先に避難所に入るようにとケント（Kent）や道化を促す。彼は今そこに居なくても、同様の苦難を味わっているかも知れない人たちに思いを馳せさえする。

どこに居るにせよ、この無情な暴風雨に叩きつけられ、耐えている哀れな裸の者たちよ、
頭をおおう家も無く、
腹を空かせ、穴の開いたぼろぼろの衣服に包まれて、どのようにしてこんなひどい嵐から身を守ることができるのだ。
わしはこうした事を余りにないがしろにしてきた！
栄華よ、薬を飲め、みじめな者たちがどんな気持ちでいるか自分で経験しろ。

そしたら余分な持物を振り落としてその者たちに与え、天が今より公正だと示すことができるだろう。

Poor naked wretches, wheresoe'er you are,
That bide the pelting of this pitiless storm,
How shall your houseless heads and unfed sides,
Your loop'd and window'd raggedness, defend you
From seasons such as these? O I have ta'en
Too little care of this! Take physic, pomp;
Expose thyself to feel what wretches feel,
That thou mayst shake the superflux to them,
And show the heavens more just.
——Ⅲ, iv, 28-36

（三幕四場、28-36）

彼自身認めるように、以前のリアは「哀れな裸の者たち」に思いを至すことはほとんど無かった。王としての威光に包まれ、宮廷の栄華にかこまれて、「家もない貧しい人々」（"houseless poverty"）の現実など彼の目に映ることも、心に浮かぶこともなかったのである。自分自身が「何でもないもの」、何の「借り物」も持たない究極の状態に落とされ、全能者としての王などという考えが打ち砕かれた時初めて、リアはそれまでは見えなかったものを見、感ずることがなかったことを感ずるようになるのである。

初幕冒頭の単純で機械的な論理はもはや彼のものではない。リアをかばったために、リーガンとその夫コー

シェイクスピアと夢　210

ウォール公（Duke of Cornwall）によって両眼をえぐり取られたグロスターに向かって「人は眼が見えなくとも世の中の動きは分かるものだ」("A man may see how this world goes with no eyes.") ── V, vi, 150-151) と言うリアは、「何もないところからは何も出てこないぞ」("Nothing will come of nothing.") と言ったリアとは全く違った人間である。自然界と心中の嵐によっていわば新たに生まれ変わったリアの中で、想像力もまた目覚めたのであり、それによって「物事の表面に表われる以上により本質的な真実に到達する」ことができるようになったのである。グロスターが視力を失って初めて真実を見ることができるようになったと同様、リアもあらゆるもの──正気さえも──失った時初めて真実を認識する。リアもまたコーディリアと同じく、「貧しくしてもっとも豊かな」人間になるのである。嵐を通して、彼は愚かな頑固老人から「想像力で頭が一杯」の人物たちの仲間入りをし、シェイクスピアの円熟期の悲劇世界を構成するにふさわしい人物に変貌してゆく。

『リア王』においては、平穏な世界の秩序を乱し、覆すのは、人物たちの内心のヴィジョンや夢ではない。主人公の精神の均衡を破るのは、むしろ人間界と自然界における暴虐と残酷さ、またこの世に存在する悪といったものである。人間の悪と苦しみの極限状況を描くことで、作品全体が悪夢の様相を呈する。リア自身、現実のあまりのひどさに自分は目が覚めていない、夢を見ているに違いないと思ったことがあった。そしてこの悪夢のような現実を通してリアの想像力は覚醒し、人間の現実、また真実について多くを知ることとなるのである。

円熟期の悲劇においては、夢は一般的に、また伝統的に考えられてきたものとは全く異なった意味で使われている。そこにはそれまでにない新しい・独創的な夢についての考え方が認められる。人生の現実と切り離された非現実的で実体のない幻想という伝統的な夢と違い、それはこうした現実に深く根ざし、また深く関わっている

5 後期ロマンス劇

シェイクスピアの最後期四つの喜劇、『ペリクリーズ』、『シンベリーン』、『冬物語』、『あらし』には共通する際立った特徴があり、「ロマンス劇」という総称のもとにひとつのグループとして扱われることが多い。ロマンス劇という名称はこれらの作品がギリシャ・ローマ時代、中世、あるいは同時代のロマンスから主たる題材を取っていることから後世つけられたもので、後に見るようにロマンス文学のさまざまな要素——あらし、難破、海賊など——や特徴が認められる。

切実で緊迫した悲劇時代の作品に続くこれらロマンス劇について先ず気づかされることは、それらが先行作品

のである。それは本質的に主人公たちの想像力によって感得され、創り上げられた人間、人生、世の中についてのヴィジョンであり、作者はそれを通して人間と彼を取り巻く世界との関係を探ろうとする。「生きた力」として作品の核心に位置し、こうした夢——ヴィジョンは主人公の思考と行動の原動力となり、その結果作品全体の意味や筋の動きに決定的な影響を与えることになる。破壊的であろうと建設的であろうと、こうした夢はその夢を見る人間の全存在を支配し、変貌させるほどに強い力を持つ。そこには常識的な、夢と現実を全く別のものとする二元論的考え方は存在しないのである。

とはまったく異なった性質、異なった世界を作っているということである。かつて観客は、登場人物たちの心の動きをまるでその心の中に入って親しく観察しているかのように感ずることができた。円熟期のシェイクスピア作品の特徴は、喜劇であろうと悲劇であろうと観客を作品の世界に引き入れ、人物たちと一体化させる力を持っていたということである。しかし今や舞台は急速に遠ざかるように思われ、ほとんど存在しないように思われた登場人物と観客の間の距離――というのも彼らの問題は観客自身の問題でもあったから――も明らかに拡がってくる。ということは、観客は参加者から傍観者になるということでもある。台詞にしても、折々以前の作品の響きを残してはいるが、観客の心の奥底にまで切実に届くことはない。今や観客と作品の世界には眼に見えない壁がある。実のところこれら最後期の作品の特徴の一つはその非現実性であって、実人生の現実とかけ離れたその世界は、むしろある種の夢に近いという印象を与える。

しかしこの夢は悲劇作品で見た夢とはまったく異なることは言うまでもない。作品の中心にあたかも核として存在し、主人公の思考や行動を支配し・最終的には彼ひいては作者の人間存在あるいは現実に対する見方を表すものとしての夢とは違い、これら後期作品においては夢の要素は物語の筋や構成、人物たちの性格づくり、つまり作品の外的要素に見られるのである。観客の前に展開するのは現実の世界に対する夢の世界であって、そこではあらゆる奇想天外な事件が起り、またあらゆることが空想の力によって可能となる。

悲劇作品に見られた現実と夢が相互に作用し合う弁証法的な関係はそこにはもはや存在せず、性質の違う世界、則ち一つは我々がそうであって欲しいと願う世界、もう一つは我々のものと認めざるを得ない世界ということができよう。

後期ロマンス劇において、人物たちは悲劇作品同様の悪夢を体験するが、最終的にそれらは幸せな夢に転ずる。

実のところこれらの作品は、十七世紀初頭に流行した新しい悲喜劇というジャンルに属しており、一つの作品の中に悲劇的要素と喜劇的要素をまぜ入れ、観客にその両方の楽しみを味わわせようとしたものである。シェイクスピア自身がその流行の先駆けとなったのか、あるいは後輩の流行作家ボーモント（Francis Beaumont, 1584-1616）とフレッチャー（John Fletcher, 1579-1625）の成功にならったのかの問題は今おくとして、これらの作品が当時の演劇の潮流の一部をなし、そこに認められる特殊な性格は、ジャンルそのものが本来持っていた特質でもあるということを知る必要がある。その牧歌劇『忠実なる羊飼』（Il Pastor Fido, 1590）が当時のヨーロッパ演劇に大きな影響を与えたイタリアの劇作家ジャンバティスタ・グァリーニ（Gianbattista Guarini, 1538-1612）は、『悲喜劇詩概論』（Il Compendio della poesia tragicomica, 1601）の中で悲喜劇を次のように定義する。

悲喜劇を書く作家は悲劇からはその壮大な筋の動き、真実ではないが真実らしく見える筋書き、感情の激しい動揺ではなくその起伏、悲しさではなく楽しさ、死は除いてその危険だけ、等を取り入れ、喜劇からは過度にならない笑い、適度なおかしさ、見せ掛けだけの苦難や幸運などどんでん返し、とりわけ喜劇の定石を取り入れるのである。

He who composes tragicomedy takes from tragedy its great actions, its verisimilar plot but not its true one, its movement of the feelings but not its disturbance of them, its pleasure but not its sadness, its danger but not its death; from comedy he takes laughter that is not excessive, modest amusement, feigned difficulty, happy reversal, and above all the comic order.[12]

明らかにグァリーニの影響を受けたと思われるフレッチャーも、その『忠実なる女羊飼』(*The Faithful Shepherdess*, 1609-10) につけた挨拶文の中で、悲喜劇について彼自身の定義を下している。

　悲喜劇というのは、笑いと殺人があるという理由でそう呼ばれるのではなく、死が起こらないという点で は悲劇にならないのだが、死の危険が間近にせまるという点で喜劇にはならないという理由からそう呼ばれ るのである。

A tragi-comedie is not so called in respect of mirth and killing, but in respect it wants deaths, which is inough to make it no tragedie, yet brings some neere it, which is inough to make it no comedie....13

　別の言葉で言えば、両者共、悲喜劇では人物たちの生命や運命を危険にさらす悲劇的な事件が起るが、最終的 に破局は起らず、常に「幸運などんでん返し」によって救いがもたらされるということである。人物たちが遭遇 する苦難も「見せかけ」のものであって本物ではない。彼らの感情にしても起伏はあっても、悲劇作品で見られ たような主人公の全人格を破壊したり、変貌させるような激しい、強烈な感情ではないのである。実のところ、 悲劇作品に見られるこれらの作品にも認められる。単なる妄想や讒言に基づいて妻の不実の 罪を法廷で裁き(『冬物語』のリオンティーズ)、その結果、彼女は死亡したと伝えられるし、イアゴウの悪意と 策謀は、より小粒になったとは言えヤーキモウ(Iachimo・『シンベリーン』)に見られるし、アントニオ (Antonio) とセバスティアン (Sebastian) ——共に『あらし』——は、『ハムレット』のクローディアス、『リア王』

第四章　シェイクスピアの夢

のエドマンド（Edmund）と同様の野心と邪心を抱いている。タルソの知事クリオーン（Cleon）とその妻は人間の忘恩と邪悪さの見本である。これらかつて悲劇の原因を作った人物たちは、ロマンス劇の中にも皆顔を揃えている。しかし、こうした人間のあらゆる悪や愚かさにもかかわらず、破局は間一髪のところで避けられ、幸福な結末に取って代わられる。

　この世界では、死んだはずの妻たちが十四年後（『ペリクリーズ』）、十二年後（『冬物語』）に家族と再会する。これら最後期の作品群には、マリーナとイモジェンのものを加えると四度の埋葬あるいは葬儀があるが、死者たちは皆蘇る。長く行方不明だったり、死んだと思われていた子供たち──マリーナ、パーディタ、シンベリーンの二人の王子たち──も、例外なく父親のもとに戻る。ペリクリーズ、マリーナ、イモジェンほかほとんどすべての主要人物たちに「波のように押し寄せる苦難」『ハムレット』や長い苦しみも、奇蹟的に幸福な家族の再会、幸運、繁栄という結末で終る。悲劇の中では「人間を慰みのために殺す」『リア王』と言われた神々も、ここでは丁度良い時に現れて、離散していた一群の不幸せな、善良な人物たちを引き合わせるために力を貸す。それは、夫により息の根を止められたデズデモーナが、真実が明かされた後再び息を吹き返す世界、ハムレットが王位を継ぐ一方で、クローディアスは落雷に当たって死に、リアは長い艱難の後に王国を取りもどし、コーディリアと幸せな再会を果す世界、「そして皆それから先ずっと幸せに暮らしましたとさ」と言えそうな世界なのである。それは本質的に

　夢の世界の人間がおり、夢の正義が行われ、夢の中でしか得られない満足感を観客に与える夢の世界なのである。それは現実の世界を理想化し、単純化したもので、実際観客が望むけれども手に入れることができな

シェイクスピアと夢　216

い世界なのだ。[14]

故にこうした演劇は

この第二の世界を戯曲化したもので、あるがままというよりあるべきように人間の経験を演劇の形にした一つの寓意なのである。

興味深いことは、これがシェイクスピアのロマンス劇の定義でもなければ、十七世紀英国の悲喜劇の定義でもなく、マイケル・ブースによる近代メロドラマの定義の一部であるにもかかわらず、シェイクスピア最後期の作品の本質を明らかにする上で有効だったということである。一般的にシェイクスピアの作品とメロドラマを結びつけることはほとんど無いと言って良いが、これら後期の悲喜劇にはいくつか明らかなメロドラマ的要素が認められるのは否めない。[15] そもそも悲喜劇の基本的構造そのものにしてもメロドラマの構造と無縁ではない。すでに見たヴァリーニとフレッチャーの悲喜劇の定義を、オクスフォード英語辞典のメロドラマの定義、「興味をかき立てるセンセイショナルな出来事、感情に強く訴えようとするが、最後は幸福な結末を迎えるという特徴を持つ戯曲のこと」("a dramatic piece characterized by sensational incident and violent appeals to the emotions, but with a happy ending.") と比較すれば、その親近性はさらに明らかになるだろう。ある意味で、悲喜劇はメロドラマの十七世紀版と言って良く、逆にメロドラマは十九世紀版の悲喜劇と言えるかも知れないのである。

アラダイス・ニコル（Allardyce Nicoll）は、十九世紀イギリス・メロドラマの特徴として、歌の使用、管弦楽

による伴奏、「ほとんど常に危難に陥っている」主人公たちや「夜の闇のように腹悪い」悪漢といった型にはまった人物の存在、筋の動きに興味が集中していることなどを挙げている。[16] 同様の特徴はシェイクスピアのこれら後期の芝居にも認められ、特に初期の『ペリクリーズ』や『シンベリーン』では顕著である。これらの芝居の興味の中心は、しばしばセンセイショナルな、時にはグロテスクでさえもある主人公たちの変幻きわまりない運命の転変である。アンタイオカス王（King Antiochus）とその王女の近親相姦を見抜いたがために暗殺者に追われる身となり、故国を捨て放浪の旅に出るペリクリーズ、ダイオナイザ（Dionyza）によるマリーナ殺害の試み、海賊たちに売りとばされたマリーナと売春宿の場面、夫の衣服を着ていたがために首の無いクロートンの死体を夫と思い込みイモジェンが嘆き悲しむ場面、アンティゴナスが熊に襲われ、殺されたという報告、こうした出来事、即ち「感情に強く訴えようとする」センセイショナルな出来事がロマンス劇でよく用いられるものなのである。

同時に、場面の急速な転換と筋の動きは、人物たちの内面心理の発展過程を悲劇の場合のように詳しく追うことを許さない。悲劇では人物たちは内側から描かれたが、今観客は彼らを主に外側から見ることしかできないのである。よく引かれる例ではあるが、この点をもっとも良く示してくれるのはやはりオセロウと『冬物語』のリオンティーズの場合であろう。オセロウについては、例の怪物すなわち妻の不貞という「妄想」が彼の心の中でゆるぎない「現実」にまで育ってゆく過程を、観客は二幕と数場面にわたってまさに目撃する。リオンティーズの場合は、帰国しようとしていた親友のボヘミア王ポリクシニーズ（Polixenes）を説得して滞在を延期させたことで妻を誉める場面と、後続の激しい嫉妬の感情を爆発させる独白との間には二十行ほどの間隔しか無く、その上そこにも妻とポリクシニーズの仲を疑うような台詞はまったく存在しない。観客は何の前触れもなしに、どのような心理的経過を経てそうした急激な態度の変化が惹き起されたのか知らされることなく、変貌したリオンテ

シェイクスピアと夢　　218

ィーズを見つめるしかない。前にも述べたように、これらの作品は内的ドラマより外的アクションのほうにより大きな関心を持っているのである。その結果、人物たちはしばしば善玉、悪玉という風に型にはまった感じを与える。[17] そこには「現実の世界を理想化、単純化」しようとする悲喜劇の傾向が人物の性格づけにも適用されているのを見てとることができるのである。四つの作品すべてにおいて、女主人公は終始月の女神「ダイアナ」("Dian")のように純潔であり、実際彼女たちを描写するのにしばしばこの女神の名前が使われる。ここにはもはや、ジュリエットもオフィーリアもいない。悪漢たちはまさに「夜の闇のように腹黒く」、マクベスやリチャード三世の場合のようにこれらの悪人どもが決して我々と無縁な人間ではないことに驚かされることはないのである。善人たちは、たとえ永い辛苦の末であったとしても常に幸福によって報われ、悪人は、悔い改める者を除き、破滅せねばならない。アンタイオカスとその娘、クリオーンとダイオナイザ、クロートンとその母の邪悪な王妃、こうした正真正銘の悪人たちは皆恐ろしい死に方、あるいはみじめな死に方をする。この勧善懲悪はしばしば超自然的力の介入によって実行される。例えば、「天からの焔」が共に馬車に乗っていた近親相姦の罪にふける王と王女を焼き滅ぼす。『ペリクリーズ』と『シンベリーン』に幸福な結末をもたらすのは、それぞれダイアナとジュピターである。四作品の中でもっとも初期の、いろいろな意味でもっとも生硬な『ペリクリーズ』の中で、口上役のガワー (Gower) が述べるエピローグにこうした道徳観の基本的構造が認められる。

ペリクリーズとその妃、娘については
忌わしいその情欲が正当な報いを受けたのをお聞きになりました。
アンタイオカスとその娘、娘については

過酷な運命に襲われはしても
美徳は残酷な破滅の嵐をのりこえ、
天に導かれて最後には喜びをもって報われるのを御覧になりました。
邪悪なクリオーンとその妻については、
その呪うべき行為と誉れ高きペリクリーズの名が噂で広まると、
市民たちは怒り狂い、
クリオーンとその一族を宮殿ごと焼いてしまいます。
神々は、未遂であっても殺そうとした意図を罰することに
大変満足されたようでした。

………

(五幕三場、86-101)

……

For wicked Cleon and his wife, when fame
Led on by heaven, and crown'd with joy at last.
Virtue preserv'd from fell destructions blast,
Although assail'd with fortune fierce and keen,
In Pericles, his queen, and daughter, seen
Of monstrous lust the due and just reward:
In Antiochus and his daughter you have heard

シェイクスピアと夢 | 220

Had spread their cursed deed, and honour'd name
Of Pericles, to rage the city turn,
That him and his they in his palace burn;
The gods for murder seemed so content
To punish— although not done, but meant.

— V, iii, 86-101

　それは基本的に「夢の世界の人間がいて、夢の正義が行われ、夢の中でしか得られない満足感を観客に与えられる夢の世界」なのである。こうして近代メロドラマのための定義が奇妙にもシェイクスピア最後期の作品に違和感なく当てはめられる。その理由は、両者が、ひいては十七世紀悲喜劇を含めた三者が一つの特徴、則ち願望充足（wish fulfillment）の夢を基本精神として共有するためと考えられる。シェイクスピアのこれらの作品が観客に与える効果も、奇想天外な、ばらばらの出来事を体験しながら、ある時は死の危険にさらされ、またある時は間一髪で救われたりしながら、同時にこれは現実ではなくて夢だということがわかっている、といった種類の夢と非常に似通ったものがある。[18] シェイクスピアのロマンス劇は前にも述べたように、悪夢が幸福な夢に転ずる世界、「観客が望んでも手に入れられない世界」なのである。その遺体を海に投げ入れた愛するものと十四年の歳月の後に再会できたら確かに素晴らしいことだ。観客は実人生でもそうあってくれればと願いはしても、実際にはそうしたことは、絶対にとまでは言わずともほとんど起こらないことを知っている。それは「あるがままの世界」というより「あってほしい世界」であり、この点がロマンス劇と他の円熟期の作品とを分かつところであって、それぞれ別の次元の世界に属しているということができる。先行作品からロマンス劇に転じたときに感じ

られる先に述べた距離感、非現実性というものも、こうしたことに帰因すると思われる。喜劇であろうと悲劇であろうと、どの時代、どの国を舞台にしようと、円熟期のシェイクスピアの作品が常に感じさせた観客との直接的なつながりはそこには存在しない。それは我々が望む世界の幻想であり、夢であって、夢想の力で不可能が可能になる世界なのである。

というわけで、これら四つの作品をつなぐもっとも顕著な特徴はこの願望充足の精神なのであるが、その中で『あらし』は特別な意味を持つので後にまた別に取り扱いたい。またこの点に関連して、これらの作品が「ロマンス劇」(Romances) と呼ばれることにも、古今のロマンス文学に題材をとったということ以上の意義があるように思われる。ジーグムント・フロイト (Sigmund Freud) はその小論文の中で、この種の文学について詳細な分析を行い、その性格を明らかにしているので、それを少し参考にしたい。フロイトは人間の最初の詩的活動を子供の遊びに認める、というのも詩人も遊んでいる子供もそれぞれ自分だけの空想世界を作り出すという点で似ているからである――「子供は自分の世界の事物を、自分の気に入った、ある新しい秩序の中へ置き入れることによって詩人と同じように振舞っている…」。[19] 子供は成長するにつれ、遊ぶことを止めるが、その代わりとなるものを白日夢に見出す。子供の遊びの背後にある願望は「大人になりたい」ということ、大人の空想の動機もまた、満たされない願望である。フロイトは「みたされなかった願望こそ空想を生み出す原動力であって、空想というものはどれもこれも願望充足であり、人を満足させてくれない現実の修正を意味しているのである」と考え、「昼間の夢、すなわち我々すべてによく知られている空想と同じ願望充足である」夜の夢との、根本的な親近性を強調する (八四―八五頁)。遊ぶ子供を作家に比べ、白日夢を子供の遊びに比べた後で、最終的に彼は作家を白日夢を見る人、その作品を白日夢と比較する。もっともこの論文に関する限りフロイトは、古代の叙事詩人や悲

劇詩人、さらには一般的に「偉大な作家」と認められている人たちは対象とせず、議論を多くの「熱烈な男女読者をもっている」、より「手軽な、長篇中篇小説、物語などの作者」に限定している。

フロイトによれば、こうした作品の際立った特徴は、作者が「世の常ならぬ配慮を持って保護しようとしている」主人公の存在である。

小説のある章の終わりで、主人公が意識を失い重傷を負って血塗れになったまま見捨てられているとしても、次章の初めではかならず手厚い看護をうけて回復の途上にあるという風になっているし、また第一巻が海の嵐のうちにわが主人公が乗っている船が沈むところで終ったとしても、第二巻の初めでは、彼が奇蹟的に救われることは確実である。（八六頁）

こうした不死身の主人公の中に、フロイトは「かの「自我」皇帝陛下を──あらゆる小説の、またあらゆる白日夢の主人公」を認める。

さらに物語のこうした自己中心的性格は性格描写にも影響を与え、「現実には人間というものは多種多様なものであるにもかかわらず」、そんなことはまったく無視して人物をはっきり「善玉」と「悪玉」──すなわち自我を助ける者と自我の敵、競争相手に分けてしまうのである。フロイトは、このような単純で洗練されない原型とははるかにへだったように見える多くの文学作品も根底ではこの型と関連づけることができると主張する（同頁）。

現代の批評家たちも、ロマンスを本質的に願望充足の文学と定義する点でフロイトと同様の見方をする。例え

ばジリアン・ビア（Gillian Beer）はロマンスというジャンルに関する解説書の中で、フロイトが無視していた小説とロマンスの区別をした上で、

小説は既知の世界を描き、解釈することに関心を持つが、ロマンスはその世界の下にかくれている夢を明らかにすることに専心する。

と説明し、続けて言う。

ロマンスは常に欲望の充足に関わりを持つ――そのためにロマンスはいろいろな形を取る、すなわち英雄詩、田園詩、異国風、神秘、夢、子供時代、熱情的な愛等……20

自らの作品の必要に応じて自由に改変しながらも古典時代あるいは同時代のロマンス文学から多くの題材を取り入れ、「ロマンス劇」という名称さえ与えられたシェイクスピア最後期の作品群に、このジャンルに関してフロイトほかの著作家によって論じられた数々の特徴が見られるのは偶然ではない。これらの作品はすでに指摘したように、明らかに現実とは違う願望充足の世界の表現となっているのである。

では、「人を満足させてくれない現実」を「修正」し、夢、創作によって良い世界を造ろうとするロマンス劇は、現実逃避の演劇と考えられるべきであろうか。そもそも、四大悲劇であれほど深く人間性の闇を掘り下げ、人間の苦悩を追及したシェイクスピアがその直後、何故大嵐の後に突然訪れた凪のようなロマンス劇の世界に転

シェイクスピアと夢 | 224

じたのであろうか。その理由については諸説あり、一方で前述の悲喜劇の流行、ジェイムズ一世の宮廷における仮面劇の人気、一六〇八年劇団が屋内劇場ブラックフライヤーズ座を入手、その上流階級の観客の嗜好に合わせたためといった外的要因に理由を求める見方もあるが、もう一方では作者自身の内部に原因を探り、晩年の、あるいは病後のシェイクスピアが詩的な夢の世界に遊ぶことしかできなくなったとする見方[21]、あるいは作劇術の発展の必然的帰結であると考える見方[22]などさまざまである。その評価にしても、一方で象徴性と高い精神性ひいては宗教性を認める立場[23]、死者の再生の主題にこだわる余り、シェイクスピアの作品がそれまでにはないほど馬鹿げたものになっているとする対極的な見方もある。[24]

たしかにこれらの作品には共通の主題、すなわち不和と和解、離散と再会、死と再生といった主題が繰り返し扱われ、また共通する作劇術則ち悲劇的な状況が幸運な結末に終わるという悲喜劇の構造が用いられている。しかし個々の作品を詳細に見ると、かなりの違いが特に最初の二作と後続二作との間に認められ、それらをひとまとめにしてシェイクスピアの生涯最高の作品とか最低の作品とか位置づけるのは不可能に思われる。従って共通の主題の扱い方にしても、四作品を通して全く同じではなく、『ペリクリーズ』から『あらし』までの発展のめとを辿ってゆくと、そこに自ら作者の態度の変遷が浮かび上がってくるのである。

最初の二作品、『ペリクリーズ』と『シンベリーン』では和解や再会、再生は、超自然の存在、すなわち女神ダイアナや雷神ジュピターの介入によって可能となる。神が人物たちに行動の指針を与えるのである。そこでは救われる者は善良でなければならないという点を除けば、人間たちの力はほとんど問題にならない。売春宿の場面のマリーナを除けば、人物たちも千変万化する運命を受動的に受け入れるだけである。それは確かに人間の問題を神が解決してくれる「あってほしい世界」、非現実的な世界である。

しかし第三作『冬物語』から少し様相が変わってくる。それは形式の面でも明らかで、この段階でシェイクスピアは悲喜劇という新しいジャンルを自家薬籠中の物としたのではなかろうか。前二作、特に第一作としての実験的性格を持つ『ペリクリーズ』の生硬さは影をひそめ、すべての要素が渾然一体化した、完成度の高い世界を造っている。筋にしても、あまり多くの筋を錯綜させて雑然とした感じさえ与える前二作と異なり、シチリアの宮廷におけるリオンティーズの嫉妬とそれが惹き起こす出来事をめぐる悲劇的な前半と、ボヘミアの田園を舞台とする若い男女の恋が中心の喜劇的な後半という二つの主筋に集約、より統一された印象を与える。

しかしロマンス劇の精神はまちがいなく受け継がれ、むしろより一層明確になっているといってよい。それはロバート・グリーン (Robert Greene, 1558-92) の原作『パンドスト』(*Pandosto*, 1588) と比較すると明らかで、シェイクスピアは和解と再生という主題のために原作では裁判後に死んでしまう王妃を生き延びさせ、また娘パーディタをそれと知らず恋してしまい、その後近親相姦に対する罪の意識から自殺する王にもそのような暗い動機を全く与えず、原作の悲劇的結末を一点の曇りもない晴朗な一家再会と和解の場面に変えている。この改変には、次の『あらし』とも併せて和解という主題に対する作者の決意のようなものが感じられ、それは『あらし』になってより明確になる。悲劇がもっぱら人間によって惹き起こされたように、悲劇的状況にある主人公たちの世界に調和を取りもどすのも、この作品以降、前二作のように神頼みではなく、人間の良心と忍耐、そして特に寛容によるものとシェイクスピアは考えているようである。その意味で題名に「物語」と銘打ち、芝居の中でも何度も「物語のようだが」と繰り返されるこの作品は、かえってより人間の世界に近づいたといえ、現実の人間との関り合いをはるかに強く感じさせる。たとえば十六年後の彼女の「影像」に皺が増えているとされるハーマイオニーにしても生身の人間を感じさせるし、後半の羊飼いの世界には現実の田園生活の土の匂い、生命力が活写さ

れている。こうして内容的にも、筋書きの興味だけに頼らない、より一層の深まりを見せているのである。

この人間と現実世界への接近をさらに進めるのが『あらし』である。ある意味ではロマンス劇の非現実性と願望充足の精神を極限まで押し進めたのが主人公プロスペローとその魔術であって、逆説的に作者がプロスペローを通してロマンス劇の世界に明らかに訣別を告げるのも、一般にロマンス劇連作最後の作品とされる『あらし』の中と言ってよい。この作品では奇跡を起こすのは、もはや想像上の神々ではない。今や不可能とされるのはあらゆる自然ならびに超自然の力を支配する術を体得したとされる人間なのである。キャリバン（Caliban）によれば、その術の力ときたら大したもので、母の魔女シコラクス（Sycorax）の親玉、魔神セティボス（Setebos）さえも支配下に置き、手下にしてしまうほどだという。彼は嵐を起こすことも鎮めることも意のままにでき、堂々たる船舶をも粉砕することができる——しかも船中の人間の誰にしても髪一本失わせることなしに。後に、自分の魔術を放棄する前、プロスペローはそれが如何に強力なものであったかを思い出す。妖精たちの力も借りて、

わしは真昼の太陽を曇らせ、
荒々しい風を呼び起こし、
緑の大海原と紺青の空の間に
ごうごうたる争乱を起こしたものだ。
恐ろしい雷鳴に炎をまき添え、ジュピターの神木、樫の木を
神自らの稲妻で真っ二つにしたこともある。

227　第四章　シェイクスピアの夢

固い地盤の絶壁をも揺るがし、松や杉を根っこごと引き抜いたものだ。墓に命じて死人の目を覚まさせ、外に吐き出させたこともある、わしの強力な術でな。

（五幕一場、41-50）

… I have bedimm'd
The noontide sun, call'd forth the mutinous winds,
And 'twixt the green sea and the azur'd vault
Set roaring war. To the dread rattling thunder
Have I given fire, and rifted Jove's stout oak
With his own bolt; the strong-bas'd promontory
Have I made shake, and by the spurs pluck'd up
The pine and ceder. Graves at my command
Have wak'd their sleepers, op'd, and let 'em forth,
By my so potent art.　　　—V, I, 41-50

魔法の杖を持ち、マントを羽織ったプロスペローはまさにスーパーマンの姿で、人類の永遠の願望を体現していると言ってよい。彼の全知全能こそは、あらゆる学問研究の究極の目標であり、過去、現在、未来を通じての全人類の夢と言えるだろう。

シェイクスピアと夢　｜　228

こうしてより大きな視野に立てば、プロスペローは普遍的な人類の願望、念願の体現者と言えるが、この芝居の情況に関する限り、彼が表わすものは、不当な仕打ちを受けた人間が抱く願望の充足である。愛する娘ミランダ（Miranda）のためという意図があったとしても、嵐を起こして自分の敵たちが乗っている船を難破させた時、十二年前弟アントーニオ（Antonio）とナポリ王の陰謀によりミラノ公爵領を奪われ、幼い娘と共に追放された昔の自分を思い、今彼らに対して自分が持つ力にある種の満足感を覚えていたにちがいない。政敵たちに加える更なる懲罰――身分の高い者には精神の錯乱、身分の低い者にはひきつけやら痙攣やらを起こさせ、身体のあちこちをつねるといった肉体的苦痛――にしても、大方はその怒り（"fury"）や彼らの過去ならびに現在の悪行に対し復讐したいという願望から発したものにちがいない。手下の空気の精エアリエル（Ariel）が彼らの苦悩の叫びに注意を引こうとすると、プロスペローは言う、

やつらを散々追いまわしてやれ、今こそ
敵どもは皆わしの手中にあるのだ。 （四幕一場、261-262）
Let them be hunted soundly. At this hour
Lies at my mercy all mine enemies. —Ⅳ.Ⅰ.261-262

これこそあらゆる復讐者の願い、不当な仕打ちを受けた者の夢にちがいない。プロスペローがそろそろ敵たちを許すべき時と考えるのは、次の幕でエアリエルがもう一度彼らの苦しみと哀れな情況を伝えてからのことである。空気でしかないエアリエルが「彼らの苦しみを感じ同情している」のに、人間である自分が何故もっと思いやり

229　第四章　シェイクスピアの夢

の肩を持とうと決意する。敵どもの非道な仕打ちには「心底苦しめられた」が、今は怒りや恨みに対して、「気高い理性」が持てないのか。

復讐より徳を為す〔許す〕ことこそ
気高い行為なのだ。
The rarer action is
In virtue than in vengeance.
 （五幕一場、27-28）
 ── V. I, 27-28

それと同時に彼はもう一つの重要な決断、即ちその「強力な術」、「手荒い魔術」を放棄する決断をし、その決意を述べる。

杖は折って
地中深く埋めてしまおう。
また水深を計る振り糸も届かぬ海底深く
魔術の書も沈めてしまうのだ。
I'll break my staff,
Bury it certain fathoms in the earth,
And deeper than did ever plummet sound
 （五幕一場、53-56）

こうしてプロスペローが杖を折り、「魔法の衣」を脱ぎ捨てると、それまで彼らを呪縛していた夢でも見ているような錯乱状態から解き放たれる。観客もまた、自分に振り当てられた「エピローグ」という夢もここで終りなのだと悟らされるのである。

全知全能の人間という夢もここで終りなのだと悟らされるのである。

I'll drown my book.
　　　　　　　—V, I, 53-56

自分に振り当てられた「エピローグ」の中でプロスペローは言う。

わしの魔力ももう皆なくなってしまい、
今のわしの力はもとからのもの、
まことに弱々しいものでございます。
　　　　　　　（「エピローグ」、1-3）

Now my charms are all o'erthrown
And what strength I have's mine own,
Which is most faint.
　　　　　　　—Epilogue, 1-3

その内容を見れば、この「エピローグ」は公演最後に役者が観客の寛容と拍手を求めるお決まりの口上というだけでなく、プロスペローの夢の世界から現実への回帰宣言と捉えることができる。ミラノへの帰還は現実世界への帰還でもあり、そこでは魔術を放棄したプロスペローは、どの人間にも劣らぬ弱い存在なのである。彼自身そのことを良く知っている──「今のわしの力はもとからのもの、まことに弱々しいものでございます。」

第四章　シェイクスピアの夢

『あらし』においては最後の大団円をもたらすのは、他のロマンス劇、特に初期の二作品におけるように超自然の神の力や幸運な偶然などではなく、人間の許そうという決意であるということは非常に意義深いことに思われる。それは完全にプロスペロー一人の決断に基づいており、彼は復讐の代りに許しを選ぶ。その許しは、彼の魔術の放棄によってより完全、真正なものとなり、また観客にとってもより大きな意味を持つようになる。彼は超自然の力を支配し、人間たちを意のままに操れる強力な半神、魔術師としてその敵を許すのではなく、観客の誰彼と同じ弱い人間として許すのである。この芝居の結末が本質的に初期のロマンス劇の結末と違うのはそのためかも知れない。初期の作品では喜劇の約束事は完全に守られる。悔悛する者は許されても、悪人はほとんど皆破滅し、善人はその後ずっと幸福に暮らすことを保証されているか、少なくともそのような印象を与える。『あらし』の結末では、ロマンス劇のこうした約束事との決定的な訣別を観客は目撃する。ここでは悪人は悪人のまま居座り、彼らを罰してくれる神々はいない。たしかにナポリ王アロンゾーを暗殺しようとした王の弟セバスティアンと簒奪者アントーニオは、一言の悔悟の言葉も発せず、素振りにも示すこともない。「地獄の落とし子」のキャリバンでさえ「これからはもっと賢くなって、気に入ってもらえるようにしよう」（"...I'll be wise hereafter, And seek for grace."──Ⅳ.i. 294-295）と心に決めている時、悪人二人の本性はまったく変ることがない。彼らは悲喜劇の幸福な結末の後でも執拗に存在し続ける、人間性の中にひそむ悪を表す。

それは、悪人どもが悔い改めず、自動的に滅ぼされることもない、厳しい現実の世界なのである。プロスペローはこのことにははっきり気付いてはいるが、それを受け入れようとする心の準備ができている、というよりむしろ、苦い思いを抱きながらも受け入れようと心を決めている。過去の自分に対する悪事と現在アロンゾーに対して企てた陰謀のことを知りながら、プロスペローは弟に向って言う、

お前は、弟と呼ぶさえ口が汚れる悪人だが、許してやろう お前の極悪非道の罪――そのすべてを。（五幕一場、130-132）

For you, most wicked sir, whom to call brother
Would even infect my mouth, I do forgive
Thy rankest fault ―― all of them. ――V, I, 130-132

プロスペローの許しは、許しがたきを許す、究極の許しなのである。ミランダは、一群の罪深き男たちの姿を見て、喜びの叫びをあげる。

善人たちの未来も必ずしも完全にばら色とは言えない。

まあなんて素晴らしい！
なんと大勢立派な方々がいらっしゃるんでしょう！
人間てなんて美しいの！ ああ素晴らしい新世界、
こんな人たちがいらっしゃるとは！
O wonder!
How many goodly creatures are there here!

（五幕一場、181-184）

233　第四章　シェイクスピアの夢

この高揚した叫びを聞いて、プロスペローは十二年間にわたる追放の年月の経験と苦悩を、この上なく簡潔な一行にこめて言う。

How beauteous mankind is! O brave new world
That has such people in it!　　　—V. I. 181-184

おまえには新しいだろうね。（五幕一場、184）
'Tis new to thee.　　　—V. I. 184

これらの「立派な方々」が、初めプロスペローに、次いでアロンゾーに対して何をしてきたか知らされている観客は、ただちにこの短い言葉にこめられた奥深い皮肉と一抹の悲哀さえ理解するだろう。ミランダのように無垢で無知な人間にとってはそれはたしかに新しいかも知れないが、プロスペローが目の前にしているのは、少しばかりの改善はあっても根底に悪の可能性を潜めた本質的に以前と変らぬ世界なのである。

ここにもまた、シェイクスピアの生涯を通じて主要テーマの一つであった「見かけと真実」（appearance and reality）の違いが認められる。「立派な方々」の多くは、ただ「立派」に、また「美しく」見えるだけなのである。プロスペローと観客は「素晴らしい」見かけの背後に何が存在するか知っており、またミランダも現在の無知から抜け出すためには、これらの人物について多くのことを生きてゆく過程において学ばねばならないと分かっている。「素晴らしい新世界」の可能性は、たとえどんなにかすかであろうと、実際のところ無垢で希望に満ち溢

シェイクスピアと夢　|　234

れた二人の若者、ミランダとナポリ王の世継ぎファーディナンド（Ferdinand）の結婚にあると言ってよい。親世代の敵対関係は、子の世代の和合——結婚によって解消される。しかし彼らのおかれた現実を見れば、その未来は前にも述べたとおりまったくばら色と言い切れないものがある。この作品が描くものは、嵐と嵐の後の静けさだとしても、それはもう一つの嵐の前の静けさかも知れないのである。

もしこの作品の世界に希望があるとすれば、これは現実の無視や作り事に基づいているのではなく、むしろ明確な現実認識とそれを受け入れようとする決意、逆説的に言えば絶望に基づいている希望ということができよう。「それからずっと幸せに暮らしました とさ」と永遠の幸福を約束するような印象を与えるほかのロマンス劇の結末とは大きな違いがある。プロスペローは終り近く、ミラノに帰ってからの彼の主な関心事の一つは自分の墓、即ち死について思うこととさえ言う。

実際、これは四大悲劇の世界とそれはどかけ離れたものではない。プロスペローによる魔法の杖と魔術の書の放棄に象徴されるこの現実への回帰——シオドア・スペンサー（Theodore Spencer）はそれを「人間性」（"humanity"）への回帰を呼んだ[26]——が、すぐれた作劇術とあいまって、『あらし』をロマンス劇の中でももっとも広く受け入れられ、またしばしばもっとも高く評価される作品としているのではなかろうか。[27] というのも、その結末が他の作品のそれよりはるかに説得力を持ち、従って作品自体の意味も理解しやすいように思われるからである。『あらし』は全ロマンス劇の中でもっとも幻想的な舞台設定のもとに始まるが、最終的にはもっとも現実的な作品として終わるということができる。この点で、同様に幻想的な舞台設定が、基本的な人間性の現実をおおい隠すよりむしろ際立たせた『夏の夜の夢』と比較することもできよう。人間の現実を認識し、悲壮なまでの諦念をもってそれを受け入れるプロスペローは、ロマンス劇の中で四大悲劇の主人公たちと肩を並べることのでき

るただ一人の人物と言えるように思われる。

ロマンス劇の願望充足の夢を放棄した後、プロスペローは「あるがままの現実」に直面する。この芝居の終り近く、人間実存のヴィジョンとしての夢が再び現れるのは単なる偶然ではないだろう。婚約の祝いとして、彼に仕える精霊による仮面劇をファーディナンドとミランダに見せている時、プロスペローは突然自分の命をねらうキャリバンと共犯者たちの犯行の時刻が迫っていることを思い出す。この考えによってプロスペローの心が乱されると、若い二人を祝福していたギリシャの女神たちの「荘重な幻影」は重々しく空中に消える。プロスペローの急激な気分の変化と激しい怒りの表情に驚くファーディナンドに向かい、プロスペローは言う、

息子よ、不安に襲われ
動揺しているようだが、元気を出しなさい。
余興はもう終わったのだよ。あの役者たちは、
わしが前に言った通り皆精霊で、
空気の中に、薄い空気の中に消えてしまった。
この幻影の礎を持たぬ作り物同様に、
雲まで届く塔も、豪華な宮殿も、
荘厳な寺院も、この巨大な地球そのものも、
いや地球が受け継ぐすべての物は崩壊し、
今消え去った幻の見世物のように

後にはちぎれ雲一つ残さないのだ。われわれは、夢と同じものでできていて、短い一生の締めくくりをするのは眠りなのだよ。

（四幕一場、146-158）

You do look, my son, in a mov'd sort,
As if you were dismay'd: be cheerful, sir.
Our revels now are ended. These our actors,
As I foretold you, were all spirits, and
Are melted into air, into thin air;
And, like the baseless fabric of this vision,
The cloud-capp'd towers, the gorgeous palaces,
The solemn temples, the great globe itself,
Yea, all which it inherit, shall dissolve,
And, like this insubstantial pageant faded,
Leave not a rack behind. We are such stuff
As dreams are made on; and our little life
Is rounded with a sleep.　　　——Ⅳ, i, 146-158

プロスペローはファーディナンドに、始める前に「わしの術の手すさび」と呼んだその仮面劇が何の基礎も実

体も持たないこと、また終ってしまえば後には何も残らないのだということを思い出させる。ファーディナンドはそれを本当にしすぎた、もしくはそれに熱中しすぎたのかも知れない。仮面劇の余りの壮麗さに喜びのあまり彼は叫んだのだった、「わたしをずっとここに居させて下さい」と。そしてその島を「楽園」（"Paradise"）と呼びさえしたのだ。ファーディナンドも人間世界と始めて出会った時のミランダと同じであった。彼はその「楽園」で二つの暗殺計画が企てられ、一つはまだ進行中であることなど全く知らない。プロスペローはこの青年に、醜い現実の中で「楽園」は幻想に過ぎず、精霊の役者たち同様「薄い空気」の中に消え去ってしまうのだということを思い出させねばならない。実際、この世に永遠に続くものなどありはしないのである。プロスペローは、演劇と人生の類似について思索し始める。今堅固で力強く思われるもの——威容を誇る雲つく塔、宮殿、大寺院、そして地球そのものでさえも——すべてのものがいずれは崩壊し、自分の「幻の見世物」同様、後に「ちぎれ雲一つ」残さず消え去る運命にあるのだ。この世のこうした本質的なはかなさと脆さが、当然のことながらプロスペローに人生と夢の類似性に思いを至させる。人間も夢と同じように、はかないもの、この世に出てきてそこにいるが、それから姿を消すと、まるで消え去った幻影のようにもう二度とその姿を見ることはない。人間の短い一生は、暗黒の、理解不可能な眠りで締めくくられる夢に過ぎないのである。

かつてシェイクスピアは演劇を夢にたとえた（例えば『夏の夜の夢』）。彼はまたこの世を舞台にたとえたことも（『お気に召すまま』——As You Like In）、「哀れな役者」人間が自分の出番の間だけその上で威張ったり悩んだりした後、二度とその声を聞くことのない舞台にたとえたこともあった（『マクベス』）。ほとんど生涯最後の作品とも言える『あらし』の中で、シェイクスピアはプロスペローにこれら二組の比較を総合させ、演劇、夢、人生の三者を一つにして、この世界の本質的なはかなさを表す象徴として用いるのである。

夢はここではもはや超自然的なものでも、現実逃避の手段でもない。主要悲劇作品にあったような夢と現実の間の強力な関係はないが、夢のイメージはここでは単なる手軽な比喩ではない。それは精神の動揺の中で主人公が思わず口にした、人生あるいは現実についての考察なのである。『あらし』における夢と現実の関係については、ロベール・エルロ（Robert Ellrodt）が『夏の夜の夢』と比較して、簡潔、的確に述べている――「『夏の夜の夢』の詩人にとっては夢そのものが現実であった。『あらし』の作者にとっては、現実自体が夢に過ぎないのである。("Pour le poète du Songe d'une Nuit d'Été, le songe même était réalité: pour l'auteur de la Tempête, la réalité même n'est qu'un songe.")29 たしかにそれは、筋書きのすべてがそれをめぐって形作られる主要テーマとは言えない。むしろ、「復讐と許し」のモティーフに従って展開する芝居から派生した副次的主題と言えるだろう。しかし四幕のこの長い台詞は、芝居の終り近く、これからの「主な関心事の一つ」は自分の墓、すなわち死について思うことと言うプロスペローを明らかに予告するものであり、死についての思いはまた必ずや生についての考察も伴うはずである。

「人生は夢」というのは、世界の文学においてもっとも普遍的な主題の一つであろう。数十年後、スペインではカルデロン・デ・ラ・バルカ（Calderon de la Barca, 1600-1681）が同じ題材を扱ったが、その題名はまさに『人生は夢』（La vida es sueño, 1636）であった。30 さらにそれ以前の十五世紀の日本では唐の原典、『枕中記』に基づいた謡曲『邯鄲』が、同じ主題をその極めて簡潔な形式で呈示している。31 二作品共、「人生は夢」を中心主題とし、非常に印象的で示唆に富む作品となっている。これらの作品においても、夢は決して現実逃避でもなければ達成不可能な願望の充足を目的とするものでもなく、生の現実に深く根ざしたものである。この意味で、ロマンス劇群最後の作品で、シェイクスピアはそれまで探索してきたロマンスの世界から現実世界に戻ってきたと言う

ことができるだろう。それは人間の悪と死の脅威をはらんだ世界で、『あらし』終幕のプロスペローは如何なる心地良い幻想も持たず、ほとんど悲劇的ともいえる諦念を持って現実に対峙しているのである。

しかし、より厳密に言えば、シェイクスピアはプロスペローを通して願望充足の夢の世界は後にしても、ロマンス劇の世界を完全に捨てたわけではない。というのも、共通する主題中もっとも重要と思われる不和と和解あるいは許しの主題を、他の三作品よりもいっそう強力に表現しているからで、それはすでに述べたように、悔い改めた者を許すことより一歩進んだ、許し難きを許す究極の許しなのである。それが『あらし』を復讐劇の可能性を持ちながら、復讐劇でなくロマンス劇にしている所以と言えるだろう。

当時、悲喜劇流行の一方で、イタリア古典劇即ちセネカの影響のもとにイギリスでも大人気となった復讐劇は依然としてその勢いを弱めてはいなかった。ジョージ・チャップマン（George Chapman, 1559?-1634）、シリル・ターナー（Cyril Tourneur, 1575?-1626）、トマス・ミドルトン（1580-1627）、ジョン・ウェブスター（John Webster, 1580?-1634）等の才能ある作家たちがさかんに復讐劇を書いていた。シェイクスピア自身、初期の『タイタス・アンドロニカス』という血で血を洗うまっとうな復讐劇に始まって、異色の復讐劇『ハムレット』にいたるまで復讐劇と無縁ではなかったどころか、四大悲劇や他の多くの悲劇にも復讐が織り込まれている。そうしたシェイクスピアが悲喜劇を選んだのには、それなりの理由があったように思われる。

その劇作家としての生涯の中で、人間の犯すさまざまな罪や悪行、それに対する報復行為がもたらす悲劇を描き続けてきたシェイクスピアが、最晩年、復讐の連鎖の不毛さと悲惨さを痛感したとしても不思議ではないだろう。その時、悲劇的出来事を経由しても最終的な破滅は回避される悲喜劇という形式が、一つの回答あるいは救いと映ったのかも知れない。悲劇は、言ってみれば取り返しのつかない世界である。いわれのない夫の嫉妬によ

って殺されたデズデモーナが生き返ることはない。それに対して、悲喜劇――ロマンス劇の世界は取り返しのつく世界である。すでに見たように、同様の状況のもとに投獄され、獄中死したと思われたハーマイオニーは、最後の場面で改悛した夫に生きた姿を見せ、許しと和解が行われる。人間がもたらす悲劇によって傷ついた世界を修復し、癒すのもまた人間なのである。あるいは、人間しか無いと言ってよい。たしかにその意味では、救いが神頼みの初期二作、『ペリクリーズ』と『シンベリーン』は説得力に欠ける恨みとと見ることができよう。より円熟した『冬物語』にあっては、アポローンが神託という形で登場することはない。救済は人間たち自身の努力と寛容によってもたらされるのである。それをさらに押し進めた『あらし』では、如何なる形でも神は登場せず、すべては人間、それもほとんど神に近づいた人間の行為によって進行する。

しかし作者はプロスペローに、全能の魔術師として復讐を遂げるより一個の弱い人間として許し難きを許すことを選択させる。「復讐より徳を為す（許す）ことこそ気高い行為なのだ」("The rarer action is/ In virtue than in vengeance.")と言うプロスペローの言葉こそ、ロマンス劇群の根底を流れる精神ではなかろうか。そしてそれがまた、復讐渦巻く悲惨な悲劇の世界の後で、シェイクスピアが一転悲喜劇――ロマンス劇の世界に向かった理由と思えてくるのである。32

ロマンス劇の人物中ひときわ際立つ存在感を示すプロスペローについては、過去から現在に至るまでさまざまな解釈がなされ、その評価においても完全に対極に立つ見方がある。従来理想化されることが多く、時にはプロスペローを神、エアリエルを天使、キャリバンを悪魔とキリスト教的寓意を読み込んで、神格化されることさえ

あったが、近年、特に一九七〇年代後半以降、新歴史主義、ポストコロニアリズムの立場から、キャリバンの島を奪ったヨーロッパからの侵略者として否定的に捉え、それに伴い従来悪とされてきたキャリバンを被害者である土着民（ネイティブ・アメリカン、オーストラリアのアボリジニーズほかいろいろな植民地の先住民）として、同情的に見る批評が多くなった。

しかし、『あらし』と植民地主義を結びつける論評は決して新しいものではなく、その第一波はすでに十九世紀末期に現れ、近年隆盛を誇った植民地主義関連の評論は、その第二波に過ぎないということである。一世紀前はイギリスが植民地の弱体化を怖れてその確保をめざしていた時期、第二波は第二次大戦後に起こった風潮であった。こうした社会的背景は必然的に植民地主義に対する態度に反映し、前者ではプロスペローは優越的な立場から野蛮な土着民を教育し、文明化しようと努力する当時のイギリスからの植民者を体現する人物として積極的に評価されたが、[33] 相次ぐ植民地の独立と反植民地主義が主流となった第二次大戦後に現れた後者では、同様に必然的に、彼は「野蛮な」植民地主義者として断罪されることになったと思われる。新歴史主義やポストコロニアリズムの立場からすると、『あらし』にこの植民地問題以外の意味を認めることは許されず、プロスペローを追いやったミラノ公国における内紛などはまったく枝葉末節な事柄ということになる (Skura, 44)。

また、プロスペローを家父長制の専横的人物として批判するフェミニスト批評の立場もあるが、[34] これも現代のフェミニスト運動の影響のもとに現れた批評で、その反映と見る事ができるだろう。

たしかに、古典作品というものは、各時代それぞれの視点を通して読み返されるものではあるが、すべての点において評者の時代の価値基準に照らして評価されるべきかどうかは問題である。例えばスクーラも、『あらし』についてのポストコロニアリスト批評は、植民地主義という観点のみに作品をせばめて、シェイクスピア作品に

特有の要素を除去してしまうと同時に、一六一一年当時の状況から遊離して現代の反植民地主義に引き寄せて評価してしまう危険があると指摘する（Skura, 47）。それに、作品に即して考えれば、プロスペローはシェイクスピアが想を得たと考えられる、バーミューダ諸島で難破した船団を送ったヴァージニア植民地評議会のように植民地開発のためにその孤島にやって来たのではなく、弟のクーデターによりミラノ公爵領を追われ、そこに流れ着いたのであって、終幕に見られるように、条件が整えば島を後にすることに何の未練も持たない。また、キャリバンにしても、魔王セティボスと魔女シコラックスの間の落し子で、プロスペローの信頼を裏切ってミランダを陵辱しようとした半人半獣のような存在という設定で、決してモンテーニュのいう「気高い野蛮人」(noble savage) ではない。従って、「野蛮な植民主義」を理由に『あらし』を批判する根拠は本文には存在しないのである。

（もっとも、新歴史主義の、作者や本文は問題ではなく、作品に潜む時代思潮を読み取るべきとする立場からすると、作者の意図は言うまでもなく作品の設定なども無意味な事となる——Felperin, 172参照。しかし、その場合、作品は歴史学あるいは社会学の資料の一つに過ぎなくなり、それ以外の価値、あるいは意味など無くなってしまうのではないだろうか。）フェルペリンはまた、こうした政治的主張を持った批評は作品に対する批判にすぐに結論を持っていて、作品をそれに合わせるか、合わない場合は批判の対象にすると指摘する (Preface, x)。

一九八〇年代の終わり、その二十五年ほど前に評論集『われらの同時代人シェイクスピア』(Shakespeare, Our Contemporary, 1954, 英訳 1964) で一時代を画したヤン・コット (Jan Kott) を招き、「シェイクスピアはまだわれらの同時代人か？」という公開セミナーがロンドンで開かれた。冒頭講演でコットは「同時代人」(contemporary) を「舞台の上の時代と観客の時代が密接に結びつく時、シェイクスピアはわれわれの同時代人である」と再定義し、変化する各時代がそれぞれに異なったシェイクスピアを自分たちの同時代人と捉えて来たと指摘する。出
35

席者の一人、『不条理演劇』（*The Theatre of the Absurd*）の著者として知られるマーティン・エスリン（Martin Esslin）の指摘を待つまでもなく、シェイクスピアは一つの見方を押し出さず、その作品はさまざまな解釈を許す多面性をもっているからだが、エスリンは同時に、如何に新奇な解釈や演出がなされようと、それに対する本文の裏付け（"textual evidence"）があることを重視する（26-27）。たしかに、プロスペローを、作品中に証拠も見当たらず、作者の念頭にもなかったと思われる植民地主義者として批判したところで、あまり意味のあることとは思われない。また、ポストコロニアリスト、フェミニストの両陣営から非難されるプロスペローの専横的とも見える振舞いにしても、元来ほぼ全能の人間という設定の人物の、魔術を捨てて無力な人間に戻る最後の場面との対照を際立たせ、その許しをより意義のあるものとする役割を果たしていると思われ、作品のコンテクストの中に置いて見る必要があるだろう。

　言うまでもなく、研究者も批評家も、その生きている時代の影響を受けずにいることは不可能であろう。そして、それぞれの時代がシェイクスピアの作品に新しい意味を見出すことも、すでに指摘されたように当然のことである。しかし、それはその時代の価値観に従ってシェイクスピアの作品を裁断したり、自らのイデオロギーのための資料として利用することを意味しない。如何なる解釈をしようと、それは作品の中から導きだされるべきだろう。当たり前のことであるが、作品あっての批評であり、その逆ではないからである。本書における『あらし』やロマンス劇の評価にしても、現在の社会あるいは世界にはびこる復讐の連鎖、いつ終わるとも知れぬ攻撃と反撃、国家対国家であれ、国家対テロ集団であれ、日夜多くの無辜の市民をまきこみ、繰り返される殺傷行為を見聞きするなかで、どこかでその連鎖を断ち切る以外に道は無いという日常の思いに影響を受けているに違いない。さもなければ、かつてはかなり希薄な印象を受けていたロマンス劇群、特にプロスペローの「復讐より許

シェイクスピアと夢　｜　244

し」という姿勢に現在ほどの大きな意味を見出すことはなかったと思われるからである。しかし、こうした意味も、すでに示したように、作品自体から浮かび上がってきたものであって、評者が押しつけたものではない。研究にしても批評にしても、最終的には発見の過程であって、初めから答えがあるわけではないのである。自分自身の長くもない研究生活を振り返り、その間に流行したいくつかの批評理論の栄枯盛衰を思い、一方で変わらぬ生命力をもって存在し続けるシェイクスピアの作品群を見ると、イタロ・カルヴィーノの言葉が思い出される。

古典とは、その作品自体に対する批評的言説というこまかいほこりをたてつずけるが、それをまた、しぜんに、たえず払いのける力をそなえた書物である。36

とはいえ、批評が作品に貴重な貢献をする場合があることも否定できない。近年の例で言えば、前述のコットは現代人の視点からそれまでのかなり楽天的なシェイクスピア解釈をより厳しく、深いものにし、ピーター・ブルック (Peter Brook) を始めとする演出家たちに大きな影響を与えた。コットは、その批評を通して、新しい視点から現代人の問題と共通する精神をシェイクスピア作品の中に見出し、シェイクスピアをより一層現代の観客に近づけたと言うことができるだろう。ポストコロニアリズムの影響を示すと思われる珍しい例は、一九九八年ロンドン・グローブ座で、キューバの劇団によって上演された『別のあらし』(Otro tempestad) であろう。これは、文字通りシェイクスピアの『あらし』とは別のもの、その変奏とも言えるもので、この芝居の中では、ヨーロッパ人たちが去った後、島民たち（原作にはない大人数）がキャリバンを王に祭り上げ、歌え、踊れの大騒ぎ

第四章　シェイクスピアの夢

をして幕を閉じる、という趣向である。ある意味で、キャリバンの視点から見た『あらし』ということができ、かつて植民地であったキューバの人たちから見れば好ましいものに違いなく、それなりに楽しめるエンタテインメントではあったが、それによってシェイクスピア作品の理解が深まるといった種類のものではなかった。研究にせよ批評にせよ、作品あるいは作者のより深い理解、鑑賞に寄与するものが望ましいと思われるのである。

結び　『われらの同時代人シェイクスピア』

シェイクスピアの作品は、その死後四百年近く経つ今日でも、世界中でますます読まれ、上演され、さらには映画化もされている。まさに、「シェイクスピアはいまだにわれらの同時代人」という状況である。

すぐれた古典的作品については常に言えることであるが、シェイクスピアについても、個人的にせよ、社会的にせよ、観客、読者のおかれた状況、心境によってその作品から受ける印象や意味が大きく変わることが多い。それはすでに指摘したように、それらの作品の世界がそれだけ多様な意味や側面を内包しているということで、その意味で、シェイクスピアの作品は光を当てる角度によって違った様相を見せる一種の多面体、多角体ということができる。各時代がシェイクスピアを同時代人とみなすのには、こうした事情が背後にあるのだろう。

さらに、円熟期の悲劇ほかいくつかの作品においては、時代時代で移り変わる現象面の世界より、いつの世に

も通ずる人間の内面の真実を鋭く掴み取り、それをこの上もなく適確に表現した。そして、このように人間の心の奥底を表現しようとするとき、「夢」が最適の主題であることを、このように人間の心の上もなく適確に表現した。そして、このように人間の心の奥底を表現しようとするとき、「夢」が最適の主題であることをこの上もなく適切にシェイクスピアの作品は示している。その意味で、彼は夢を馬鹿げたことと軽視したり、未来の事柄の予告と迷信的に信じたりしていた同時代の人々の中にあって、はるかに時代に先んじた、現代と直結する、現代心理学の先駆とも言える詩人であったと言うことができよう。フロイトが詩人や作家たちのことを「貴重な味方」(valuable allies) と呼んだのも故ないことではないのである。

実際、この言葉からも分かるように、人間の心の探索における詩人、作家、芸術家たちの貢献はフロイトをはるかに先立つものがあり、フロイト自身それを認めている。上の表現が使われている彼の著作の一部をもう少し引用すれば、この点はさらに明らかになるであろう。ドイツの作家イエンセン (Jensen) による『グラディヴァ』(Gradiva) という作品の解説の中で、フロイトは次のように述べている。

……作家たちは貴重な味方で、彼らの証言は高く評価されるべきである。というのも、彼らは我々の学問がいまだかつて夢想だにし得なかったような天と地の間に存在する数多くのことを知っていることが多いからだ。

… *creative writers are valuable allies and their evidence is to be prized highly, for they are apt to know a whole host of things between heaven and earth of which our philosophy has not yet let us dream.*（斜体筆者）

英訳の斜体部分を見れば明らかなように、右の文章の後半はハムレットが亡霊との出会いの後ホレイショウに向

シェイクスピアと夢 | 248

かって言う台詞をもじったもので、フロイトがいかにシェイクスピアの作品を良く読み（彼はシェイクスピアの愛読者であった）、自家薬籠中のものとしていたかを示している。この他にも、リチャード三世やマクベス夫人などを論文のなかで論じているが、興味深いことはフロイトが文学作品を論ずる場合、本文に密着した分析が多く、後に現れるフロイト理論をかなり機械的、図式的にに当てはめた精神分析的文学批評とは非常に異なっていることである。

このようにシェイクスピアが時空を超えた普遍性を保ち続けることを、文字通り彼の同時代人で、当代の目利きベン・ジョンソン（Ben Jonson, 1572-1637）はシェイクスピア最初の全集、第一フォーリオ（1623）につけた献辞の中ですでに予言していた。「彼は一時代の人ではなく、あらゆる時代に通ずる人であった。(He was not of an age, but for all time)」と。この証言についても、最近では異論があるようであるが、本書の内容からも明らかなように、筆者自身は心から賛同している。

249　結び　われらの同時代人

註

はじめに

1 André Breton, *Les Manifestes du surréalisme* (Paris:Edition du Sagittaire, 1946) 13-75 参照。

第一章 原始と古代ギリシャの夢

1 Roger Caillois, "Logical and Philosophical Problems of the Dream," *The Dream and Human Societies*, ed. G. E. von Grunebaum and Roger Caillois (Berkeley : University of California Press, 1966), 28-29.
2 Robin Ridington, "The Medicine Fight : An Instrument of Political Process among the Beaver Indians," *American Anthropologist*, Vol.70, 1968, 1152-1160.
3 Roger Bastide, "Sociology of the Dream," *The Dream and Human Societies*, 205.
4 Stanley Krippner and April Thompson, "A .0-Facet Model of Dreaming Applied to Dream Practices of Sixteen Native American Cultral Groups," *Dreaming. Journal of the Association of the Study of Dreams*, Vol.6, No.2, June 1996 (N.Y.: Human Sciences Press, 1996), 71-96. 但し、クリップナーとトンプソンは、これらの部族社会のいくつかでは、欧米の影響により現在夢にそれ程重点がおかれなくなっているとも断じている。(79)
5 ジャック・ルゴフ著、池上俊一訳、『中世の夢』(名古屋、名古屋大学出版会、一九九一年) 六二頁参照。
6 Raymond de Becker, *The Understanding of Dreams, or the Machination of the Night*, trans. Michael Heron (London : Allen and Unwin, 1968), 30-31 参照。
7 ホメーロス、呉茂一訳『イーリアス』(東京、筑摩書房、一九六一年) 一七四頁。

8 ホメーロス、高津春繁訳『オデュッセイア』(東京、筑摩書房、一九六一年)四二一-四三頁。
9 ヘロドトス、松平千秋訳『歴史』(下)(東京、岩波書店、一九八八年)第七巻一二一-一六章二〇-二五頁。
10 J・A・ハッドフィールドはその著書の中の「個人的追想」理論の箇所で次のように述べている——「我々は前日に、あるいは何年も前に起きたことを夢見るので、夢は単に過去の出来事の再現に過ぎない、というのが一般に受け入れられている理論である。この理論には明らかに多くの真実が含まれているが、修正をつけ加える必要がある…」——J. A. Hadfield, *Dreams and Nightmares* (Harmondsworth: Penguin Books, 1967), 9.
11 夢の意味についてハッドフィールドは次のように述べている——「夢は奇怪で想像の産物であるが故に真実とは無縁のものと言われる。事実はその逆である…夢が奇怪に見えるのはシンボルを用いるためだが、それでも真実にかかわることに変りはない…夢は日中起きた問題や難事を映像を通して繰り返すことでそれらを解決しようとするのである。だから夢は人生や生きてゆく上での問題にとって意義のあるものなのだ。」(78)
12 アイスキュロス、久保正彰訳『ペルシャの人々』ギリシャ悲劇全集第一巻(京都、人文書院、一九九六年)一二八-一三六頁。
13 プラトン、藤沢令夫訳『国家』プラトン全集十一(東京、岩波書店、一九七六年)六三〇~六三三頁。
14 アリストテレス、副島民雄訳『自然学小論集、気息について』中の「夢について」、アリストテレス全集六(東京、岩波書店、一九八八年)、二六七頁。
15 同書中の「夢占いについて」、二七二-二七三頁。
16 M・ボングラチュ、I・ザントナー著、種村季弘他訳『夢占い事典』(東京、河出書房、一九九四年)七〇-八四頁。ここには、夢の洞窟における治療の方法が、実例もまじえて具体的に説明されている。
17 同八八頁。アリストテレスも、昼間気付かれない身体内の出来事が睡眠中には夢の中で大きな出来事として現れることを指摘している(「夢占いについて」、二六九頁)。
18 Artemidorus, *The Judgement, or exposition of Dreams, written by Artemidorus, an Auntient and famous Auther*, first in Greeke, then translated into Latin. After into French, and now into English. Imprinted at London, for William Iones (1606), A6r. (University Microfilms, STC No.795, Ann Arbor, Michigan.)

第二章 中世ヨーロッパ——ローマの遺産、「愛の夢」

1 Grunebaum and Caillois, 310.
2 *Oneirocritica* の日本語訳『夢判断の書』(城江良和訳、一九九四年)では、英語訳で "contemplative"(思弁的)としているものを

3 「直示的」と訳しており、この方が本文の内容と合致しているので、ここでは日本語訳を採用したい。
こうした分類法には、王や女王は夢見手の父や母、王子、王女は夢見手自身を表わし、剣、棒等の細長い物体は男性性器を、箱や引き出し、船等は子宮を表わすなどとした、フロイトのシンボル分類法を思わせるものがある。――Sigmund Freud, *The Interpretation of Dreams*, trans. and ed. James Strachey (London: Allen & Unwin, 1954), 353-4.

4 Macrobius, *Commentary on the Dream of Scipio*, Translated with an Introduction and Notes by William Harris Stahl (NY/Oxford: Columbia Univ. Press, 1952:1990), 54.

5 *The Book of the Duchess*, ll.275-290, in *The Works of Geoffrey Chaucer*, ed. F. N. Robinson (London : Oxford Univ. Press, 1961)・以後、チョーサーの作品からの引用はこの版によるが、一部、ロビンソン本の改訂版とも言える *The Riverside Chaucer*, ed. L. D. Benson (Boston, mass.: Houghton Mifflin, 1987) も採用している。『公爵夫人の書』、『名声の館』、『鳥の議会』の日本語訳は多少の変更はあるが、主に笹本長敬訳『初期夢物語と教訓詩』(大阪、大阪教育図書、一九九八年) に、また『カンタベリー物語』については桝井迪夫訳『カンタベリー物語』(下) (東京、岩波書店、一九九八年) による。

6 Macrobius, 70. エニウス (Ennius, 239-169BC) はイタリア在住のギリシャ語でラテン語の詩を書くことを始めた詩人、劇作家であった。キケロは *Academica* の中で彼の夢を引用している――わたしは詩人ホーマーがそばに立っているように思った。("Methought the poet Homer stood beside me."――The Loeb Classical Library, *Cicero*, Vol. xix, 533).

7 Macrobius, 73-74. シェイクスピアはモンテーニュの天体の音楽に関する説明を参考にしたと考えられているが、『ヴェニスの商人』(*The Merchant of Venice*) の中のロレンゾウ (Lorenzo) の台詞には、明らかにプラトンの『国家論』から採ったと思われるキケロの天体の音楽についてのこの説明と共通するものがある。

月の光が何とやさしく堤の上でまどろんでいることか！
ここに坐ってしのびよる音楽の響きを聞こう。おだやかな静けさと夜は
美しい音楽の調べにぴったりだ。
お坐り、ジェシカ。見てごらん、あの天空いっぱいに
輝く金の小皿がはめこまれているのを。
君が見ているどんなちいさな天体でも
動きながら天使のように歌わないものは無いのだよ、
あどけない瞳のケルビムと声を合わせながらね。

How sweet the moonlight sleeps upon this bank!
Here will we sit and let the sounds of music
Creep in our ears: soft stillness and the night
Become the touches of sweet harmony.
Sit, Jessica. Look how the floor of heaven
Is thick inlaid with patines of bright gold;
There's not the smallest orb which thou behold'st
But in his motion like an angel sings,
Still quiring to the young-ey'd cherubins;
Such harmony is in immortal souls,
But whilst this muddy vesture of decay
Doth grossly close it in, we can not hear it.— V. i. 54-65

不滅の魂の中にも同じような音楽があるのだが、この朽ち果てるべき土くれの肉体に包まれている間は、その音楽はわれわれの耳には聞こえないのだよ。（五幕一場、54-65）

8 C. S. Lewis, *The Discarded Image* (Cambridge: Cambridge Univ. Press, 1964), 63-64.

9 "The form of these love-visions is simple. The lovesick poet describes how at first he could not sleep, but eventually fell asleep and dreamed. He usually dreams that it is May, and that he is in, or enters, a beautiful garden or park. He hears the birds singing, and then hears the birds debate about love. The hawk is always the first to speak, since, because he is used for falconry, 'the sport of kings', he is regarded as the noblest bird. Then usually a guide conducts the poet to the god of love, or to Venus'." — Geoffrey Chaucer, The *Parlement of Foulys*, ed. D.S.Brewer (London:Thomas Nelson & Sons, 1960), 9. "Appendix I" の中で Brewer は、十三・四世紀の英、仏文学の中から、"love-visions" の他の多くの例を挙げている。

10 ド・マンの新しいものの考え方は、"querelle du Roman de la Rose"（『薔薇物語』論争）と呼ばれるものを引き起こし、特に彼の女性攻撃はフェミニスト対反フェミニストの論争の因となり、女流作家クリスティーヌ・ド・ピザン（Christine de Pisan）が活躍した十四世紀末、彼女をフェミニストの旗手としてその最高潮に達したという（Robinson, 565）。なお、この論争については、この作品の日本語訳、『薔薇物語』（篠田勝英訳、東京、平凡社、一九九六年）にも解説がある（六五八–六五九頁）。

11 Ronald Sutherland, ed. *The Romaunt of the Rose and Le Roman de la Rose, A Pararell-Text Edition* (Oxford: Basil Blackwell, 1967), ll.1-

40. 『薔薇物語』八―九頁。

13 チョーサーがここで挙げている例は、ほとんどそのままローマの詩人クラウディアヌス (Claudianus, c.370-c.404) から借用したものと言われる。J. A. W. Bennet, *The Parlement of Foules, An Interpretation* (Oxford: Clarendon Press, 1957) 54-55 参照。

12 William Langland, *Piers the Ploughman*, translated into English with an Introduction by J. F. Goodridge (1950: rpt. Harmondsworth, Penguin Books, 1968), 256.

第三章　十六、十七世紀イギリスの思想家と劇作家たち

1 Robert Burton, *The Anatomy of Melancholy*, ed. F. Dell and P. Jordan-Smith (N.Y.: Tudor Publishing Co., 1927), 466.

2 John Smith, *Select Discourses* (Glasgow: Andrew and John M. Duncan, 1821), 3.

3 Philo Judaeus, "On dreams," II, 4 in *Philo*, The Loeb Classical Library, with an English translation by E. H. Colson, and G. H. Whitaker (1934: rpt. London and Cambridge, Mass.: Heinemann and Harvard Univ. Press, 1958), Vol. V.

4 Peter Heylyn D.D., *Ecclesia Restaurata; or The History of the Reformation of the Church of England*, ed. J. C. Robertson (Cambridge: Cambridge Univ. Press, 1849), Vol. I, CXCVIII-CCIV.

5 Sir Thomas Browne, *Selected Writings*, ed. Geoffrey Keynes (London: Faber and Faber, 1965), 398.

6 Francis Bacon, *The Physical and Metaphysical Works of Lord Bacon, including the Advancement of Learning and Novum Organum*, ed. Joseph Devy (London: Bell and Delby, 1868), 154.

7 ロバート・グリーン (Robert Greene, c. 1560-92) の寓意詩『乙女の夢』(*A Maiden's Dream*, 1591) は、当時チョーサーの伝統に従って書かれた数少ない夢物語詩の一例と言えよう。また、かなり時代が下って、一六七八年に、バニヤン (John Bunyan, 1628-88) が同じ手法を用いて、『天路歴程』(*Pilgrim's Progress*) を書いている。

8 John Lily, *The Complete Works of John Lily*, ed. R. W. Bond (Oxford: Clarendon press, 1902), Vol. 3, 241. 以後、リリーからの引用は、すべてこの版による。

9 Prologue to *Sapho and Phao* (1584) in *The Complete Works of John Lily*, Vol. 2, 372

10 Ibid., Vol.3, 515.

11 Ibid., Vol.2, 562.

12 Anon, *Woodstock in Elizabethan History Plays*, ed. W. A. Armstrong (Oxford: Oxford Univ. Press, 1965), IV, ii.

13 Anon, *Arden of Feversham* in *Five Elizabethan Tragedies*, ed. A. K. McIlwraith (London: Oxford Univ. Press, 1966), III, iii, 38-40.
14 Anon, *A Warning for Fair Women*, ed. with Introduction and Notes by A. F. Hopkinson (London: M.E. Sims, 1904), II, ii, 69-70.
15 Cyril Tourneur, *The Atheist's Tragedy, or The Honest Man's Revenge*, "The Revels Plays", ed. Irving Ribner (London: Methuen, 1964), II. vi, 24-30.
16 *Vit.* To pass away the time I'll tell your grace,
    A dream I had last night.
               Most wishedly.
    Vit. A foolish idle dream,—
    Methought I walk'd about the mid of night,
    Into a church-yard, where a goodly yew-tree
    Spread her large root in ground.   — under that yew,
    As I sat sadly leaning on a grave,
    Chequered with cross-sticks, there came stealing in
    Your duchess and my husband, one of them
    A pick-axe bore, th'other a rusty spade,
    And in rough terms they gan to challenge me,
    About this yew.
    Brac.   That tree.
                        This harmless yew.
    Vit.
    They told me my intent was to root up
    A withered blackthorn, and for that they vow'd
    To bury me alive: my husband straight
    With pick-axe gan to dig, and your fell duchess
    With shovel, like a Fury, voided out
    The earth and scattered bones,— Lord how methought
    I trembled, and yet for all this terror
    I could not pray.

第四章　シェイクスピアの夢

1 この数字は、収集した資料と、*The Complete Works of Shakespeare*, "Disk Passage" (Oregon: Creative Multimedia Corporation, 1989-91, 1992) を照合したものであるが、概数であることは言うまでもない。
2 Caroline F. E. Spurgeon, *Shakespeare's Imagery and What It Tells Us* (Cambridge: Cambridge Univ. Press, 1935), 190-191.
3 すでに見たように、フロイトを待たずとも人はプラトンの昔から、我々の意識が認めようとしない欲望を、眠り、即ち夢の中では奔放に満たそうとすることに気づいていた。シェイクスピア劇の中でも、『マクベス』の中でバンクォー (Banquo) がそのことを強く感じている。荒野で三人の魔女に出会った後、バンクォーは眠りを怖れるようになる。

> まるで鉛のように重い眠気が襲ってくるが、
> どうにも眠る気になれぬ。慈悲深い神々が、
> 静めて下さいますように、人間の性(さが)のために、
> 眠っている間にわたしが抱いてしまう
> あの呪わしい想いを。
> 　　　　　　　　　　　　（二幕一場、6-9）

> A heavy summons lies like lead upon me,
> And yet I would not sleep. Merciful powers
> Restrain in me the cursed thoughts that nature
> Gives way to in repose!　—Ⅱ. I, 6-9

> In that base shallow grave that was their due.
> —John Webster, *The White Devil*, "The Reve's Plays," ed. John Russell Brown (1960; rpt. Manchester: Manchester Univ. Press, 1985), I. i, 229-255.

> *Vit.* When to my rescue there arose methought
> A whirlwind, which let fall a massy arm
> From that strong plant,
> And both were struck dead by that sacred yew

Flam. No the devil was in your dream.

4 同様のことを現代の心理学者は次のように言う。わたしたちは昼間は小心だったが、夢の中では大胆になれた。("We were afraid in the day, we were bold in the dream."—ハッドフィールド、77)

5 「語られる夢」の同様な例は、これまで挙げたもののほかに次のような作品にも見られる。

『ロミオとジュリエット』(五幕三場、137-139)
『夏の世の夢』(一幕二場、145-156)
『トロイラスとクレシダ』(五幕三場、6-67)
『ジュリアス・シーザー』(五幕三場、1-4)
『シンベリーン』(四幕二場、345-354)

6 例えば、『リチャード三世』二幕三場、294-299。『ペリクリーズ』三幕、プロローグ (58-60)、五幕二場、ガワー (Gower) 17-20。シェイクスピアとの関連においてこの二つの語の用法の歴史的背景、ならびに同時代の状況を研究したものに、F. J. W. Harding, 'Fantasy, Imagination and Shakespeare' (*British Journal of Aesthetics*, October, 1964, 305-320) がある。

7 コールリッジの想像力と空想に関する理論については、Norman Fruman, *Coleridge, the Damaged Archangel* (Allen and Unwin, 1972, 180-189) に厳しい批判とともに詳細な分析がある。

8 S. T. Coleridge, *Biographia Literaria*, ed. George Watson (London: Dent, 1967). Ch. IV, 50.

9 John Ruskin, *Modern Painters*, vol. II (London: Smith, Elder and Co., 1846). 159.

10 例えば、R・G・ホワイト (R. G. White) は、先行する詩行の続きとするにはイメージも韻律も余りに貧しく卑しいとして、シェイクスピア以外の作家の手によって挿入されたものと考える。—*A Midsummer Night's Dream, A New Variorum Edition*, Vol. X, ed. H. H. Furness (Philadelphia, 1895), 202. 一方、五幕冒頭の八十四行は初期と円熟期の二種類の文体が混在しており、問題の二行は初期の未熟な時代の作者の手になるものとするドーヴァー・ウィルソンのような見方もある。—J. Dover Wilson, ed., *A Midsummer Night's Dream* (Cambridge: Cambridge Univ. Press, 1960), 80-86.

11 D・J・ジェイムズ (D. J. James) も、『ハムレット』の筋の中には『リア王』のような目に見える悪が存在しないために、作品が半ば妄想のような印象を与えると指摘する。—D. J. James, *Dream of Prospero* (Oxford: Clarendon Press, 1967), 15-16.

12 Clifford Leech, *The John Fletcher Plays*, (London: Chatto and Windus, 1962), 77 より引用。

13 Beaumont and Fletcher, *The Works*, ed. Arnold Glover and A.R. Waller. (Cambridge: The University press, 1906), Vol.II, 522.

14 "… a dream world inhabited by dream people and dream justice, offering audiences the fulfilment and satisfaction found only in dreams. An idealization and simplification of the world of reality, it is in fact the world its audience want but cannot get. a dramatization of this second world, an allegory of human experience dramatically ordered, as it should be rather than as it is."
── Michael R. Booth, *English Melodrama* (London: Herbert Jenkins, 1965), 14.

15 ブース自身はエリザベス時代、ジェームズ一世時代の演劇全体にメロドラマ的要素を認めている。(40)

16 Allardyce Nicoll, *A History of English Drama 1660-1900*, Vol. IV: Early Nineteenth Century Drama, 1800-1850 (Cambridge: Cambridge Univ. Press, 1955), 101-102.

17 E・C・ペテット (E. C. Pettet) も、ロマンス劇においては驚きの要素やセンセーショナルな出来事を強調したがために、他の喜劇におけるより性格描写が薄っぺらになり、動機づけも不十分、感情も不自然さや嘘っぽさを感じさせると指摘する──"One important consequence of this emphasis on the surprising and sensational… is that the characterization is thinner, the motivation more deficient, and the emotion more strained and false than in the comedies."── *Shakespeare and the Romance Tradition* (London: Methuen, 1970), 177.

18 J・A・ハッドフィールドは、「多くの人が夢を見るが、夢の中で自分たちは夢を見ているのだとわかっている。」と指摘し、そのような夢について説明している。──『フロイト著作集』第三巻（京都、人文書院、一九七九年）八一-八二頁。高橋義孝訳「詩人と空想すること」──*Dreams and Nightmares*, 95-96.

19 "The novel is more preoccupied with representing and interpreting a known world, the romance with making apparent the hidden dreams of that world. Romance is always concerned with the fulfillment of desires ── and for that reason it takes many forms: the heroic, the pastoral, the exotic, the mysterious, the dream, childhood, and total passionate love…." ── Gillian Beer, *The Romance* (London: Methuen, 1970), 12. この他、アーノルド・ケトルもロマンスを現実の生活と取り組むより、理想化された世界に遊ぶことを目的とした、封建時代の非現実的な貴族文学と定義するが、同時にそれは厳しいあるいは平凡な現実からの逃避を求める下層階級のためのものでもあったとする──"Romance was the non-realistic, aristocratic literature of feudalism. It was non-realistic in the sense that its underlying purpose was not help people cope in a positive way with the business of living but to transport them to a world different, idealized, nicer than their own…It is, of course, that only the leisured read or listen to romantic literature; on the contrary its quality of 'substitute-living' (the evocation of a kinder, more glamourous world) especially recommends it to the unleisured, those who most need the consolation of an escape from a cruel or humdrum reality."── Arnold Kettle, *An Introduction to the English Novel* (London: Hutchinson Univ. Library, 1951), Vol. I, 29.

21 E. K. Chambers, *Shakespeare: A Survey* (1925; rpt. N. Y.: Hill and Wang), 292-293.

22 Cf.) Northrop Frye, *A Natural Perspective* (N.Y.: Columbia Univ. Press, 1965), etc.

23 Cf.) John Wain, *The Living World of Shakespeare* (London: Macmillan, 1964;1970), Wilson Knight, *The Crown of Life* (London: Methuen,1947;1961), etc.

24 D. G. James, 232-233.

25 ペテットは、シェイクスピアが最後期の作品の中で種本を改変する場合も、ロマンス文学の伝統から離れることはめったになく、いくつかの作品では材源より一層ロマンスの約束事や精神に近づけようとしたと指摘、『シンベリーン』と『冬物語』を例としてあげている。— Pettet, 162.

26 Theodore Spencer, *Shakespeare and the Nature of Man* (N.Y.: Macmillan, 1942;1958), 198. ハワード・フェルペリンも『シンベリーン』と『冬物語』を例として後のプロスペローについて、「普通の人間に戻る」("return to the ranks of humanity") とほとんど同様な表現を用いる。— Howard Felperin, *Shakespearean Romance*, (Princeton, N.J.: Princeton Univ. Press, 1972), 277.

27 例えば、Wilson Knight, 28; Jorn Wain, 205; F. R. Leavis, *The Common Pursuit* (1952; rpt. Penguin Books, 1962), 179 等。また、ロマンス劇全体にかなり批判的なペテットやD・G・ジェイムズも『あらし』には例外的に高い評価を与える。しかし一方で、フェルペリンのように『冬物語』をシェイクスピアの全作品中最高のものとする見方もある— *Shakespearean Romance*, 212-213.

28 ここには時の破壊力を歎いたソネット65 の反映が認められる—

Since brass, nor stone, nor earth, nor boundless sea,
But sad mortality o'ersways their power…
Sonnet 65:

真鍮も石も大地も果てしなき大海も
みな悲しい死によって滅ぼされてしまう以上は…

29 Hallett Smith, *Shakespeare's Romances: a Study of Some Ways of the Imagination* (San Marino, Calif.: The Huntington Library, 1972), 139 より引用。

30 エドワード・フィッツジェラルド（Edward Fitzgerald）がカルデロンの『人生は夢』を英訳し、それに *Such Stuff as Dreams Are Made of* (1864) という題名をつけた時、彼は明らかにプロスペローの台詞とこのスペインの芝居との親近性を意識していたに違いない。

31 それぞれの作品からその主題を簡潔に表している箇所を引用する。

宮殿楼閣は、ただ邯鄲の仮の宿。

栄華の程は五十年。

さて夢の間は粟飯の、一炊の間なり。

不思議なりや計り難しや。つらつら人間の有様を案ずるに、百年の歓楽も命終れば夢ぞかし。五十年の栄華こそ、身の為にはこれまでなり。栄華の望みも齢の長さも五十年の歓楽もこれまでなり。げにありがたや邯鄲の、夢の世ぞと悟り得て望みかなえて帰りけり。

南無三宝南無三宝、よくよく思えば出離を求むる、智識はこの枕なり。げにありがたや邯鄲の、げにありがたや邯鄲の、夢の世ぞと悟り得て望みかなえて帰りけり。

――『邯鄲』第三場、野上豊一郎編、『解註謡曲全集』巻四（東京、中央公論新社、二〇〇一年）二一七‐一一八頁。

32 セヒスムンド…そうだとも、生きるとは夢を見ているに過ぎぬ特異な世界にいるのだし、それに、生きている人間は目覚めるまでの生き様を夢にみているのだと俺は身をもって悟った。国王は国王の夢を見、まやかしのもとに命令を下し、采配をふるって政治を行っている。そして身に受ける称賛は風に書いた文字に過ぎず、死ねば灰と消える。（はかないものだ！）死ぬる夢を見て目覚めるのだと承知の上で天下に下知する者がいるとはなあ！富貴の者は財宝を夢に見て心安からず、貧しき者は悲惨と貧困の夢を見る。繁栄を迎えるのが夢なら骨折って栄達を求めるのも夢、人を侮り恥ずかしめるもまた夢である。つまるところ、この世ではそれと気づかぬまま、誰もがまある夢を見ているのだ。俺は牢に繋がれている夢を見ているが、もっと心楽しい夢を見たこともあった。人の世とは何だ？幻想だ、影だ、まやかしだ、この上ない幸せも取るに足らない。すべて人生は夢だ、夢は所詮は夢に過ぎないのだ。

――岩根圀和訳「人生は夢」（*La vida es sueño*）二幕十九場。『バロック演劇名作集』（東京、国書刊行会、一九九四年）、一七六‐一七七頁。

33 非暴力主義者ともみなされるガンディーは、「敵を赦すことは敵を罰するより雄々しいことを信じている。」と、プロスペローのこの台詞が念頭にあったのではないかと思われるほど同様の言葉を用いて、同じ考えを述べている。――マハトマ・ガンディー、森本達雄訳『わたしの非暴力』Ⅰ（東京、みすず書房、一九七〇年）五頁。

『あらし』と植民地主義を結びつけた批評には他に Charles Frey, "*The Tempest and the New World*", *Shakespeare Quarterly*, Vol.30, No.1 (The Folger Shakespeare Library, 1979), 29-41.

Howard Felperin, *The Uses of the Canon, Elizabethan Literature and Contemporary Theory* (Oxford: Clarendon Press, 1990), 178-180 参照。

Meredith Anne Skura, "Discourse and the Individual: the Case of Colonialism in *The Tempest*", Vol.40, No.1 (The Folger Shakespeare Library, 1989), 42-69 等がある。

スクーラとフェルペリンには、植民地主義批評の紹介とそれらに対する反論も含まれる。

新歴史主義およびポストコロニアリズムの立場から『あらし』やプロスペローを批判する批評は、主に

J. Dollimore & A. Sinfield eds., *Political Shakespeare* (Manchester : The Manchester Univ. Press, 1994)

John Drakakis ed. *Alternative Shakespeare* (1985 : rpt. London & N.Y.: Routledge, 2001) 等に見られる。

34 L. J. Leininger, "The Miranda Trap: Sexism and Racism in Shakespeare's *Tempest*" in C. R. S. Lenz, G. Greene & C. T. Neely eds., *The Woman's Part: Feminist Criticism of Shakespeare* (Urbana & Chicago: Univ. of Illinois Press, 1983).

35 John Elsom ed. *Is Shakespeare Still Our Contemporary?* (London & N.Y.: Routledge, in association with the International Association of Theatre Critics, 1989), 12.

36 イタロ・カルヴィーノ、須賀敦子訳『なぜ古典を読むのか』(東京、みすず書房、一九九七年) 八頁。

結び

1 "Delusions and Dreams in Jensen's *Gradiva*" (1907), in *The Standard Edition of the Complete Works of Sigmund Freud*, IX, ed. James Strachey (London: The Hogarth Press, 1970), 8.

参考文献

アイスキュロス、久保正彰訳『ペルシャの人々』ギリシャ悲劇全集第一巻　京都、人文書院、昭和四一年。
Anon. *Arden of Feversham* in *Five Elizabethan Tragedies*. Ed. A. K. McIlwraith. London: Oxford Univ. Press, 1966.
Anon. *A Warning for Fair Women*. Ed. with Introduction and Notes by A. F. Hopkinson. London: M.E. Sims & Co., 1904.
Anon. *Woodstock* in *Elizabethan History Plays*. Ed. W. A. Armstrong. London: Oxford Univ. Press, 1965.
アリストテレス、副島民雄訳『自然学小論集、気息について』アリストテレス全集6　東京、岩波書店、一九八八年。
Artemidorus, Daldianus. *The Judgement of Dreams* (1606). University Microfilms, S. T. C. No. 795, Ann Arbor, Michigan.
Bacon, Francis. *The Moral and Historical Works of Lord Bacon*, including *the Advancement of Learning and Novum Organum*. Ed. Joseph Devey. London: Bell & Daldy, 1868.
―. *The Interpretation of dreames* (1644). Fourth edition. By Bernard Alsop. University Microfilms, Ann Arbor, Michigan.
―. *The Physical and Metaphysical Works of Lord Bacon*. Ed. Joseph Devey. London: Henry G. Bohn, 1852.
城江良和訳『夢判断の書』東京、国分社、一九九四年。
Beaumont and Fletcher. *The Works*. Ed. Arnold Glover and A. R. Waller. Cambridge: Cambridge Univ. Press, 1906.
Becker, Raymond de. *The Understanding of Dreams, or The Machination of the Night*, translated by Michael Heron. London: George Allen & Unwin, 1968.
Bennett, J. A. W. *The Parlement of Foules, An Interpretation*. Oxford: Clarendon Press, 1957.
Booth, M. R. *English Melodrama*. London: Herbert Jenkins, 1965.
Bowra, Maurice. *The Romantic Imagination*. Oxford: Oxford Univ. Press, 1969.
Breton, André. *Les Manifestes du surréalisme*. Paris: Édition du Sagittaire, 1946.
Brooke, C. F. Tucker, ed. *The Shakespeare Apocrypha*. Oxford: Clarendon Press, 1967.
Brown, John Russell and Harris, Bernard eds. *Later Shakespeare*. Stratford-Upon-Avon Studies 8. London: Edward Arnold, 1966.

Budgen, Frank. *James Joyce and Making of "Ulysses"*. 1934 ; rpt. Oxford Univ. press, 1989.
Burton, Robert. *The Anatomy of Melancholy*. Ed. Floyd Dell and Paul Jordan-Smith. New York: Tudor Publishing Company, 1927.
Cahn, Victor L. *Shakespeare, the Playwright*. Westport, CT/London: Praeger Publishers, 1996.
Calderon. *Eight Dramas of Calderon, freely translated by Edward Fitzgerald.* 1864. rpt. N.Y.: Doubleday & Co.
―. *Life is a Dream, La Vida es Sueño*. Trans. from the Spanish by Kathleen Raine and R. M. Nadal. London: Hamish Hamilton, 1968.
カルデロン、岩根圀和訳『人生は夢』(バロック演劇名作集) 東京、国書刊行会、一九九四年。
Chapman, George. *The Plays and Poems of George Chapman : The Tragedies*. Ed. with Introduction and Notes by Thomas Marc Parrott. London: George Routledge, 1910.
Chaucer, Geoffrey. *The Works of Geoffrey Chaucer*. Ed. F. N. Robinson. London: Oxford Univ. Press, 1961.
―. *The Riverside Chaucer*. Third Edition. Ed. L. D. Benson. Boston, Mass.: Howghton Mifflin Co., 1987.
―. *The Parlement of Foulys*. Ed. D. S. Brewer. London: Thomas Nelson & Son, 1960.
笹本長敬訳『初期夢物語詩と教訓詩』大阪、大阪教育図書、一九九八年。
桝井迪夫訳『カンタベリー物語』(下) 東京、岩波書店、一九九五年。
Cicero, Marcus Tullius. *Cicero*, XIX, with an English translation. The Loeb Classical Library. London : Heinemann.
Coleridge, S. T. *Biographia Literaria*. Ed. with an Introduction by George Watson. London: Dent, 1967.
De Lorris, G and de Meun, J. *The Romaunt of the Rose and Le Roman de la Rose, A Parallel Text Edition*. Ed. Ronald Sutherland. Oxford: Basil Blackwell, 1967.
篠田勝英訳『薔薇物語』東京、平凡社、一九九六年。
Dollimore, J. & Sinfield, A. eds. *Political Shakespeare, Essays in Cultural Materialism*. Manchester : Manchester Univ. Press, 1994.
Drakakis, John, ed. *Alternative Shakespeares*. 1985; rpt. London & N.Y.: Routledge, 2001.
Elsom, John, ed. *Is Shakespeare Still Our Contemporary?* London & N.Y.: Routledge, in association with the International Associatoin of Theatre Critics, 1989.
Felperin, Howard. *Shakespearean Romance*. Princeton, N.J.: Princeton Univ. Press, 1972.
―. *The Uses of the Canon ; Elizabethan Literature and Contemporary Theory*. Oxford: Clarendon Press, 1990.
Ford, Boris, ed. *The Age of Shakespeare, The Pelican Guide to English Literature*, 2. Penguin Books, 1968.
―. *From Blake to Byron, The Pelican Guide to English Literature*, 5. Penguin Books, 1968.
Freud, Sigmund. "The Relation of the Poet to Day-Dreaming", *Collected Papers*, Vol. IV. The International Psycho-Analytical Library, No. 10. Ed.

J. D. Sutherland, London: The Hogarth Press and the Institute of Psycho-Analysis, 1957.
―――. 高橋義孝訳「詩人と空想すること」―『フロイト著作集』第三巻 京都、人文書院、一九七九年。
―――. *The Interpretation of Dreams*. Trans. James Strachey. New York: Basic Books, 1955.
―――. *The Standard Edition of Complete Works of Sigmund Freud*. Ed. James Strachey. London: The Hogarth Press, 1953–74.
Frey, Charles. "The Tempest and the New World". *Shakespeare Quarterly*, 30, No.1 (The Folger Shakespeare Library, 1979, 29–41.
Frost, David L., *The School of Shakespeare*. Cambridge: Cambridge Univ. Press, 1968.
Grunebaum, G. E. Von, and Caillois, Roget, eds. *The Dream and Human Societies*. Berkeley & Los Angeles: Univ. of California Press, 1966.
Hadfield, J. A. *Dreams and Nightmares*. Penguin Books, 1967.
Harding F. J. W. "Fantasy, Imagination and Shakespeare". *British Journal of Aesthetics*, October, 1564.
ヘロドトス、松平千秋訳『歴史』（下）東京、岩波書店、一九八八年。
Heylyn, Peter. *Ecclesia Restaurata; or The History of the Reformation of the Church of England*. Ed. J. C. Robertson. Cambridge: Cambridge Univ. Press, 1849.
ホメーロス、呉茂一訳『イーリアス』東京、筑摩書房、昭和三六年。
ホメーロス、高津春繁訳『オデュッセイア』東京、筑摩書房、昭和三六年。
James, D. G. *Dream of Prospero*. Oxford: Clarendon Press, 1967.
Judaeus, Philo, *Philo*, with an English translation by F. H. Colson. The Loeb Classical Library. London: Heinemann, 1958.
Jung, C. G., *Psychology of the Unconscious*. Trans. Beatrice M. Hinkle. London: Kegan Paul, 1917.
―――. *Modern Man in Search of a Soul*. London: Routledge and Kegn Paul, 1966.
カルビーノ、イタロ、須賀敦子訳『なぜ古典を読むのか』東京、みすず書房、一九九七年。
Krippner, Stanley and Thompson, April. "A 10-Facet Model of Dreaming Applied to Dream Practices of Sixteen Native American Cultural Groups". *Dreaming*, Journal of the Association of the Study of Dreams, Vol.6, No.2, June 1996. N. Y.: Human Sciences Press, 1996, 71–96.
Langland, William. *Piers the Ploughman*. trans. into Modern Enligsh with an Introduction by J. F. Goodridge. Penguin Books, 1968.
Leech, Clifford. *The John Fletcher Plays*. London: Chatto and Windus, 1962.
ルゴフ、ジャック著、池上俊一訳『中世の夢』名古屋、名古屋大学出版会、一九九二年。
Lenz, C. R. S., Greene, G., and Neely, C. T. eds. *The Woman's Part: The Feminist Criticism of Shakespeare*. Urbana, Chicago: Univ. of Illinois Press, 1983.

Lewis, C. S. *The Discarded Image*. Cambridge: Cambridge Univ. Press, 1964.
Lodge, Thomas. *The Complete Works of Thomas Lodge*. New York: Russel & Russel, 1963.
Luce, G. G. and Segal, Julius. *Sleep and Dreams* (Panther Science). Panther Books, 1969.
Lyly, John. *The Complete Works of John Lyly*. Ed. R. W. Bond. Oxford: Clarendon Press, 1902.
Macrobius. *Commentary on the Dream of Scipio*. Trans. with an Introduction and Notes by William Harris Stahl. New York: Columbia Univ. Press, 1952: 1990.
Nicoll, Allardyce. *A History of English Drama 1660-1900*, Vol. IV, *Early Nineteenth Century Drama, 1800-1850*. Cambridge: Cambridge Univ. Press, 1955.
野上豊一郎編『解註謡曲全集』巻四　東京、中央公論新社、二〇〇一年。
プラトン、藤沢令夫訳『国家』プラトン全集11　東京、岩波書店、一九七六年。
Powell, Raymond. *Shakespeare and the Critics' Debate*. London & Basingstoke: Macmillan, 1980.
ボングラチュ、M、ザントナー、I著、種村季弘他訳『夢占い事典』東京、河出書房、一九九四年。
Ridington, Robin. "The Medicine Fight: An Instrument of Political Process among the Beaver Indians". *American Anthropologist*, 70, 1152, 1968.
Righter, Ann. *Shakespeare and the Idea of the Play*. London: Chatto and Windus, 1962.
Ruskin, John. *Modern Painters*. London: Smith, Elder & Co., 1846.
Shakespeare, William. *The Complete Works*. Ed. with an introduction and glossary by Peter Alexander. London and Glasgow: Collins, 1968.
―――. *The Complete Works of William Shakespeare*. Ed. with a glossary by W. F. Craig. London: Oxford Univ. Press, 1957.
―――. *The Complete Works*. Ed. Stanley Wells and Gary Taylor. Oxford/N. Y.: Oxford Univ. Press, 1986.
―――. *The Complete Works of William Shakespeare*. "Disk Passage". Oregon: Creative Multimedia Corporation, 1989-91, 1992.
―――. *A Midsummer Night's Dream*. Ed. H. H. Furness. (A New Variorum Edition) Philadelphia: 1895.
―――. *A Midsummer Night's Dream*. Ed. Stanley Wells. Penguin Books, 1967.
―――. *A Midsummer Night's Dream*. Ed. J. D. Wilson. (The New Shakespeare) Cambridge: Cambridge Univ. Press, 1960.
―――. *A Midsummer Night's Dream*. Ed. Peter Holland. Oxford/NY: Oxford Univ. Press, 1994.
―――. *Hamlet*. Ed. Harold Jenkins. (The Arden Shakespeare). London: Methuen, 1982:1997.
―――. *Hamlet*. Ed. Edward Hubler. (The Signet Classic Shakespeare). New York: The New American Library, 1963.
―――. *Othello*. Ed. Alice Walker and J. D. Wilson. (The New Shakespeare). Cambridge: Cambridge Univ. Press, 1960.
―――. *The Tragedy of King Lear*. Ed. Russell Fraser. (The Signet Classic Shakespeare). New York: The New American Library, 1963.

———. *King Lear*. Ed. George Ian Duthie and J. D. Wilson. (The New Shakespeare). Cambridge: Cambridge Univ. Press, 1960.

———. *Macbeth*. Ed. Sylvan Barnet (The Signet Classic Shakespeare). New York: The New American Library, 1963.

———. *Antony and Cleopatra*. Ed. Barbara Everett (The Signet Classic Shakespeare). New York: The New American Library, 1964.

———. *Antony and Cleopatra*. Ed. John Wilders (The Arden Shakespeare). London: Routledge, 1995.

———. *Antony and Cleopatra*. Ed. J. D. Wilson (The New Shakespeare). Cambridge: Cambridge Univ. Press, 1954.

———. *Pericles*. Ed. F. D. Hoeniger (The Arden Shakespeare). London: Methuen, 1963;1994.

———. *Cymbeline*. Ed. J. M. Nosworthy (The Arden Shakespeare). London: Methuen, 1955; 1995.

———. *The Winter's Tale*. Ed. Frank Kermode (The Signet Classic Shakespeare). New York: The New American Library, 1963.

———. *The Winter's Tale*. Ed. J. H. P. Pafford (The Arden Shakespeare). London: Methuen, 1963; 1996.

———. *The Tempest*. Ed. Frank Kermode (The Arden Shakespeare). 1954; rpt. London:Methuen, 1969.

———. *The Tempest*. Ed Robert Langbaum (The Signet Classic Shakespeare). New York: The New American Library, 1964.

———. *The Tempest*. Ed. Stephen Orgal. Oxford,NY: Oxford Univ. Press, 1987; 1994.

———. *The Famous History of the Life of King Henry the Eighth*. Ed. S. Schoenbaum (Signet Classic Shakespeare), New York: The New American Library, 1967.

Skura, Meredith Anne. "Discourse and the Individual: The Case of Colonialism in *The Tempest*". *Shakespeare Quarterly*, Vol. 40, No.1. The Folger Shakespeare Library,1989. 42-69.

Smith, John. *Select Discourses*. Glasgow: Andrew and John M. Duncan, 1821.

Spurgeon, F. E. Caroline. *Shakespeare's Imagery and What It Tells Us*. Cambridge: Cambridge Univ. Press, 1935.

Tourneur, Cyril. *The Atheist's Tragedy, or The Honest Man's Revenge* (The Revels Plays). Ed. Irving Ribner. London: Methuen, 1964.

Spencer, Theodore. *Shakespeare and the Nature of Man*. New York: Macmillan, 1942.

Waldberg, Patrick. *Surrealism*. London: Thames and Hudson, 1963.

Waley, Arthur ed. *The No Plays of Japan*. London: George Allen & Unwin, 1921.

Willey, Basil. *The Seventeenth Century Background*. London: Chatto and Windus, 1953.

あとがき

「女子供が夢の話をすると笑う、それがあなた方のやり方ではないのですか。」とクレオパトラはローマの軍人に向かって言った。現在でも「そんな夢みたいな話」と一笑に付すこともまれではない。実際、このシェイクスピアと夢の研究を始めた際にも、テーマが夢と聞いて笑う人もいたのである。フロイトの革命的な理論が広く知られ、夢の科学的研究が盛んになった今でも、夢の正体はいまだ完全に解明されたとは言えず、夢に対する伝統的な態度も全く消え去ったわけではない（もっとも、すでに見たように、そのすべてが無意味ということではない）。

しかし、文学者や芸術家となると、事情は一変する。夢を人間の精神生活の一部として大きな意味を抱く作家、芸術家たちは多く、夢日記をつけていたと伝えられる人も少なくない。夢を最高の真実と考え、夢の記述や意識の介入を排した自動筆記を創作活動の中心としていたシュルレアリストの詩人や画家たちは当然として、ジェイムズ・ジョイス（James Joyce）なども自分の夢を記録していたということで、『ユリシーズ』の中の夜の場面、「キルケ挿話（Circe）」や『フィネガンズ ウェイク』も主に夢や夢想によって構成されているといってよく、日頃の関心と共に、夢が彼の創作の重要な一部を占めていたことを示している。ジョイスとの交遊の思い出と『ユリシーズ』やまだ執筆中だった『フィネガンズ ウェイク』についての解説、感想などを綴っ

た『ジェイムズ・ジョイスと「ユリシーズ」の作製』(*James Joyce and the Making of 'Ulysses', 1934 ; 1989*) の中で、著者フランク・バッジェン (Frank Budgen) は長年夢日記をつけていたことを告白、ある夢の話をジョイスにしたところ、ジョイスは熱心に聞き入り、すっかり心を奪われた様子だったと述懐、この時の夢の話が種となって後に『フィネガンズ ウェイク』に結実したのだろうと推測している (238-240)。トーマス・マンの『ヴェニスに死す』でも夢が中心的な役割を果たしており、現代文学の中で夢が大きな地位を占めていることは疑いない。こうした傾向はフロイトの影響による場合もあるが、そればかりでないことは個々の作家の証言によっても分かるし、またフロイト以前、夢、夢想、幻視などを重視したロマン派の詩人たちの系譜にその源を辿ることもできる。(この問題については、拙著 *Modernism and Virginia Woolf* (Windsor Publications, UK, 1990) でも検証している。) さらにさかのぼればシェイクスピアの作品にもさまざまな形で多くの夢が用いられている。ある意味で、彼は夢を単なる迷信や慣習から解放し、人間の真実の重要な一部として探求したヨーロッパ文学における最初の詩人ではないかと思われる。しかし同時に、彼は伝統的な使い方も多くしており、その伝統の源流を辿り、何がシェイクスピア独特の点かを明らかにする必要があった。この研究を原始社会、古代ギリシャから始めたのはそのためである。

本研究の土台あるいは出発点は、かつて英国文化振興会 (British Council) 奨学生としてバーミンガム (現在はストラットフォード) のシェイクスピア研究所に留学中書いた論文であるが、基本的な考えは変わらないにしても、その間かなりの年月が経っていることから、当然ながら細部にも、一部の論旨にも多くの変更が加えられた。また部分的にではあるがすでに発表された箇所もあり、本書の第一、第二、第三章は南雲堂の学術雑誌『オベロン』の五七、五八、六〇号に「文学と夢」という題名のもとに連載され、第四章の一部も現在のものとは構成も

孤独の遠近法 シェイクスピア・ロマン派・女

野島秀勝

シェイクスピアから現代にいたる多様なテクストを精緻に読み解き近代の本質を探求する。

8738円

子午線の祀り【英文版】

木下順二作
ブライアン・パウエル
ジェイソン・ダニエル訳

人間同士の織りなす壮絶な葛藤が緊密に組みたてられた木下順二の代表作の英訳。

6000円

風景のブロンテ姉妹

アーサー・ポラード
山脇百合子訳

写真と文で読むブロンテ姉妹の世界。姉妹の姿が鮮やかに浮かび上る。

7573円

続ジョージ・ハーバート詩集
教会のポーチ・闘う教会

鬼塚敬一訳

『聖堂』の中の二編。作品解題、訳注、略年譜、『聖堂について』も付けた。

4854円

ワーズワスの自然神秘思想

原田俊孝

詩人の精神の成長を自然観に重点をおきながら考察する。

9515円

＊価格は本体価格です。

著者について

武井ナヲエ（たけい なおえ）

一九五七年津田塾大学英文学科卒業。一九六一年東京都立大学人文科学研究科修士課程卒業、一九六四年同大学博士課程修了。一九七〇年英国バーミンガム大学シェイクスピア研究所修士課程卒業。一九八四年同大学博士課程卒業。一九六六年桜美林大学文学部専任講師を経て、一九七四年—一九八六年ポルトガル国立ポルト大学専任講師。一九八六年桜美林大学教授。文学博士 (Ph. D) 桜美林大学名誉教授。現在、

著書

Modernism and Virginia Woolf (Windsor Publications)、
『イギリス・ルネサンス——詩と演劇』（共著、紀伊国屋書店）、『シェイクスピア全作品論』（共著、研究社）、『シェイクスピア作品鑑賞事典』（共著、南雲堂）『シェイクスピア大事典』（共著、日本図書センター）

訳書

『シェイクスピアとエリザベス朝演劇』（共訳、白水社）、『ヘンリー六世・第三部』シェイクスピア全集5（共訳、筑摩書房）、『ラテンアメリカの文学』集英社世界の文学12（共訳、集英社）『名詩集』筑摩世界文学体系88（共訳、筑摩書房）

論文

シェイクスピア、V・ウルフに関する論文多数。

シェイクスピアと夢

二〇〇五年十月二十五日　第一刷発行

著　者　武井ナヲエ
発行者　南雲一範
装幀者　岡孝治
発行所　株式会社南雲堂
　　　　東京都新宿区山吹町三六一　郵便番号一六二—〇八〇一
　　　　電話東京（〇三）三二六八—二三八四（営業部）
　　　　　　　　（〇三）三二六八—二三八七（編集部）
　　　　振替口座　〇〇一六〇—〇—四六八六三
　　　　ファクシミリ（〇三）三二六〇—五四二五
印刷所　壮光舎印刷株式会社
製本所　長山製本所

乱丁・乱丁本は、小社通販係宛御送付下さい。
送料小社負担にて御取替えいたします。

〈IB-299〉〈検印省略〉

© 2005 by TAKEI Naoe
Printed in Japan

ISBN4-523-29299-X C3098

論旨もかなり違ってはいるが、*Shakespeare Studies*, Vol. 8, 1969-70 (The Shakespeare Society of Japan) と『イギリス・ルネサンス——詩と演劇』（紀伊国屋書店、一九八〇年）に収められた。

なお、図版を提供して下さったニューヨークのフレンチ社、アンティーク・コレクターズ・クラブ社とクリストファー・ウッド氏、ロンドンのロイヤル・ナショナル・シアターのショーナ・ロバートソン氏とジョン・ヘインズ氏、ハーバード大学演劇資料室のアイリーナ・ターシス氏とアンガス・マクビーン氏、早稲田大学図書館資料管理課の藤原秀之氏に心より感謝申し上げる。

本書を出版するに当たっては、多くの方々のご支援をいただいた。研究仲間諸氏の励まし、特に宮島澄子、川井万里子両氏の貴重なご助言、ご示唆に感謝したい。また出版に際しての南雲堂と同社、編集部の原信雄氏の多方面にわたるご協力とご助言に心から感謝申し上げる。さらに、執筆中励まして下さった近藤いね子先生にも感謝申し上げたい。最後になったが、最新の夢研究に関しては、文部省（現、文部科学省）の科学研究費の恩恵を受けたことを、謝意とともに付け加えたい。

二〇〇五年三月　　武井ナヲエ

十九世紀のイギリス小説

ピエール・クーティアス、他
小池滋・臼田昭訳

13の代表的な作家と作品について、講義ふうに論述する。
3883円

チョーサー 曖昧・悪戯・敬虔

斎藤 勇

テキストにひそむ気配りと真面目な宗教性を豊富な文献を駆使して検証する。
3800円

フィロロジスト 言葉・歴史・テクスト

小野 茂

フィロロジストとして活躍中の著者の全体像を表わす論考とエッセイ。
2800円

古英語散文史研究 英文版

小川 浩

わが国におけるOE研究の世界的成果。本格的な古英語研究。
7143円

世界は劇場

磯野守彦

世界は劇場、人間は役者、比較演劇についての秀逸の論考9編を収録。
2718円

＊価格は本体価格です。

フランス派英文学研究 上・下全2巻

島田謹二

A5判上製函入
揃価30,000円
分売不可

文化功労者島田博士の七〇年に及ぶ愛着と辛苦の結晶が、いまその全貌を明らかにする！　日本人の外国文学研究はいかにあるべきか？　すべてのヒントはここにある！

上巻
第一部　アレクサンドル・ベルジャムの英語文献学
第二部　オーギュスト・アンジェリエの英詩の解明
● 島田謹二先生とフランス派英文学研究（川本皓嗣）

下巻
第三部　エミール・ルグイの英文学史講義
● 複眼の学者詩人、島田謹二先生（平川祐弘）

＊価格は本体価格です。